夢のゆくえ

磯貝治良

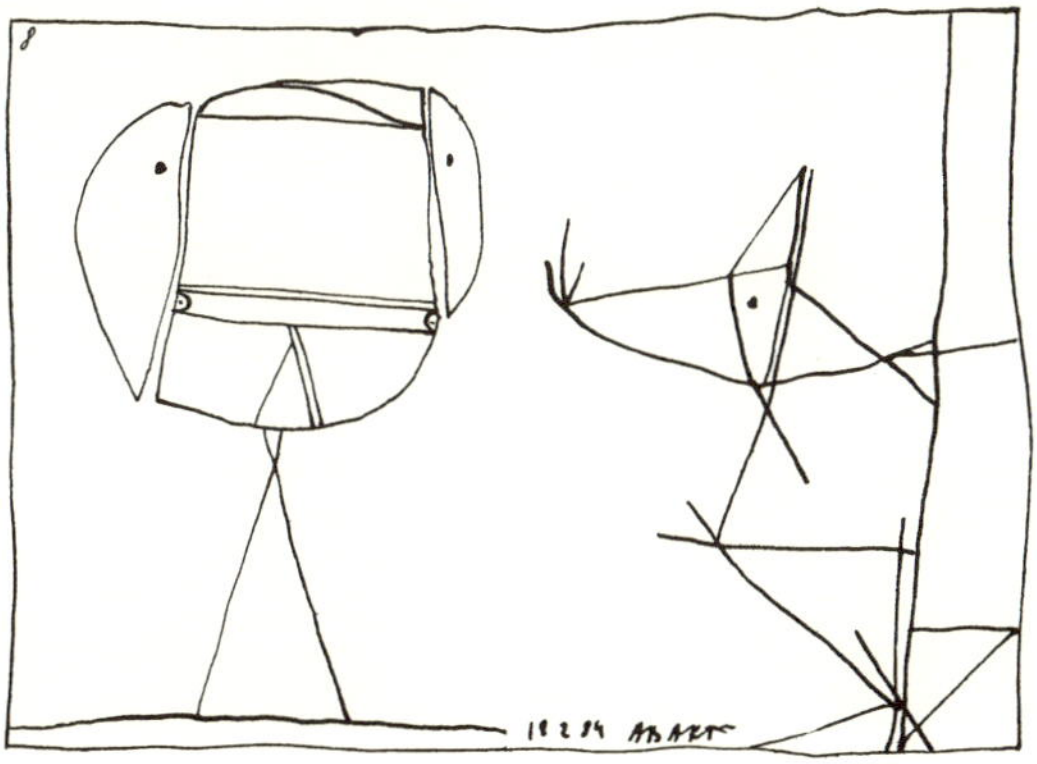

影書房

目次

◆カバー／扉　カット
アンジェイ・ヴァルチャック

夢のゆくえ

テハギは旅人《ナグネ》のまま――

柳泰鶴《ユテハギ》との出会いは他愛のないものだった。去年の師走、私は人材会社からの派遣で地下街のガードマンをしていた。クリスマスをひかえて浮かれきった商店街をトロトロと巡回し、定められた時刻と場所には立哨と称する看視をする。ひとつところに無言、無動作、無表情で立ちつくしているのは苦痛の極みだが、地下鉄の乗降口を中心点として東西南北にはしる延べ一・五キロほどの商店街を二時間かけて歩く巡回も、なかなか骨の折れる苦業だ。警備会社からの指導によれば、「不審な者を見かけた場合は、人権問題に十分留意して、言動を探るとともに、職務質問にならないよう牽制する」となっている。

地下鉄の乗降口から商店街に通じる広い通路に移動して、私が、一人の若者に声をかけたのは、言動を探るためでも、牽制するためでもなく、ひとえに時間を稼ぐためだった。二十歳くらいの長身痩軀の彼は、黒の革ジャンパーに包んだ体を石柱にもたせかけていた。昼前、巡回したときには、地下街南の幸せの泉あたりで壁にもたれていた。日によって、あるいは午前と午後で場所を移すのが青年のならわしのようだった。

「誰か待っとるの」

青年は、薄い褐色のサングラスのなかの視線をそらしたまま、不貞腐れた姿勢を微動もさせない。

「あんたの姿、毎日みたいに見るよ。ひとを探してるんなら協力しようか」

日がな地下街で孤独な彷徨をしている青年に私は興味を覚えはじめる。

「嘘つくなよ」

「うそ?」

「おれの待っとるもの探そうとしたら、おまえの一生、台なしだよ。そんなことできるわけないだろ。軽い口ききやがって、ひとのこと嗅ぎまわりたいだけの犬が」

青年のみせた敵意は意外だった。悪餓鬼連中の面罵とはどこか違った。

「犬はないだろ。ガードマンと一緒にされたら、犬のほうもおもしろくないだろ」

「犬は犬さ」

「おれのどこが犬だ」

「なんだよ、てめえのほうから声かけてきてからむのかよ」

言うなり、青年は石柱にだらしなくもたせかけていた体を小さく躍らせ、私の制服の襟をわしづかみにした。二、三度揺すりあげ締めつける腕に恐怖を覚えるほどの力はなかったが、敵意はたっぷりとこもっている。私は青年の両手をふりほどき、そこを離れた。

それだけのことだった。地下街でガードマンをしていた大晦日までのあいだ、私は二度と彼に声をかけなかった。

稽古場の二階ホールでは、杖鼓《チャンゴ》と小鉦《クェンガリ》に鼓《ブク》、大鉦《チン》を加えて座員たちが四物《サムル》ノリの練習に興じている。全員が顔を揃えて、すっかりチャンダン（長短）のリズムに乗っている。

台本書きと演出まがいの役柄を受け持つ私だけが、マダン劇にはチョイ役で出たりもするけれど、楽器はからきし駄目なのだ。それで楽器の練習中にはしょうこともなくホールの片隅で椅子に掛け、ひとり音を愉しむ。サムルのチャンダンに呼吸を合わせるうち、いつのまにか身体が解き放たれていく気分は、演者の一人になった錯覚を覚えさせ、孤独ではないのだ。

その日はもう一人、窓際の柱の脇で長い体を折るようにして床に座り込み、サムルノリの練習を聞いている青年がいた。どこか投げやりな姿態と表情は、彼がチャンダンを愉しんでいるようには見えない。真由美あたりがまたぞろオルグってスキー場かディスコで拾ってきた日本人だろう。

オンニ（姉さん）、その趣味なんとかならないの？　どうせなら同胞を連れてきてよ……。趙順任《チョスニム》が皮肉たっぷりに言うだろう。すると、真由美がまじになって言い返すだろう。スニム、そのオンニというの、やめてよ。真由美さんと呼んでって、言ってるでしょ。日本人を誘ってどこが悪いの？　赤まんとの趣意書、読んだことないの？〈在日〉と日本人が協働して云々カンヌンとうたってるじゃない……。

真由美の本名は宋真由美《ソンチニュミ》。通名の大門真由美で育ち、本姓の宋を名乗るときも名は「まゆみ」と自己紹介する。三十二歳の二・五世（父が日本生まれ、母が韓国生まれ）である。

「こちら、ユ・テハギ君」

サムルノリの練習が終わって、崔鉉《チェヒョン》が青年を私に紹介する。崔鉉は農楽《ノンアク》など楽器を演奏する場合、クェンガリを担当するサンスェ（リーダー）である。私をのぞいて最年長の彼が座長格の役割をしている。

「経験者がはいってくれたらありがたいよ」

そう言いながら、私は青年の左目が動かず眼病の後遺症であるらしいことに気づく。

「いや。ロックバンドをやっているけど、こちら系統はまっさらなんだって」

崔鉉が応える。青年は私から視線をそらし、褐色に日焼けしてどこか拗ねた表情が、〈在日〉の若者特有の精悍な容貌とはそぐわない。

私は夢から覚めたように気づいた。

「きょうはサングラス掛けてないの？」

私の言葉に青年は怪訝な表情を浮かべた。それから、赤いセーターの上に腕を通さず羽織った皮ジャンパーの胸ポケットをまさぐり、薄い褐色のサングラスをゆっくりと取り出した。私は暗示めかして、地下街でトラブったガードマンのことを訊ねたが、柳泰鶴は憶えていなかった。

週二回のマダンノリペ赤まんとの稽古に、柳泰鶴は欠かさず顔を出すようになった。

泰鶴が参加して、にわかに活気を示しはじめたのは宋真由美である。大学まで日本人の学校に通って、社会に出てからも同胞との接触はないまま暮らしてきた。彼女はウリマル（母国語）も民族的素養もからきし身につけていず、チャンゴの実力も赤まんとのお荷物になっている。そこへ「日本人の顔」をして育った同類らしき新顔が登場して、はしゃがずにいられないといった態なのだ。

マダンノリペ赤まんとにとって初の自主公演となる三・一公演の役柄を決めるときも、マダン劇「トッケビと両班《ヤンバン》」の、〈在日〉少年役に柳泰鶴を熱心に推したのが、真由美だった。日本社会の抑圧とそれへの抵抗を振りで表わすチュム（舞踊）を踊り、ノレ（歌）「恨五百年」を唄い、自死した少年の詩を朗読するという役どころで、もともとは彼女の役だった。チュムとノレには民族のネムセ（におい）やウリマルの素養が欠かせず、彼女は悪戦苦闘、自信を喪失して稽古の途中で投げ出すとしばしばであった。座員たちが、役の交替を強硬に主張する真由美の腹の内を探りたくなるのも無理からぬ成り行きだった。

案の定、趙順任が横槍を入れる。

「オンニ、荷が重いからって、責任逃れはよしなさいよ。入団したばかりのテハギにできっこないでしょ」

順任は真由美より五歳年下。オンニ、オンニと呼ぶが、敬慕しているわけではない。日本の高校に在学中から朝鮮文化研究会をつくって活動し、三年ほどOLをして貯めた資金で渡韓。二年間ソウルに滞在して、延世大学の語学堂や中央芸術学院でウリマルや民族の楽器、舞踊を学んできた。日本へ戻ってからも、恩師の教えを受けるためにたびたび渡韓をする。

柳泰鶴はといえば、趙順任の甲羅も真由美の甲羅も背に負うつもりはないらしく、二人の綱引を斜に眺めるふうだった。結局、三・一公演ではマダン劇の少年役の踊りと歌、農楽に出演することになったのだが、泰鶴自身、役柄を積極的に引き受けたわけではない。

演出の私と、演じる彼の間に、亀裂が生じた。台本「トッケビと両班」を書いた私には、思い入れがある。チュムの振りには民族舞踊の呼吸が欲しい。ノレにもパンソリ《唱劇》や農夫歌《ノンブガ》、打令《タリョン》などを取り入れたネムセが欲しい。ところが柳泰鶴のチュムは、感情表現をなまのまま振りに置き換えるだけのリアリズムで、それが迫真の気を帯びて様になればなるほど、チュムの呼吸から程遠くなってしまう。ノレにいたってはロックのリズムとのチャンポンなのだ。私が駄目を出すたびに亀裂は深まっていき、やがて演出と演者の角逐とは異質な何かがまぎれこんで危険な様相を帯びはじめる。

公演の日が二週間ほどに迫って座員全体にも焦立ちが感染しはじめた頃、泰鶴は目の色を変えて、私に抗議した。

「なんで日本人から、ネムセ、ネムセと押しつけられなきゃなんないんだよ。おれになんの幻想を持ってんだよ」

「幻想じゃない。マダン劇をつくりたいだけだ」

私の抗弁を聞くと、泰鶴はあからさまに侮蔑の表情を浮かべた。

「じゃあ、なんで日本人がマダン劇をやるの。歌舞伎か新派でもやってろよ」

雰囲気が危うくなったとき、趙順任が割ってはいった。

「私たちが農楽やマダン劇を演じるのは、くにのものを呼びさますためよ。テハギの血だって騒ぐでしょ」

泰鶴は順任の言葉に虚を衝かれたふうだったが、投げやりに言葉を返した。

「在日は在日だよ。おれは、くにのものならなんでも直輸入というのは、ごめんだね。そんなの屁のつっかえにもならんよ。ジャパニーズマダン劇ってのもあるさ」

泰鶴自身、売り言葉に買い言葉を承知のうえのセリフだったにちがいないが、その日の稽古を放棄してしまった。私は泰鶴とさしで話す機会をつくらなくては、と思う。

カウンターに並ぶ十五席ほどの椅子を埋めつくした客たちの喧騒に耳を傾けながら、そろそろ退散する潮時かな、と私は考えていた。

〈在日〉二世のママが経営する居酒屋は、客の中に〈在日〉を見かけることは珍しいのに、やたらカンコクが飛び交う。仕事柄、韓国へ往き来する会社員やツアーを楽しんだりハングルを習ったりしているコリア・ファンの日本人が、客の大半を占めているからだ。彼らにとって誰はばかることなく快適に韓国体験を楽しめる場所であるらしい。

私は、そんな雰囲気がなぜか苦手だ。

〈在日〉の友人の中には入国許可が下りなかったり、自ら選択して渡韓を拒否したりしている人が何人かいて、彼ら彼女らがくにの土を踏むまでは、日本人の俺が北であれ南であれさらりと行くわけにはいかないなぁ、と思う。大上段の理屈ではない。なんとはなしに三十年来、そう思いつづけてきて、気持の皮膚に凝りついた染みなのだ。〈在日〉の若い友人たちはそんな私を「古い、古い」とからかう。古くて、どこが悪い、と私は反撥する。

旅人宿「酒幕」の暖簾を揺らして無音の気配で入ってきた長身痩軀の若者が柳泰鶴と気づいたとき、私は意外でさえあった。彼が約束を反古にしたと思いはじめていたからだ。泰鶴がトラックの仕事を終えて駆けつけてきたことは、身なりで分かる。椅子を接するほどに肩を並べた彼の体臭から、ガソリンのにおいがかすかに臭った。泰鶴はアルコール類に強くはないらしく、チヂミ（朝鮮ふうお好み焼き）とすじポックム（牛すじ肉の唐辛子煮）を平らげるあいだ、ビール一本を飲んだだけだった。

私にあわせて真露のオイスル（薬缶に氷、胡瓜と一緒に入れた焼酎）を飲みはじめたころには皮ジャンを脱ぎ、トックリ首のセーターから汗のにおいを滲ませた。

「おれたちがなんでマダン劇するかといえば、在日が隣にいるからなんだな」

私は会話のつづきのように、単刀直入に言葉を放った。

「チェ・ヒョンやスニムやマユミが同じ土地に住んでる。むちゃくちゃ日本でしかないこの国で、民族しよう、朝鮮人しよう、と鉾のように意思を立ててる。なにしろ同化は歓迎、異質は排除、という国柄だからな、なまじっかな心根じゃ太刀討ちできないことが解る。孤立無援でやれる戦じゃないだろうさ。だから、テハギだって仲間を求めてマダンノリペに来たんだろう。そのテハギたちと隣にいるおれたちが一緒に行動するのが、なんで筋ちがいだよ」

「火田さんみたいなめでたい日本人がそう思っとるだけ。おれは火田さんの隣になんかいないよ。ずうーと離れとる」

「そういう言い方、やめろよ。長幼の序ってことあるだろ」

冗談のつもりで言ったのだが、泰鶴はそれには反撥しなかった。

「何たって、所詮、おれたちはこの国の絶対多数者だからな。絶対多数者ってのは、それ自体、支配者だ。支配者をしたくない人間が生きる方法には、少数者と同化するって手もあるよな。在日の手助けをしようって気はさらさらない。在日と共に生きようっていうのは、支配者したくない人間のエゴかもしれない。おれのエゴだよ」

「ほら、出た」

泰鶴の声には不意打ちの響きがあった。棘のかたちが鮮明な軽蔑。そんなとき私を見つめているのは、眼病で動かない左眼のような気がする。

「共に生きよう……流行《はや》っては廃《すた》る決まり文句。その歌い文句を口にするときの日本人、ナルシスの顔だよ」

泰鶴の口吻に揶揄の調子がつのる。

「じゃあ、あんた、朝鮮人になれよ。それができなきゃ、共に生きるなんて言うなよ。趣味ですって言えよ」

「趣味でも道楽でも構わんさ」オイスルの酔いが言葉を軽薄にする。「テハギはなんでマダンノリペに来たんだ。赤マントには半分、日本人がいるんだぜ。それでも選んできたのは、朝鮮人をするためだろ」

「違うね。おれ、同胞に気を赦してないから。苦い思いばかりだよ。日本の学校に通ってた頃、地下鉄の駅で朝高の連中に威されてカッツンされたり。あいつら、おれを日本人と思ってやがったんだ。スニム・ヌナ（姉さん）だって、日本人してきたおれを腹ん中で笑ってる。くにのもの押しつけてくるのも、民族サディズム。民族の素養も知識もない同胞をいびって、自己陶酔に耽ってるだけ。アボヂはアボヂで、運送会社うまくやってくために日本人にへいこら。酒飲んだ時だけ、ハラボヂ（おじいさん）やハンメ（おばあさん）の受け売りで、おまえは柳家《ユーガ》の後継ぎだ、チョソンサラム（朝鮮人）ということ忘れるな……」

泰鶴の言葉は荒ぶっているのに、しだいに聞きとりにくくなる。声がくぐもり、客たちの喧騒がそれを消しにかかる。焼肉と煙草のけむりがうずまくなかをカンコクが飛び交っている。キンダイチュウ大統領ハ庶民ノ政治家ダ、韓国へ行クナラ慶州ダヨ、会イタイネ、ソウルノ女性ハ優シイヨ、日本デハ味ワエナイヨ、木浦ノ涙ハツライ歌ダヨナ……。

「コップの底に悲しみが沈んでいる」

酔いにまかせて口にする私を泰鶴が睨む。

「ある在日朝鮮人作家が描いた小説のなかの主人公のセリフだ」

泰鶴は視線を外し、オイスルの薬缶に手を伸ばす。

「烏賊の瞳の潤みて海に向き干さる」

委細かまわず私は言う。

「別の在日朝鮮人作家の一句だ。テハギ、自分のことを棚に上げて、朝高生やスニムや親父のことを言うなよ。そりゃ、逆恨み」

言ったとたん、泰鶴の体が躍って激しく私の体にぶつかり、彼は立ち上がった。

「そうさ、おれが一番、頭に来るのは、こいつらだ」

妙に落ちついた声で言うなり、彼は隣り合わせた客の胸倉を右手で摑んだ。左手でネクタイをしぼり上げ、立たせようとする。私と同年輩だろうか、髪の薄くなった額まで真っ赤にした客は、脂肪の固まりみたいな両手でカウンターにしがみついて離れない。

静まり返った店のなかに、泰鶴の声は低く透った。

「なんだよ、おまえら、韓国がそんなにうれしいのかよ。だったら、ここに韓国がいるじゃねえか。見えねえのかよ。海の向こうばっかり見やがって。七十万人も八十万人も、お前らのすぐ横にいるじゃねえか。おれたち一人一人と韓国の話、してみろよ。韓国うれしがってみろよ。そしたら、日本人ぶっとぶかどうか、わかるんだ」

泰鶴は言うなり、男の体をずり上げて、椅子ごと足払いを喰わせた。

客の体が椅子もろとも吹っ飛んだのには目もくれず、泰鶴は壁に掛けてあった皮ジャンを手に店を出ていった。


マダンノリぺ赤まんと三・一公演までの十日間、泰鶴の演戯に業を煮やした趙順任が、しきりに口を挟み、たまりかねて演じて見せ、それに泰鶴が反撥する、といった繰り返しのまま公演当日をむかえたが、一触即発の危機はまぬがれたのだった。

公演がひけたあとの夕べ、赤まんとの稽古場で催された打ち上げは、〈在日〉のアヂュモニ《おばさん》や若者たちに日本人も合流して、ご他聞にもれず解放的なパン（場）となった。飲むほどに酔うほどに興に乗って、アヂュモニたちのノレが出て、オッケッチュム《肩踊り》の輪ができる。アヂュモニたちのノレは、朝鮮の民謡から歌謡曲まで入れかわり立ちかわり止まるところを知らず、踊る連中の振りも、より野放図に、より奔放に解き放たれて、やがてパンは四物の楽器と歌と踊りが入り乱れ、お定まり通りノリ

（遊戯）の狂宴となった。

アヂュモニたちが「シオモニ（姑）の口が鴉みたいにうるさいで、早よ帰らんとあかんわ」「きょうは久し振りにプリした、プリした」「コマウォ、コマウォ、ありがとさん」と口々に言い残して帰り、未練がましくコップの酒を口に運んでおだをあげていた若者たちも三三五五立ち去って、「赤まんと」の仲間だけが残ったのは、深更に近かった。

稽古場のフロアーにはあちらこちらに、日本酒や真露の空壜、アヂュモニたちが差し入れてくれたマッコルリ《どぶろく》にキムチやチヂミの、飲み残し食べ残しが散らかっている。

打ち上げの昂揚した時間のあと、座員たちの心にふっと虚しい疲労がながれていたことはたしかだ。食い散らされた飲食物の残骸に似た気分が、その虚無感の隙間にまぎれこむ。

「チャー、チャー（さぁ、さぁ）、マダンノリぺ赤まんとのヨロブン（みなさん）、飲もうぜ、歌おうぜ、第二幕の開演といこうぜ」

チャグンヤンバン《小さい両班》役の三村むつごろうが、残り少ない濁酒の壜を左腋にかかえ、右手に破れ扇子を持って所作しながら、おぼつかない足どりで稽古場をぐるり廻ると、「マー、チョッター（いいぞ）」とマダン劇のセリフを口走って私の前に崩れるように座り込んだ。

「チャー、モゴラ（飲め）。演出さんの批評を聞こうじゃないか」

目は虚ろに座っているが、さすが役者歴二十年、呂律は乱れていない。

座員たちは、うんざりした表情で私と三村を無視している。

「こらー、演出。口もきけん、演技指導もできん、それでも演出か。大体、きみには演劇言語ちゅうんもんがない。思想もポリシーもない。あるのは日本人の感傷だけじゃないか。わしだってウェノム（日本野郎）さ。だけど、芝居の中身でマダン劇と連帯しとる。それにひきかえ、きみには何もない……」

三村むつごろうの舌鋒は止む様子もない。

「よしなさいよ、まったくもう」

窓際から声が飛んだ。鼓手のミファだ。

ミファは、美和を朝鮮語読みする「赤まんと」内の通称で、本名は海田美和。彼女は崔鉉と組んで赤帽「ひまわり運送」の運転手をしているが、以前、保母の経験があり、なにかとたしなめたり歌の指揮をしたりする性癖が残っている。しかし、今の一言は性癖とは関係ない。海田美和は、日本人だ、朝鮮人だ、といった議論を極度に嫌う。そういう場面に直面すると、チャンゴを叩いているときの恍惚とした表情も、とたんに歪んでしまう。そして、議論に背を向け、一人むきになってチャンゴを叩く。その風姿には、妙に孤独感が漂う。

三村むつごろうはミファを睨みつけたが、よろめく足取りで壁際へ行き、音を立ててそこに靠《もた》れると、そのままへたりこんだ。

「ねぇ、カラオケでもして、お開きにしようよ」

宋真由美が明るい声を上げる。

「オンニ、真面目に反省してよ。マダン劇といっても全然、ネムセ出せやしなかったじゃない。やっぱり、ウリマルの勉強から始めるべきよ」

「ほらまた、スニムの、べきが始まった」

真由美が茶茶を入れる。

「ウリマル喋るべき、ハングッ（韓国）へ行くべき、〈在日〉は民族の誇りを持つべき。うんざりよ。人間は無理矢理、理念の型にはめて生きるものじゃないでしょ。在りのままに生きる存在であってかまわないでしょ。私の場合、日本語で充分、暮らせる。ウリマルをマスターする必要ないわ」

真由美のあっけらかんとした反撥が、順任を苛立たせる。彼女が爆発するまえに、私は割ってはいる。

「言葉がただの伝達手段というのなら、日本で暮らしている真由美は日本語さえ話せれば何不自由ないかも知れん。ところが、真由美が空を見て、ソラと呼ぶのと、ハヌルと呼ぶのとでは、感性も意識も気分も、まるで違ってくるはず。真由美にとってのウリマルはただの伝達の手段じゃなくて、やっぱり、アイデンティティにかかわるんだよな。ハヌルの感覚が、朝鮮半島だけでなく世界中に散って生きている同胞と共振し合うんだよな」

真由美の表情があからさまな不快感を示す。賢しらな私の口舌に彼女は我慢ならないのだ。

「ウリマルたら、民族たら、窮屈で仕方ないよ。それが私にとって足枷だってこと、火田さんには理解できないのよ。はい、韓国へ行ってきました、はい、韓国語ぺらぺら喋りますわよ、そんな日本人がゴキブリみたいにぞろぞろ出てきたようだけど、そうして明るい日本人してればいいのよ。〈在日〉には、そうはいかない、ふかーい事情ってものがあるのよ。この屈折、日本人に伝わらないのよ」

真由美は胸のなかの鬱屈を皮肉まじりの口吻にまぎらす。そんなやりくりによって瀬戸際を回避しながら生きるのが、彼女の手法なのだろう。

順任はそれを赦さない。

「オンニ、日本人に変な皮肉をいうのはよしなさいよ。屈折だなんて、オンニの甘えを証明してるようなものじゃない。ひとのせいにして物乞いの真似をしたら駄目。私たちが自己定立するのはどこまでも自力でなきゃ。日本人に隙を見せては駄目」

順任の直立した言説は、真由美の感情を刺激する。二人の座っている位置からフロアーを対角線でむすぶ線上に険難な空気が往き来する。こんなとき仲裁役を買って出るのは崔鉉なのだが、いまは順任と真由美のやりとりが行き着くところまで行って治まるのを待っている。

突然、沈黙を裂いたのは、柳泰鶴だった。

「なんだよ、みんな。芝居ばっかりして。日本人だ、朝鮮人だって、さも鉄のボールでもぶつけ合ってる振りして、馴れ合ってるだけじゃないか。ボールの中身はボロ屑じゃないかよ。おれはもう、こんな場所にいたくない」

泰鶴は言うなり、躍り出るようにフロアーの中央に仁王立ちしていた。その拍子に一升壜が倒れ、食べさしのキムチの器が転がった。彼の口吻が、幼児の泣き喋りみたいな印象をあたえたのは、精悍な容貌に思いがけない少年の緊張が浮かんでいたからだ。

「日本人だ、朝鮮人だ、わたしだ、世界だ、そんな議論、ここでやってて何になる。所詮、仲間内の八百長じゃないか。いい年して、オナニーだかマスターベーションだかするなよ。やるんなら、おやじとやってみろよ。朝鮮民族、朝鮮民族とお題目、唱えてるおやじとやってみろよ。日本人の前でへいこらへいこらしとるおやじとやってみろよ。朝鮮ってなーに、と幸せそうに通り過ぎる日本人とやってみろよ。隣のおっちゃん、おばちゃんとやってみろよ。まるごと日本のどまんなかでやってみろよ。四面楚歌のそこが、結局おれたちの場所じゃないか」

泰鶴は直立の姿勢を崩さない。言葉までが直立したまま迸り出る。

「おれはおれだよ。おれが〈在日〉だよ。おれが民族だよ。おれが朝鮮だよ。おれは韓国へだって行くよ。民族組織へだって行くよ。ウリマルだって欲しいよ。世界中の同胞のことだって気にするよ。統一のことだって考えるよ。おれはおれの朝鮮、探す。ネ　チョソン　チャヂャロ　カンダ」

皆の顔に、不意打ちを食ったような表情が掠める。泰鶴が、おれの朝鮮を探しに行く、と朝鮮語で言ったことに、ただ息を詰める。

しんと静まりかえったとき、空白の時間を断ち裂くように泰鶴は、

「おれは、いまかぎり赤まんとを辞める」

と宣言するなり、バッグを摑んで稽古場を出ていった。

順任と真由美が稽古場を飛び出したのは、数十秒後だ。

深更、電車も地下鉄もない。私は、運河沿いの道を長身を立てて歩く泰鶴の姿を思い浮かべる。テハギが旅してる……そんな言葉が、ふと浮かぶ。運河は夜空を彩る街の淡い薄明りに映えて、闇とは境界を画す光りの粒子を水面に浮かべていて、その輝きだけがたよりの道を泰鶴は歩いている。後を追う順任と真由美の姿はなく、逡巡する素振りもなく歩いて行く泰鶴の姿だけが、私には見える。な

んのためらいもない歩き方なのに、私には、行き先はどこ？　と問いかけることが、どうしてもできない。

私が柳泰鶴の父親が経営する運送会社を訪ねようと思った理由は、二つある。一つは、人材派遣会社からの仕事が跡絶えて、暮らしが危機をむかえている折も折、ヤナギ運輸が運転手を募集している噂を聞いたからである。いま一つは、泰鶴とのつながりを取り戻す緒を求めてである。

「赤まんと」公演打ち上げの夜いらい、私は泰鶴と顔を合わせていない。あのとき後を追った趙順任と宋真由美が、三十分ほどもして戻ってきたとき、二人の全身には首うなだれるような疲労の影がまといついていた。あれから一か月以上が経っている。そのあいだ泰鶴の噂が全然、耳に入らないわけではなかったが、変哲もないそれにすぎなかった。唯一つ、彼がコ統連に顔を出しているという噂が、私には意外だった。コ統連というのは、在日コリア民主統一運動連合の略称で、本国の民主主義体制の確立と南北統一の実現をめざして活動している在日韓国人の民族組織だ。金大中拉致事件の直後に結成されたコ統連は、それ以来三十年間、名称を変え、人脈の有為転変を経ながらも、一貫して本国の政治体制を批判する立場をとりつづけている。韓国の歴代政権によって「反国家団体」のレッテルを貼られ、その構成員は入国を拒否されつづけてきた。柳泰鶴が、そのコ統連の青年組織である在日コリア青年同盟（コ青同）に出入りしているという噂は、彼の性情からして唐突な印象をあたえる。泰鶴のなかで揺れ動いている情理の闇が、私をひきつけた。

ヤナギ運輸は、旧国鉄の軌道がはしる土手の下にあった。一帯は戦後、朝鮮人集落を形成して、独特の雰囲気を醸す地域だった。周辺の日本人とはほとんど没交渉に生活を営むほどの共同体を堅持して、十年ほど前までは初級民族学校もあった。いまは建て直された民家に挟まれて物置小屋のように残っている老朽バラックや、所々に積まれた古鉄の山が、かつての名残りをとどめている程度だ。

　ヤナギ運輸の敷地は、かなりの広さを占めていた。大形トラック五、六台は収容できる車庫の隣り、車寄せの隅っこにプレハブ建ての事務所がある。声をかけて事務所にはいったとたん、イヤホーンでウォークマンを聞きながら事務机にむかっていた娘が、私を知っている素振りを示した。

　私が用件を告げると、彼女は電話機にセットされたインターホンのボタンを押し、「お父さん…………」と呼びかけて、すぐ「アボヂ」と言い直し、連絡を取る。事務所の裏の三階建てが住居らしい。アボヂが来るあいだに彼女が告げた自己紹介によって、泰鶴の妹であることがわかった。彼女がマダンノリペ赤まんとの公演を見て、打ち上げにも顔を出していたと話すのを聞いて、私は記憶のなかに顎骨あたりの肉がふっくらとして白い肌の顔を思い出した。

　柳南哲《ユナムチョル》は泰鶴にも妹にも似ていなかった。年齢はほぼ私と同世代だろうか。その年代の〈在日〉二世としても顕著な民族的風貌を浅黒い皮膚に刻んで、薄い色付き眼鏡の奥の視線が、胸にヤナギ運輸のネームのはいった作業服を着た身なりと不釣合な印象を与える。私が持参した履歴書に目をやっていた柳南哲は、私の年齢や学歴がトラックの運転手という職業にふさわしくない、家族構成ゼロというのも珍しい、などと独言みたいに言い、

「同胞には大学出てもそういうのはゴマンとおるが、日本人では珍しいのと違うか」

　と、私を眺める。

「このひと、兄さん……オッパの知り合いよ」

横合いから泰鶴の妹が口を挟んだ。

父親は瞬時、意表をつかれたふうに私を眺めたが、苦々しげに言い放つ。

「あんた、金大中をどう思うね。そう、こないだまでの大統領」

唐突な問いに私は口ごもる。

「あれは立派な政治家だ。青年時代からすでに一国の大統領になろうと志を立てた。たびかさなる死線を潜りぬけて野望を果たした。その深慮遠謀たるや政治家として本物だ。前政権の腐敗一掃に賭ける情熱は半端じゃなかった。いかがわしいトップの首もどしどし切った。それでも軍は黙っとった。金大中でなくては、ああはいかんだろう、たちまちクーデターだ。タイカクのやつ、そんな大統領にまで食ってかかるような組織に出入りしていて、何を考えているのか。あんたらが後ろで糸ひいとるのと違うか。近頃は韓国通の顔した不逞日本人が増えとると聞く」

「アボヂ、止しなさいよ。このひと、アボヂの演説聞きに来たのと違うわ」

娘の叱責に泰鶴の父親は矛を収めた。

本題にはいると、彼は面接の初っぱなに示した難色が嘘のように、私の採用を決めた。金銭面の条件は、人材派遣会社から紹介される仕事に比べ、はるかによかった。

「テハギ、コ青同の活動に参加しているそうじゃないか」

突然の私の言葉にも、柳泰鶴はハンドルを握る姿勢を崩さず、助手席の私にちらっと視線を投げただけだった。一緒にトラックに乗って三日目、私がはじめてその種の話題を切り出したことに驚いたふうではない。

柳南哲との妙な面接であっさり採用が決まった翌日から、私は三日間の見習いということで泰鶴が運転する十トン車の助手席に乗っている。

トラックは組み立てられた鉄骨を満載して、右手にちらほら海が見えはじめた国道一号線を走っている。浜松にある配送先の自動車工場までは二時間ほどで着くだろう。そんな時間を計算しながら、明日からは単独で運転席に乗ることを意識して、私はさきの言葉を口にしたのだった。

「コ青同の政治方針は、今も七〇年代から変わっていないようだな。在日社会もすっかり様変わりして、政治ばなれも並じゃないから、組織は大変だろ」

「それがあんたに何の関係あるの」

泰鶴は切口上に返した。ハンドルを握る几帳面な姿勢は変えない。私はその姿勢に泰鶴の性格の一面を知らされたように思う。

「〈在日〉に限られた選択肢のなかからテハギが選んだのだから、おれはその選択に注目してるんだ」

私は切口上に乗るまいと声を抑える。

彼は彼の流儀で応えてきた。

「コ青同は政治のお化けばかりじゃないよ。ウリマルだって、歴史の学習や文化活動だってある。それに、おれはまだ選んだわけじゃない」

光りの粒子を銀いろにきらきら燦めかせて海が見える。低い丘陵や家並みが跡切れるたびに姿をあらわすそれは、しだいに間合いを長くして広がりはじめる。

「しかし〈在日〉にとって選択肢は無尽蔵にあるわけじゃないだろう。日本人だって五十歩百歩かもしれないけど、日本で生きているかぎり、すくなくとも日本人だからという制約はない。それにくらべて、〈在日〉は存在自体が抑圧との抗争だ」

「そんなこと誰が決めた」

ぶっきらぼうな言葉とは裏腹に、泰鶴の語調に険しさはない。

「おれはおれの意思で〈在日〉を生きる、おれはおれのくにを生きる。いまに始まった考えじゃない。ガキの頃から、そう心に決めてた。朝鮮人の何かもわからず、日本人の何かもわからず、学校に上がって、おれはクラスの他のやつらと違うな、と気づいた頃から……。あの頃、他のやつらと違うってことが、なぜとも知れず不安でたまらなかった。ちょうど、夕方になると風が出てきて、近所の大きな木の枝がざわざわ鳴りだしたりしたとき感じるような不安。あの音を聞いて、おれは大人になるまで生きられないなって、ほんきで思ってたな。事実、小六の時、バタフライナイフで右の手首切ったことがある。切った瞬間、血は全然出なくて白い軟骨みたいな肉がパクッと見えてさ。あんとき、おれをチョーセンって笑った中学生のホテルの息子をやろうと思って何日もポケットにしのばせていて、とうとうやれなくて自分の手首切っちまった。切ったあとで、このためにナイフ買ったんだという気がした」

私は、まるで別の若者に出会ったような気持ちで聞いていた。

「だけど変なんだよな。訳もわからず不安でたまらないのに、他のやつらとは違うってことが、なんだか凄いことのようにも思えて、おれは何でも出来る、何にでもなれる、無限に自由だー、という気もしてた。あれ、不思議な感じだった。火田さんたちの好きな言葉で言ったら、原風景ってやつ？あの震えるような感覚が、おれの原風景ってやつだったんだよな」

右手につづく砂防林のむこうに海が広々と浮き上がって見えた。四月の風は意外と力強いのか、防潮堤に打ちつける青い波濤は高くうねっている。うねりは沖合へ遠のくにしたがって色彩を変え、ある距離を境にまるで姿を変じたように銀いろの光彩を一粒一粒、肉眼でとらえられる鮮やかさで燦めかす。光りの粒子は沖合へ行くほどに微細になり、風の色にまぎれて水平線に消える。

「おれは日本野郎が仕掛けた枠にとらわれず、生きてやる。〈在日〉だからそれができるってことを目にもの見せてやる。〈在日〉に居場所がないなんていうのは、悪い冗談だよ」

泰鶴は鋭利な刃物を突きつける語調で言い、フロントガラスの前方を見つめたまま押し黙った。

それでも泰鶴は線引きされたフィールドを踏みこえて出ることはむずかしいだろう……。私は妙に醒めた気持ちでそう思い、何かに挑むような泰鶴の顔を見た。彼のむこう、広がる海の燦めく荒涼に、船影はなかった。


三日間の見習いを終えた私は、四トントラックに乗って名古屋市内の配送から始め、十日ほどもすると東海三県へと受け持ち区域が広がった。それでも朝、車庫を出発して、夕方に戻るという単式勤務は、時間のずれは再々あっても、変わらない。だから、柳泰鶴と顔を合わせる機会はほとんどない。

彼は長距離輸送の一〇トントラックに乗り、深夜の走行や三日、四日を費やして青森とか下関とかへ向かうことが多かった。

私にはトラックの仕事は苦痛ではない。馴染むのにとまどいもなかった。大学を出て十年ほどフツーの会社員をしたあと、職を転々とするあいだにトラックの仕事も何度か経験していた。それなのに二か月ほどもするとヤナギ運輸の社長・柳南哲（彼は日常生活では柳《やなぎ》と名乗っている）との関係が気まずくなっていた。齟齬を来たす原因は一方的に私の側にある。マダンノリペ赤まんとの稽古のあと深夜まで飲みすごして翌日の出勤時刻を遅れるとか、宿酔《ふつかよい》のために事故すれすれのトラブルを起こすとか。欠勤も目立ちはじめていた。

柳南哲、泰鶴父子が衝突する出来事は、そんな頃に起こった。

自動車タイヤを桑名、四日市方面の工場へ配送して私がヤナギ運輸にもどったとき、事務所のほうから、言い争う男の声が聞こえた。声高なそれの一方は、南哲の声だ。

事務所のドアーを開けたとたん、罵声とも怒声ともつかぬ凄まじい叫びが耳をつんざいた。つぎの瞬間、私はそこで繰り広げられている事態を判断する余裕もなく、事務所へ飛び込む。闇雲に南哲と泰鶴の間に割ってはいる。しかし、闘争心を全開にした二人の肉体はたがいの胸倉を掴み合って、ぶち当てた机もろとも傾いたまま離れない。私は咄嗟に、足もとにひっくり返っている折畳み椅子を拾い、二人の体のあいだに抉《こ》じ入れようと突進する。歯車みたいに喰らいつき合った二つの体は離れようとしない。

それでも数分後、二人はたがいの手を離し、身を退く恰好で睨みあった。息を弾ませながら対峙する、泰鶴の蒼白な顔と、赤みを帯びて汗を浮かべる南哲の顔が、妙に対照的だ。私は百メートルを全力疾走したあとのように呼吸した。

泰鶴が椅子を蹴散らして事務所を飛び出して行った。後を追おうとする私に、南哲は「放っとけ」と、怒鳴る。私は瞬間、迷い、泰鶴を追った。

外に出ると、意外にも泰鶴は、車庫の入口の明かりの差さない柱の脇に蹲まっていた。近づくと、子どもじみた嗚咽が聞こえる。

「おれはおやじに手を出してしまった。初めて、こんなこと、してしまった」

私が肩に手を触れると、泰鶴は体をふるわせ、顔を上げないまま、言った。

事のいきさつを知ったのは、翌日の朝。泰鶴の妹が話してくれた。

泰鶴は七日前に富山の仕事に出たきり、翌日には名古屋へ戻る予定なのに帰らず、事務所へも何の連絡も来ないままだった。南哲が富山の配送先へ電話を入れて、トラックの助手席に若い女性が乗っていたという意外な情報を得たのは三日目のことだった。南哲は歯がみして日を過ごした。

南哲の堪忍袋の緒が切れかかった折も折、泰鶴が帰ってきた。南哲が泰鶴に一週間の逃避行を難詰し、助手席に乗せていたという女性のことを激しく詰問したのは、言うまでもない。初めのうち言を左右にしていた泰鶴は、追いつめられるようにして、その女性が赤まんとの夢乃はるかであることを明かす。

なに？　日本人だと！　お前は日本の女に惚れることしか知らんのか。

南哲は逆上した。

泰鶴の妹からそれを聞いた瞬間、私も晴天の霹靂だった。泰鶴と夢乃はるかの間にそのような関係が生まれていたとは、まるで気づかなかった。

泰鶴は夢乃はるかを十トントラックの助手席に乗せて七日ほども北陸を旅し、能登半島などで泊まりあるいていたらしい。南哲から詰問されて彼はそれをはっきり認めたわけではないが、否定もしなかったという。昨日、私が事務所に入るなり目撃した情景は、その直後に起こったようだ。

「オッパは、あれから家に帰りません」

泰鶴の妹の言葉を聞いて、私は早々に事務所を出た。泰鶴が私のアパートに来ていることを南哲に知られるわけにはいかない。

昨夜、私は放っておけば夜の街へ飛び出して不測の事態さえ招きかねない泰鶴を説得して、アパートへ伴なった。冷蔵庫から缶ビールを取り出して飲むうち、興奮さめやらぬ風情で彼は喋った。

「おれはいつかおやじに手を上げるだろうと思いつづけてきた。高校に入った年の秋からずっと。十六歳の誕生日を迎えたおれは、区役所へ行き、写真も提出せず署名もせず、確認登録を拒否した。窓口の担当者は、法律で決められたことだから違反すると罰せられますよ、警察に逮捕されることもありますよ、将来のことを考えたほうがいいですよ、とか言って脅したりすかしたりしたけど、おれは、登録する気はないと言い張った。課長だかも出てきて三人がかりで説得にかかったけれど、おれは拒否して通した。昔おとなたちが外登法の指紋問題で大騒ぎしたと聞いて、十六歳になったら必ず拒否するんだ、と心に決めてたことだから」

そのときの自分を誇るように、泰鶴はいくらか表情を和ませたが、ふたたびそれを怒りで硬直させた。

「おれが家に帰ると、おやじは、外登証を見せろ、と言った。あれこれ言い逃れしているうちにおやじが怒り出した。仕方なしに役所がくれた交付期間指定書っていう紙切れを見せると、おやじは咄嗟に気づいたんだろう、怒鳴り出した。おまえはブタ箱にぶち込まれたいのか！　全州柳家《チョンジュユーガ》から縄付きを出したいのか！　両班《ヤンバン》の族譜《チョッポ》を泥で汚すのか！　訳の分からんことを喚き散らすなり、おれの首根っこを摑んで無理矢理、車に乗せ、区役所へ連れてった。あのときの屈辱がおれとおやじとのあいだに立てられた墓標になったんだ……」

泰鶴は三十分ほども喋りつづけ、疲労のためか、酒酔のせいか、崩れ折れるように横になると眠ってしまった。

泰鶴と私の十日間は、奇妙な同居生活だった。泰鶴には変に意地っ張りなところがあるのか、父との一件のあとも仕事を辞めることなく深夜走行と長距離に出ており、私は日勤乗務をつづけているので、おたがいまともに顔を合わせる機会もない。ただ一度だけ、彼がアパートへ転がり込んで五日目の日曜日、終日、顔を合わせて過ごすことがあった。

前日、そろそろ日付が変わろうとする時刻に二日がかりの新潟行きから戻った泰鶴は、シャワーを浴びるなり、私とはろくすっぽ言葉も交すことなく眠り込んでしまった。彼が目覚めたのは正午に近かった。

「テハギ、早よ、顔洗って来いや」

ランニングシャツにパンツ一枚の恰好で起き出してきた泰鶴に、私は缶ビールを飲みながらキッチンから声を掛ける。キッチンと言っても炊事場と合わせて四畳半ほどの板の間だ。泰鶴のため幾分、奮発した朝食を座卓に並べてある。

トイレ、シャワーと一つになった洗面場で小便やらおならやらくしゃみやら派手な音を立てて、やおら出てきた泰鶴に、冷蔵庫から缶ビールを取り出して渡す。泰鶴はそれには一口つけたきりで早速、めしを掻き込みはじめる。座卓の上のオムレツ、鯵の干物焼き、ウインナーソーセージ、キュウリの塩もみ、キムチ、味噌汁をめし四杯もろともあッというまに平らげてしまった。私は缶ビールの力を借りて、めし一杯を食べ切る。

インスタントコーヒーを淹れながら私は言う。

「二、三時間歩こう。トラック転がしてばかりで脚がなまってきた」

泰鶴は渋々、同意した。

私は、二十年近くまえ外国人登録法反対運動の際に制作した「人間宣言」の文字のはいったTシャツを着、泰鶴には、「赤まんと」の趙順任が韓国へ行った折に買ってきてくれた仮面絵入りのTシャツを着せ、ともにGパンを穿き、スニーカーを履いて出発した。国道22号線に架かる大橋に出て、そこから庄内川の堤防伝いに河口へ向かおうというわけだ。

梅雨の合い間の異変か、もう三日もつづく日照りのなか、十分も歩くと背中あたりがうっすら汗ばんできた。立ち枯れた雑木の間に間に、青々とした野菜畑が現われては消え、河川敷の風景に合わせて、川幅も広くなり狭くなりして水面の色合いを変化させる。ゴルフ練習場が川幅を括《くく》れさせている辺りでは水が黄濁している。かとおもうと広々とたゆたう流れが現われて、青みを帯びた水面が陽の光りに微かな音を立てて燦めいている。その辺りには、コンクリート堤の傾斜面に尻を下ろして釣り糸を垂れている人の姿がある。何十羽もの白や斑《まだら》の水鳥が、川面で静止したり羽づくろいしたり突然、飛び立ったりして、キーンと冴え渡るような鳴き声を空に響かせる。陽光を眩《まばゆ》く散乱させる空の高みまで飛翔して、ふたたび水面へ突っ込む水鳥の様子が、釣り人たちをからかっているようにも見える。

私はTシャツの裾をたくしあげ、顔の汗をぬぐう。橋を二つほども過ぎた頃からどっと吹きだした汗は、おさまらない。アパートを出がけに泰鶴が飲み残した缶ビールまで飲み干してきたのが、たたっているらしい。

泰鶴は急に歩幅を早くする。顔にはうっすらと汗が浮かび、風に吹かれて心地好さそうだ。

私は、おっさんの底力、見せたるー、と走り出す。全力疾走したつもりが、三十メートルと行かないうちに泰鶴に追いこされた。彼は私を追い抜いてもスピードをゆるめず、かなり先へ行ったところで不意に土手を駆け下りた。堤防が左に急旋回している辺り。河川敷が長方形のグラウンドになっていて、川ぎわのホームベースからレフト方向は延々とつづいて草叢に消えており、ライト方向は二塁手と右翼手がほとんど踵を接するほどの窮屈さで、堤防がスタンド代わりになっている。グラウンドではジャージーや上下ちぐはぐのユニホームを着たチームが野球の試合をしている。

私が息を弾ませて追いつくと、右中間あたりの堤防の斜面に腰を下ろした泰鶴が、あれを見ろ、という仕種をする。ファウルチップや捕手の後逸したボールが、川へ落ちないように、漁網が張ってあって、その横に、棒杭の両端にベニヤ板を渡して打ちつけたスコアボードが立っている。先攻チームが「南」、後攻チームが「北」と書かれている。簡単すぎる表示は居住地区の区別でも示したものだろう。スコアーを見て驚いた。初回は「南」「北」とも7の数字がマジックペンで黒々と書き込まれている。

ゲームは二回の表、「南」の攻撃、「北」の守備。北のピッチャーは見わたしたところ両チームで唯一、上下揃いのユニホームを着て姿形は板についているが、なかなかストライクがはいらない。泰鶴と私が見ている間にもフォアボールを連発し、味方野手の失策などもあって、一死を取るあいだに三点を失なっている。

「あの連中、何が楽しくて野球をやってるんだ。いつまでたっても試合、終わらないよ。ほら、野手なんて木偶《でく》みたいに立ってるだけ。どんまい、どんまいなんて声張り上げちゃって。待つ身になってみろ！　って叫ぶ気にならないのか。それにしても南北対戦ってのは冗談が過ぎるよな」

泰鶴が悪態ついているあいだにも、押し出しフォアボールで四点目がはいった。泰鶴の言葉が私に彼と在日コリア青年同盟のかかわりを思い出させた。

「コ青同にはいまも参加してるのか」

「またフォアーで押し出しやがった。リリーフはいないのか」呟いたのが私の言葉を無視する合図かと思ったが、彼は間を置かずつづける、「とっくにやめたよ。〈在日〉にとってシーラカンスみたいなものかな」

「シーラカンス？　民族運動が化石だって？　冗談がきつすぎるんじゃないか」

「民族運動や統一問題が遺物だなんて言ってないよ。コ青同のシュホウがおれのウマに合わない」

「シュホウ？」

「そう、手法。なんでも本国と叫ぶ政治主義が〈在日〉の本音からずれちゃってる。そのくせ、本国で起こっている変化を認めようとしない。金大中政権ができれば、悪法の残存を批判するばかりで、旧悪を追放して国の改革をすすめている事実は見ようとしない。おれがそのことを言えば、金大中政権になっても政治犯はいっぱい獄中に繋がれたままだ、あらたに逮捕される者も跡を絶たない、おれたちに反国家団体のレッテルを貼ったままだ、と言う。議論になれば、おれの存在そのものが否定されかねない。あのひとたちは、主張と合わない現実には頬っかむりする。状況が変わって活動の理由がなくなりそうになれば、無理にでもそれを製造する」

　泰鶴は、いつ終わるとも知れず展開される二回表の攻防を眺めながら喋りつづけた。私は、短絡しすぎるとも取れる彼のコ青同批判を聞いて、泰鶴がそこを離れようと決心したのは、以前ではない、もしかしたらいまここで、なのかもしれない、と思う。

「だけど統一の実現という目標は、歴然としてあるじゃないか」

　私は我知らず反論口調になる。

「その手法がある日、突然、これまでの主張と変わる」泰鶴は切って捨てるふうに言うが、嘲笑的ではない、「海外同胞をふくめた世界大会がピョンヤンで開かれたとき、コ青同はそれに参加するため共和国へ行った。在日韓国人組織として活動してきたのに北へ行けば、北の体制にも批判を抱いている同胞に混乱を招くに決まってる。〈在日〉の民族運動って、もっと独自のものじゃないのか」

「コ青同は統一を希求するという一点で行動するんだから、南も北もないだろう」

「おれは別の道から行くね」

泰鶴は言うなり、Ｇパンの砂を払って立ち上がった。

グラウンドではまだ二回表の攻防がつづいている。

「変わるやつはいないのか。いつまでもノーコン・ピッチャーに投げさせるのは罪だよ」

捨てゼリフみたいに言うと、泰鶴は堤防を登りはじめた。

別の道……。私はその言葉の意味を質問したかったが、彼は委細かまわず堤防を河口の方向に歩いていく。


柳泰鶴は私の住むアパートを出てからもヤナギ運輸の仕事をつづけていたが、家へは帰っていないらしい。父親の南哲は私に対する態度を硬化させ、ときには露骨な敵意さえ示す。息子にたいして爆発しそうになる気持をこらえていて、矛先が私に向かうのかもしれない。そのことが理由ではないが、私は、夢乃はるかと話さなくては、と考えた。二人の関係を詮索する筋合はないが、泰鶴の消息を知っておきたい。

そんな折も折、夢乃はるかのほうから、話したいことがある、と伝えてきた。

「テハギは私と一緒じゃありません」

赤まんとの稽古の帰りに二人きりになった喫茶店で私に答えた彼女の返事は、意想外だった。

「彼とはもう半月ほども会っていません」

怪訝な顔をする私に、夢乃はるかは、

「私、何度もヤナギ運輸に電話入れるんですけど、埒が明かないんです。妹さんが出るときは心配して、兄によく伝えておきます、といってくれるんですが、お父さんが出たときなど、朝鮮語で何か激しい言葉、吐きつけて、電話、切ってしまう。テハギからは何の連絡もありません」

と言う。彼女の表情には、恨みの念がこもっている。

「テハギのやつ、夢乃を軟派しただけか」

「それは違う、はずよ。彼は、これまで出会った男たちみたいに私と寝るためだけに会いたがる男じゃなかった。一週間以上もトラック旅行したときだって、二度しか、しなかったんだから……あれのとき、恐ろしくなるほど燃えるくせに」

夢乃はむきになって言いつのろうとして、自分の言葉に驚いたふうに羞《は》じらった。視線を俯け、間を置いて語調を変える。

「だって、日本人だってことに私はこだわりつづけていたのに、彼は、日本人も朝鮮人もない、好きだから好きだ、そう言って私に魂あずけるみたいだったから。魂あずけるなんて、妄想癖の文学少女みたいな言い方だけど、彼の心の慄《おのの》きまでが私のからだに伝わってきたのは事実なのだから」

まっすぐに私を見つめる眼は、何かを誇示するような潤み方をしている。

「それなのに、旅から帰ったら、とたんに冷たくなって、会おうともしない」

夢乃はるかの眼差しから誇示するものが消え、ただの女の子の嘆きだけが残る。彼女の短絡的な変化に、私は付き合えないような気分になっている。それにしても、北陸の二人旅から帰って泰鶴が突然、夢乃を避けはじめた事実は、私をとまどわせる。おまえは日本の女にしか惚れられんのか！　父親のひとことが泰鶴の自尊心を思いもよらない破壊力で撃ちのめしたのだろうか。泰鶴が生まれてはじめて父親に拳を振り上げたのは、倒錯した反抗だったのだろうか。いくつにも背反するカオスみたいなたたかいが、現在、泰鶴の中に展開されているのかもしれない。

私はそれから一時間近く夢乃はるかの話を聞いた。

彼女と泰鶴が二人きりの関係を持ち始めたのは、二月の中旬頃、マダンノリペ赤まんとの三・一自主公演が迫って、泰鶴が演技のことで行き詰まり、私や趙順任の批判を受けて四面楚歌の気分に陥っていたときらしい。〈在日〉少女のチュム《踊り》を演じて泰鶴とは対の役どころにあたる夢乃が心配して、深夜、高架道路下の空間や彼女のアパート近くの公園で「たった二人の稽古」が始まり、自然の成りゆきみたいに関係ができていった。

公演のあと関係はいっそう深まる。泰鶴はしきりに同胞女性への批判を口にしたらしい。デリカシーがない、がさつだ、なにかと啀《いが》み合う、といった俗っぽい悪態に類するもので、それが昂じるときなど、彼女は嫌な感じさえ抱いた。同胞女性に馴じめない泰鶴のコンプレックスではないかと思ったからだ。泰鶴が時に彼女に対して見せる冷酷な素振りが、その印象を激しくし、彼女を怯えさせた。そんなときの泰鶴は、「日本人の女」に惚れた自分を嫌悪しているふうにも見えた、と彼女は言う。

夢乃はるかは、激したり、落ち込んだり、誇ったり、羞じらったり、めまぐるしく気持を変容させて、泰鶴との出会いから五か月ほどの関係を語った。しかし私は、卓子の上の空になったコップに干からびてこびりついたコーヒーの滓を眺めるような気分でそれを聞いていた。

夢乃はるかと話して半月余りのち、私の虚を衝く出来事が起こった。

八月にはいって最初の月曜日、私は五日ぶりにヤナギ運輸に出勤した。七月末の三日間、マダンノリペ赤まんとと関西方面の同種グループのマダン劇運動交流会というのが京都で開催されて、それに参加するため休暇を取っていた。

朝八時頃、事務所に顔を出すと、泰鶴の妹・美子《ミヂャ》が一人いて、「火田さん、ちょっと待って。社長が話すことがあるそうだから」と言ったきり、屈託ありげな態度をみせる。

私はまた叱言頂戴か、突風は首をすくめて頭の上を吹き抜けさせるに如くはなし、と腹を決めて、タバコを吸い、美子が淹れてくれたインスタントコーヒーを飲む。

タバコの吸殻が四本たまった頃、私は美子に泰鶴のことを聞く。

「オッパ、韓国へ行ってしまったわ」

美子の返事が私を絶句させた。

そのとき柳南哲が自宅との通用口になっているドアーから現われた。

「火田君、きょう限りでヤナギを辞めてもらう。給料に退職金がわりの手当てを乗せてある」

事務所にはいってくるなり私の前の卓子に給料袋をポンと置いて、南哲は言った。激昂している様子はない。私はその言葉をとっくに予測していたような錯覚を覚え、卓子の上の給料袋を眺める。例月のそれにくらべて三倍ほどもふくらんでいる。

「テハギが韓国へ行ったそうですね」

私は彼の解雇通告を承諾するかわりに訊く。

「あんたにそんなこと聞かれる筋はない」

突慳貪に返ってきた返事とは裏腹に、彼は喋り出した。

「何日ぶりかに家に帰ってきたと思ったら、仕事は継がない、韓国へ行く、と言い出した。その日のうちに旅行バッグ一個持って飛び出してしまった。くにへ行くと言うのなら、頭っから反対するほどおれは狭量なおやじじゃない。息子よ、よく言ってくれた、先祖の土地を踏んで来い、おまえのハルベやハンメの故郷を見て来い、そう言いたい気持で一杯だ。くにの土地、踏んで、涙の味を一度、味わって来るのがいい。いじいじした性格がくにの風で吹き払われて、颯爽とした人間になる。息子がそういう体験をすることをおやじは願うものだ。ところがタイカクのやつ、親戚の家を訪ねるつもりはない、墓を参る気もない、と言う。日本へもどるかどうかも分からんと言った」

南哲は私の存在など眼中にないふうに喋りつづける。

「アボヂ、一週間ほど韓国へ行ってきますと言って仕事を休むのなら解かる。ウリマルもできんのが、行ったきり戻るかどうか分からんとは、一体全体どういうことか。ヤナギ運輸がおれの代かぎりで潰れても構わんというのか。三十年の歳月かけて築いたものを。日本で骨を埋めると決めたときから、あれもこれも捨てて来た。誇りも夢もみんな犬に食わせてやった。それで手に入れた暮らしを、なんにも知らん息子がたった一日でヒョロッと潰しにかかるとは、えー？　何の復讐か。それがくにの先祖さまからの罰なら、おれは先祖にでもたたってやる」

南哲の長口舌を聞きながら、私は不愉快になりはじめた。泰鶴が韓国へ行ったこととヤナギ運輸の消滅とかを短絡的に結びつける南哲の憤りに韜晦を感じる。泰鶴が韓国へ行ったことに何を怯えているのだろう。簡単に本場者ふうの韓国人《ハングッサラム》になれるはずもないだろうが、そうなったとして祝杯のひとつも上げられないというのか。

私は椅子から立ち上がるきっかけを窺う。

二人で庄内川の堤を歩いた日、変な草野球を見ながら泰鶴がもらした言葉が甦える。

「おれは別の道を行く」

あのときの響きのままに泰鶴の声は甦えった。

柳泰鶴の韓国行きは私にある種の衝撃をあたえた。

マダンノリペ赤まんとの三・一公演後の打ち上げの時だったと思うが、泰鶴は、おれの朝鮮、探す、ネ　チョソン　チャヂャロ　カンダ、と言って脱会宣言をした。あのときの言葉に「おれは別の道を行く」という言葉をかさねて、私は自分を納得させてはいるが、それらの「宣言」と不意の韓国行きとどうつながっているのか、釈然としているわけではない。

ヤナギ運輸を辞めたあとの私は、新しい仕事を探す気分にもなれず、のらりくらりと日を過ごしていた。柳南哲が張り込んでくれた退職支度金を慎重に使っていれば十一月頃までは食いつなげると踏んでいた。気持の芯がぽろりと抜け落ちて穴があいたような状態が、まさか泰鶴の韓国行きと関係があると思えないが、久し振りに味わう妙な心境だった。

そんな折、私を驚かせるものが届いた。泰鶴からのソウル11・Au・03の消印があるＡＩＲ　ＭＡ

ＩＬだ。封書の表書きは、韓国ふうに横書きで私の住所が上に記されて姓名は下方になっている。発信人の個所には柳泰鶴の名があるだけで住所はない。便箋数枚にびっしり書き込まれた文字は、思いのほか端整な字体で、終りまで乱れてはいなかった。

火田民男様

ソウル明洞の水銀柱は30度をこえていますが、湿度は低く名古屋の夏にくらべて、しのぎやすいです。旅行バッグ（ただし滑車のついたダサいやつではなく、肩に掛けられるスマートなの）一個を片手に、関釜フェリーで釜山へ着いてから十二日経ちます。関釜フェリーで渡る玄海灘は波濤、あくまでも荒く、七十年まえハラボヂやハルモニが渡ったときの辛苦が偲ばれる、と歌い上げたいところですが、おれの渡った玄海灘は意外と従順な獅子でした。

釜山で三日ほどブラブラしたあと、大邱と晋州、慶州をまわって、ソウルへ来たのは四日前です。ソウルではトンデムン（東大門）の通りを少しはいったヨグァン（旅館）に泊っています。ここで日本の旅館とはちょっと趣を異にするヨグァンの様子やシヂャン（市場）など喧騒とエネルギーに満ち溢れたソウル市街の夜と昼の光景を活写したい誘惑に駆られますが、そんなことしたら文才ゼロのおれの指が折れそうなのでやめます。

驚き、感動したことを一つだけ記せば、両脚のない少年が地下鉄の車両を凄い勢いでいざり、移動しながら新聞売りのロードーをしていたことだ。彼は座席の空いているところにつぎつぎと新聞を置いていく。おれが掛けている隣の空席にも置いて行った。ハングルも読めないおれが、よせばいいのに何げなくそれを手に取って開いていると、間髪入れず戻ってきた彼が何かまくしたてながら爪垢のたまった手をおれの鼻づらに突き立てた。最初、なんのことかと驚いたけど、結局、読めもしない新聞を買わされる羽目になった。火田さん、そのときのおれのカオスのような感動わかる？

犬みたいに鼻のきく火田さんのことだから、例の詮索癖でおれが韓国へ来た理由をあれこれ考えて、夢乃との恋の破局による逃避行ぐらいに憶測してるのではないだろうか。火田さんの疑問に答える義理はないし、韓国へ来た理由を告白するために手紙書く気になったわけでもないけれど、残念ながらそういう週刊誌ネタの理由ではないことだけは断っておく。

夢乃との半年にも満たないラブ・タイムは、いまにして思えば、おれの錯覚だった。錯覚だったからといって、夢乃との関係をただ弄んだというのでは、勿論ない。それどころかおれのこころも欲望も夢乃に入れあげてボロボロになって、冷静沈着な彼女の態度に嫉妬をおぼえるほどだった。にもかかわらず、醒めてみれば錯覚だったということに気づいた。錯覚だったから神経が変になるくらい夢乃に舞いあがったのか。おれと夢乃が赤まんとの連中の目をぬすんで夜の公園でチュムの練習をはじめたとき、彼女は献身的とも思える熱心さでおれに付き合ってくれた。彼女もいっしょに何度も何度も演じて砂まみれになり、はだしの足指のあいだに血をにじませることもあった。ところが、おれが夢乃に急接近していったとき、彼女が口にした開口一番は、「テハギは狡い。なぜ順任や真由美さんに腹癒せするために私を欲しがるのよ」だった。おれは彼女の皮肉が全然、的はずれと言うつもりはない。だけど、夢乃に入れ込んでいくおれの気持からは、日本人のスケをこましてやろうなんて不埒な魂胆は吹っ飛んでいた。

夢乃はおれを拒んだことはなく、いつも受容してくれた。そうかといって、おれのなりふりかまわない情熱に生身ごと乗ってくるというのではなく、終始、沈着冷静だった。彼女は彼女なりの不安があって自分を抑制していたにすぎないのかもしれないけれど、おれは不満だった。燃えて寝たあとの彼女の決まり文句は、「チョッパリの女は組みしやすいわね」だった。二人で能登半島をトラック旅行したときも、夢乃は楽しんでいる以上に、何かに怯えていた。

彼女との最後のあれになった時のことだけど、ノロシという町の海辺の民宿で、夢乃は終わったあとしばらくして突然、訊ねた。

「テハギの左眼、どうして潰れたの？」あまりに露骨な言い廻しに、おれは頭にくるまえにマゾヒスティックな気分になってしまった。夢乃はおれの過去が知りたいのに、遠まわしの表現がうまく見つからなくて、そんな言い方になってしまった。おれは善意（？）にそう理解した。彼女のぶきっちょさに同情さえした。もしかすると、彼女はおれと出会ってから、訊ねる機会を待っていたのかもしれない。そしておれもじつは眼のことを気にしていたのだということに気づいた。ハハハハッ……おれは夢乃を笑い、おれを笑った。子どもの頃から親友コンプレックス君として親しく付き合い、ガキのくせに何度も自殺のことを考えて半分演技とはいえ未遂までしたのも、こいつのせいかもしれない。楽しいはずはないのに、三十秒間も笑ってしまった。キョトンとしていた夢乃の顔がみるみる泣き顔に崩れていくのもかまわず、おれは心底、笑ったんだ。眼のことを言われて喧嘩をしたことは小学校と中学校の頃、のべつだったし、高校のときにはそれで相手を傷つけて家裁送りになったこともあるけれど、半分本気で笑ってしまったのは、あとにもさきにも初めてだよ。

おれが今時はやりもしないトラホームとかいうのに罹ったのは四歳の時だったらしい。おれの左眼がどうしてこうなったか、ハルモニもオモニも絶対教えなかった。おやじも隠していた。ところが、おれが高校を卒業してヤナギ運輸の仕事を継ぐのが嫌で、ちょっとグレていたときのことだ。おやじが腹立ちまぎれに口走った。「お前は眼のことを恨んで、アボヂに復讐するつもりか」と。それから例によってとめどなく喋りまくった。

当時、おやじは、一〇トントラック一台持って請けで鉄骨会社に入り、しゃにむに働きまくっていた。家は貧乏のドン底、健康保険なんて入ってない。目脂と黴菌でグジュグジュになった眼をせっせと水洗いするばかりで、医者にも診せなかった。ハルモニはといえば日がな一日、アイグ、チョサンニム（ご先祖様）、家のテハギをお助けください、と祈りつづけ、夜になるとおまじない。古鍋に味噌汁を炊いて生のもの洗いもせずに放り込んで、寝てるおれの枕元に持ってくる。そこへ唾三回、吐け、と叫んで、おれに唾を吐かせ、俺の髪の毛を三回むしって鍋に入れる。それから出刃包丁、持って来たかとおもうと「鬼神、出て行け！」と叫んで、鍋の中のものと出刃包丁を思いきり家の外へ放り投げる。

勿論、まじないでおれの眼は治らなかった。おやじの言葉を借りれば、トラックを売る覚悟で医者へ連れて行ったけど、手遅れだった。おれの眼がこうなってからというもの、これもおやじの言葉を借りれば、何が何でも運送会社を大きくしておれに譲ろうと決心したそうだ。「おれは死んだつもりで遮二無二、働きまくった」。憑かれたように喋るうち、おやじの口から「罪の償い」なんて言葉まで飛び出して、そのころにはおやじのチャンソリ（愚痴）が妙に切なげになって、不覚にもおれは胸を衝かれた。ふん、おやじの野郎しっかり役者やりやがって。これだから一世まがいの二世は油断がならない。そう反撥しながらも、なにかと下町の独裁者をふるまうおやじが、おれの人生に負い目を感じてると思った。

火田さん、おれとおやじがあんたを巻き込んで乱闘をやったことあるよな？　あのときだって、おやじが本心から「日本女」との交際に腹を立てたのかどうか、おれは疑ってるんだ。おやじは生粋の民族主義者なんかじゃない。二枚腰ってやつだよ。あのときの剣幕は、おれにたいする負い目がなせる業だった、とおれは踏んでいる。

だから俺が一方的に夢乃と別れたのは、おやじから詰《なじ》られたためではない。ましてや火田さん好みの「民族的葛藤」のゆえでもない。夢乃とのことはノロシでのセックスのあとの悲喜劇「眼に関する大笑い」の一場で終わっていた。そこで三段論法になるのだが、故におれが韓国へ来たことと、夢乃との「恋の破局」とのあいだに因果関係はない。

便箋がもう十枚目にはいってしまった。

もうやめるけど、生まれてはじめて二日がかりのながい手紙を書いて、おれは火田さんに何を伝えようとしたのだろうか。たぶん、目的なんてない。夢乃とのことを告白したり、韓国へ来るまでの身世打令をするつもりは毛頭ない。おやじとの関係へのレクイエムなどでは、更にない。

だいいち、ここまでおれが書いてきたことはみんな嘘かもしれない。嘘だ。だけど真実でもある。信じるか信じないかは火田さんの自由。

いまソウルは午後四時十九分。昨日も同じ頃、この手紙の前半を書いた。夜とか深夜に手紙を書きたがるやつの気が知れない。

アンニョンヒ　ケシプシヨ

2003年8月10日

柳泰鶴

思いもよらなかった手紙が届くと、私は次のそれを心待ちする気分になっていた。うだる暑さの毎日で仕事を探す気力もおきず、マダンノリペ赤まんとの活動にも、理由なき倦怠を覚えていて、手紙を待ち望む気分に拍車をかけた。

泰鶴に関する穏やかでない情報がもたらされたのは、そんなときだ。夏季のあいだ、舞踊の勉強のためにソウルへ行っている趙順任が週末を利用して日本へもどった折、私たちに伝えたのだが、彼女の表現を借りれば、「まるでヒッピーか物乞いみたいな恰好」をした泰鶴に会ったというのだ。

順任は師事している先生の公演について他の弟子たちと一緒に全羅北道の全州へ行った。開幕まえの一時、彼女は会場となった市立劇場前で手持ち無沙汰にしていた。楽屋での先生の身の廻りの世話は、本国のもっと上席の弟子が受け持っていて、彼女は外様のような立場にあった。そのうち彼女は劇場の入口を往ったり来たりしている男に気づく。

「ヒッピーか物乞いみたいな恰好」の男は、髪は女の子のおかっぱのように伸び、顔じゅう半伸びの髭、髯、鬚におおわれ、Tシャツも G パンも着のみ着のままで汚れ、近づけば確実に垢と汗と胃病の匂いが鼻を衝くにちがいない風態だ。韓国の若い世代にその種の風態はめずらしい。なんとなく気になっているうち、むこうから話しかけてきて、それが泰鶴と知った。まさに驚天動地である。

泰鶴はひげだらけの顔を照れたふうにニヤニヤさせ、「いまチョンヂュに来てる」と言った、「金淑姫の舞踏公演のポスターを街で見かけて、毎年、夏には韓国へ来るヌナ（姉さん）のことだから先生といっしょではないかと覗いてみたんだ」

順任は、いつ韓国へ来たの？　ちゃんと宿に泊まってるの？　ごはんは食べてるの？　と矢つぎばやに訊ねかけ、咄嗟に思いついて、「テハギ、ちょっと待ってて。ここ動いちゃ駄目よ」と言うなり、受付へ飛んで行った。

開演時刻は迫っていた。受付で金淑姫の門下生であることを告げ、強引にチケットを一枚手にいれると、泰鶴のところへ取って返して渡した。泰鶴と話さなくてはならないことが山ほどあるように思い、終演後、その時間をつくろうとしたのだ。

「私たちと一緒の席へいらっしゃいよ」

強く奨める順任に、泰鶴は首を横に振り、最後部の席へ行く。順任は仕方なく、ほかの弟子たちが陣取る最前列の席へと別れた。終演と同時に順任が泰鶴の席へ行ったとき、彼はいなかった。劇場の周辺を探したが、どこにも泰鶴の姿はなかった。

順任は泰鶴との意外な邂逅を伝えたとき、彼の姿を見失ったくだりで涙ぐんだ。私もつい胸にせりあがってくるものを覚えた。「ヒッピーか物乞いみたいな恰好」の泰鶴が、石婆あ《トルハルマン》（老婆の石像）のある村の見知らぬ樹の下で座り込んでいたり、波打ちつける海辺の岩の上で寝そべっていたりする姿が、実際に目にしたことの記憶のように幻視された。

泰鶴から二通目の手紙が届いたのは、最初の手紙が届いてから二週間ほどのちである。一通目以上に分厚いエアメールだった。封書の消印は光州。一通目のとき発信人の個所は柳泰鶴の名だけだったが、この手紙にはなぜか彼の日本の住所が記されている。

ああ、光州よ　無等山よ
死と死のはざまで
血の涙だけが　流れる
われらが永遠の青春の都市よ

われら血まみれの都市よ
死によって撃退し
死によって生きようとした
不死鳥よ　不死鳥よ　不死鳥よ

光州よ　ああ光州よ
だれも奪うことはできない
自由の旗よ　人間の旗よ
民主の旗よ　統一の旗よ

時が流れれば　若返る
青春の都市よ　光州よ
われわれは固く結ばれている
手をとりあって起ちあがる

火田さん、これはキム・スンテという人の詩です。いきなり詩で始まる手紙を書くなんて気障な真似したので笑うかもしれませんが、この詩がすばらしくて感動したとか、光州事態に思い入れがあって書いたとかいうのではありません。だいいち一九八〇年の五月といえば、おれはまだおふくろの腹の中でさえ影も形もなかったのだから。

「ああ光州よ、われらが国の十字架よ」という題のこの詩を書いたのは、おれがいま光州にいるからです。二〇〇三年八月の光州は、灼けつく陽光のもとでも平穏な、これといった変哲もない地方都市です。一見、二十三年前に内乱のような出来事があった土地とは、とても想像できません。

おれが韓国へ来て、ほぼ一と月。ソウルから手紙出してからでも半月ほど経ってしまいました。ソウルからここへ来るまでには、木浦へ行ったり、済州島へ渡ったり、全州を訪ねたりしました。勿論、往き当たりばったりの旅です。一つだけ全州市から東へ二十キロほどの田舎町へはあてがあって行きました。アボヂの従兄一家がいる町です。おれのハラボヂの故郷、つまり柳家の墓があるところです。

日本を発つとき、怒りくるうアボヂが、せめて墓参りだけはして来い、と住所を教えてくれたそこを、おれは訪ねるつもりはなかった。たまたま全州へ行く気になって、そこがバスで一時間とかからない町であることを知って、足を伸ばしたにすぎないのです。日本からの土産もなく、事前に電話を入れるということもしなかった。

アボヂの従兄（柳家の本家）は、町でも名の通ったスーパーマーケットを経営していて、店舗に隣接する自宅もなかなかの家構えだったので、おれの韓国語でも訊ね訊ねて見つけることができた。ところがそれからが大変だった。おれの最低のウリマルによる自己紹介が通じず、すっかり警戒されてしまった。玄関ですったもんだしているうちに家族全員が出てくるやら、隣のスーパーマーケットへ家長のアボヂの従兄を呼びに行くやらの大騒ぎになった。あるいはおれの風態が風態だけに容易に警戒心を解かなかっただけかもしれない。税関でもあるまいに、おれはパスポートまで見せたのだから。

そのうち、いかにも床に臥せっていたという様子のハンメまでが呼び出されて、ようやくおれの身の証が立った。このハンメはアボヂの従兄のオモニで、日本語を憶えていたのでおれの説明を家族に伝えてくれたというわけだ。おれがもう二十日間ほども祖父母のくにをあちこち超倹約の旅をしているという事情も通じて、変な風態に対する嫌疑も晴れたらしい。そうと解るや、いまのいままでの態度が豹変した。家族ぐるみ大歓迎の態で、まるでウエノムの国で辛酸の他郷暮しをする柳家の末裔に愛の手を差し伸べるテレビドラマの出現だった。夕食までの短かい時間、ハンメやアボヂの従兄にその長男夫婦までが顔を出して、おれの家族のことから日本での暮らし向きにいたるこまごまを質問責めする。夕食の大ごちそうを前に、またそれが繰り返される。

おれは初めてまみえた血縁の人々への親近の情も感動も沸かず、ただただ針の筵に座らされている心境だった。夕食が終り、四畳半ほどの部屋に床を用意されて一人きりになっても寝つかれず、あれこれ思っているとき廊下をへだてた部屋からアボヂの従兄やその長男の話し声が聞こえた。ウリマルも喋れないで韓国人といえるか……、海を渡って本家を訪ねるのに土産物のひとつも持たないってことがあるか……、在日僑胞はもう日本人ですよ……。

おれの耳は不運にも、その程度の意味は聞き取ってしまった。ほとんど一睡もしないまま朝をむかえると、先祖の墓参りも断り、引き止めるのも振り切って、アボヂの従兄の家を去ってしまった。

火田さん、おれはなぜ日本人のあんたにこんなことを伝えるのか、自分でもよくわからない。アボヂの従兄たちの言葉を恨んでいるのではない。非は全面的におれの側にあるわけで、誰かを恨むなんて筋違いもはなはだしい。それでもおれは、柳家の本家の人びとに取り囲まれてウリマルもろくすっぽできず、まるで他人のくにへ来た異邦人みたいに針の筵を味わっていた自分を思い返すと、無性に怒り狂いたいような恨みが沸いてくる。誰彼かまわず殴りかかりたいような、どうもうな気分になる。たぶん、おれはおれを恨んでいるのにちがいない。

鼻利き、地獄耳の火田さんのことだから、すでに聞き知っていると思うけど、おれが全州で順任ヌナと会ったのはアボヂの従兄の家を辞した日の夕方だった。ヌナの先生・金淑姫の舞踊公演があるのを全州駅構内のポスターで知って、会場の市立劇場へ訪ねて行った。予想は見事的中。ヌナは凄く喜こんで、おれの風態が風態だから心配までしてくれた。おれのほうもヌナとは山盛り話したいことがあるような気がしていた。

ところが、ヌナと会うなり、おれの気持はとたんに萎んでしまった。柳家の本家で味わった気分を逆撫でされるように感じたのだ。順任ヌナがおれとは違ってすっかり本場の韓国人になっていて、逆撫でされた、というのではない。変なことも起こるもので、ウリマルもぺらぺら、民族舞踊だけではなくウリ民族の素養をきっちり身に備えていると思い込んでいたヌナが、ここではやっぱり外国産の韓国人に見えてしまった。ああ、ヌナもおれと五十歩百歩のまがいなんだって直感してしまったんだ。ブラックユーモアみたいな、たまらなく変な気分になって、約束も破って公演の途中で劇場を飛び出してしまった。

とにかく韓国というところはおれの神経を撹乱するのに充分な不思議の国です。

不思議といえば、韓国を一か月も旅しててひととの出会いと呼べるような体験をもたなかったことだ。もちろん釜山の港やソウルの市場、全州の街角で、アヂュモニや、おれと同世代の若者と一時を過ごし、ほろ苦いような束の間の出会いを味わったことはある。でも、それらは出会いと呼ぶにはあまりにも白々しく通り過ぎて行く時間だった。ところが光州に来てはじめて一人の男と出会いらしい出会いをした。四日前のことだが、それから毎日、顔を合わせている。

こいつは体恰好や顔つきまでどことなくおれと似ていて、年齢だけはかなり上だ。最初会ったときは二十九歳と言ったが、三十一歳だと言ったりもする。満年齢と数え年齢の使い分けではないらしい。名前はイム・ヨンホと名乗っているが、自分のほんとうの姿をちょっとずらして相手に猫だましを食わせるようなところがある。もちろん純国産の韓国人だけど、定住の場所をもたない人間の雰囲気だ。

以心伝心というのだろう。イム・ヨンホとは、道庁前の街角で石段に座り込んで日なたぼっこをしているときに出会ったのだが、いきなりやつのほうから日本語で話しかけてきて、どこから来た？

何をしとる？　これからどうする？　などと話し合っているうち、イム・ヨンホは唐突にいったんだ。

「おまえもナグネか」

火田さん、きょうはイム・ヨンホのことを書くよ。昨日手紙書こうと思い立ったのは、じつはこいつのことを書きたかったのだから。

イム・ヨンホは中学を卒業して徴兵年齢になると、兵役についた。知ってのとおり、韓国には厳格な徴兵制があるからね。ふつう二年数か月で除隊になるのに、やつはさらに志願して特殊部隊にはいったそうだ。そう、ベトナム戦争のとき米軍兵士よりも怖れられた韓国軍の、その中でもひときわ勇名（？）を馳せたブラック・ベレーだ。光州事態のとき同族の学生や光州市民を虐殺したブラック・ベレーだ。

イム・ヨンホの話によれば、いっしょに特殊部隊にはいった同期生は三十八人いたのに、二年間の勤務のあいだに訓練中の事故で死んだり、ハードな毎日の役務による過労死、病死あわせて二十一人が死んで、生きて除隊したのは十七人だったという。この話、オーバーすぎるじゃないの。そんな実態があるとしたら、社会問題にならないのはおかしいよ。おれがそう反論すると、やつは目の色を変えて言いつのったものだ。マスコミだって軍隊のことは真実の報道なんてしない。もしおれが見たままを誰かに話してみろ、たちまち軍事機密の漏洩でブタ箱行きだ。おれはこの事実をアボヂにも語らなかったんだ……。

おれはやつの剣幕に圧倒されて黙るしかなかった。

イム・ヨンホは特殊部隊を出ると、一年もたたずに観光ビザで日本へ渡った。特殊部隊の体験がやつの精神をメロメロにして、それで韓国を逃げ出したのかと思ったが、おれたちは日本の若者みたいにヤワじゃないぜ、とイム・ヨンホは真面目な顔で否定した。やつのハラボヂは戦前、日本へ行ってて、強制連行だったかどうかは知らないが、炭坑やダム建設の工事現場で働いたらしい。日本が戦争に負ける少し前、アボヂは日本で生まれた。それから六十年近く経って、またふたたびの海峡を息子が出稼ぎのために渡ったというわけだ。やつはそう言って、皮肉に笑ったものだ。

アボヂは息子が日本へ行くと切り出したとき猛反対した。息子の頑迷さに折れて結局、承知すると、日本語の本をひっぱり出してきて、これで勉強しろ、と言ったそうだ。やつの家にはなぜかいまも、日本から帰るときハラボヂが持ち帰った日本語の「むずかしい本」が何冊か残っているという。ユギオ（朝鮮戦争）のときも避難するたび持ち運んで手放さなかった理由がわからない、と孫は言う。

とにかくイム・ヨンホはオーバーステイのまま日本で五年ほど働いて、アボヂのもとへそこそこの仕送りをした。五年間、日本にいて日本人のなかで働いたから、やつが日本語ぺらぺらなのは肯ける。ただし、こいつの日本語は、めちゃめちゃ地方色ゆたかなパンマル（ぞんざい言葉）の日本語だ。転転とした働き場所を見事に物語って、関西弁に名古屋弁までピビンバしているうえに飯場労働者の隠語まで混じる。大阪の釜が崎や名古屋の笹島といった寄せ場で仕事拾って働いていたからだ。ケタオチ、トンコ、シノギ、デズラといった言葉がポンポン飛び出してきたときは、仰天したよ、まったく。まぁ、やつの日本語は一事が万事、ジャパニーズ・パンマルなのだ。ばか、あほ、こましたろか、なんていうのは現場で怒鳴られて覚えたものだろう。そのジャパニーズ・パンマル使って、やつはしきりにもう一度、日本へ行きたいと言う。できれば日本に住んで、日本の嫁さんを探したいんだって。

イム・ヨンホが韓国へ帰ったのは去年の十月とかで、まだ一年と経っていない。自費の強制送還だったということだ。寄せ場で起きたちょっとした事件にかかわりあってしまってオーバーステイがばれたらしい。

光州事態のとき犠牲になった学生や市民が葬られている共同墓地へおれを連れて行ったのはイム・ヨンホだ。よく晴れた日の午後だったが、寥寥たる市民墓地の一画にあるそこに咲いた、名も知らない純白と真紅の野花の対照が、衝撃的なほどあざやかだった。土饅頭の一つ一つに写真が添えてあって、水だか酒だかの入った小さな茶碗が供えてあった。

この手紙の最初に掲げた詩を朗読したり手帳に書き写したりして教えてくれたのもそのときだったが、やつの口から出た言葉でオヤッと思ったことがある。やつがブラック・ベレーの特殊部隊を志願したのは、ハン（恨）を晴らすためだったというのだ。光州事態のとき逝った同胞の遺恨を晴らすために志願した、というのだ。おれにはその意味が解らず、何度も問いただした。特殊部隊にはいって、内部告発でもするつもりだったのか、部隊に爆弾でも仕掛けるつもりだったのか……。なかば冗談まじりに訊ねるおれに、やつは直截には答えず、アメリカ軍を悪しざまに罵るばかりだった。左瞼とこめかみにかけて肉ぶとに亀裂を走らせている傷痕をおれの鼻さきに突きつけては、兵役中にアメリカ兵と喧嘩したときのものだと言い、特殊部隊の頃にも合同練習の際、諍いは絶えなかったと繰り返す。おれはアメリカが嫌いだ、アメリカたばこも喫ったことはない、と憑かれたふうに面罵しつづけた。

それでやつのアメリカ嫌いを強引に納得させせられた。光州事態のさいブラック・ベレーに血の弾圧のゴー・サインを出したのが米軍指令部であった事実とそれはかかわっているらしい。だけど、光州のうらみを晴らすために特殊部隊に志願したというのは、どうしても呑み込めず、その言い草にはどこかまやかしがあると、おれはにらんでいる。

だけどイム・ヨンホを批判するつもりは毛頭ない。おれだって、いつもどこかで嘘やまやかしを使って自分をやりくりしてるんだから。人間の存在なんて、虚構かもしれないじゃないか。そうだろ、火田さん。だからひとみな、精神のナグネなんじゃないの？

住むだけなら、日本だって、韓国だって、ネパールだって、どこでもいいよ。どこでも住んで、暮せるよ。だけど、日本に暮らしても、韓国にいても、ネパールに住んでも、やっぱり精神のナグネなのが、おれだよ。おれたちだよ。

慶州にいたとき、ミウラ・ヒロミという女の子に出会ったことがある。両親とも日本人で、いうまでもなく日本国籍があって、生まれたときから、高校を卒業し二年間オフィス・ギャルをしてリタイアーするまで、ずっと正真正銘の彼女の家があった。ところが突然、家を出て、おれとほぼ同じ時期に単身、韓国へ来て、先のあてがあるわけではないけれど、どこか語学院にはいって韓国語を学ぶつもりで、だけどまだその道がうまく見つからなくて、見つかっても見つからなくても、働いて貯えた金を使って、最低の生活費で日日、過ごして、金がなくなったらどんな働き口でも探し出して、韓国にいたい、ただそこまでは見えていて、そっから先はわからない——という女の子だ。おしゃれもポリシィも、ましてや甘ったるい夢なんて、これっぽっちも語ろうとせず、生まれたままの心と体にTシャツとGパン着せたみたいなミウラ・ヒロミと、慶州の街を半日ぶらついて話し合ったりしながら、日本生まれの純粋日本人のこいつも、おれとどっこいどっこいじゃないか、と思った。

いつだったか。おれとイム・ヨンホが教会から大通りへ出る路地を歩いていた夕方だ。おれたちの前を犬ころが一匹トコトコと走っていったので、おれが冗談半分、あいつを友だちにする！　とか言って追いかけた拍子に、逃げ出した犬ころが大通りに駆け出しざま危うく車に轢かれそうになった。思わず背筋を寒気がはしって息をのんだときのことだ。

たぶん、すこし蒼ざめていただろうおれに、イム・ヨンホが不意に言ったんだ、「ウリ民族が南と北に別かれているうちは、みなナグネだ。韓半島と、日本列島と中国大陸と、ロシアとアメリカとヨーロッパと、ばらばらに別かれて、みな、ナグネだ。アニ、アニ、人間、みんな、ナグネさ。ひとの心もからだも魂も、離別を生きとるんじゃないのか、テハギよ」

イム・ヨンホは、テハギよ、と言ってから、ウリトンセンよ（わが弟よ）と付け加えやがった。三十そこそこの若僧の言い草か。どこかの村の樹の下で日がな一日、日なたぼっこしながら長キセルをくゆらしている白鬚のハラボヂみたいな人生観をひとくさりしやがって。

だけど、火田さん。ヨンホの言い草にも一理あると思わないか。ナグネのどこが悪い？　と、おれは溌剌とした声で叫びたいよ。ナグネは絶望だけを胸に抱いてただ放浪しているのとは違う。辿り着くべき土地を求めて旅している者のことだ。さすらいもまた、生の時空じゃないの。

火田さん、居場所なき者に栄光あれ、だ。

では、また会う日までお元気で

２００３年８月26日

柳泰鶴

柳泰鶴から二通目の手紙が届いたあと、私には、彼の手紙が伝えている内容を反芻する余裕がなくなっていた。退職金の手持ちが底をついて、フリー・アルバイターの仕事を探しはじめていた。五十六歳というのは半端な年頃で、高齢者雇用促進の対象には間があり、日雇労働の現場仕事からはしばらく遠去かって、からだが鈍っている。

九月中旬はそんな時期であたふたしていたので趙順任から、テハギが日本にもどって来た、と聞かされたときには、不意打ちを食わされたように感じたものだ。考えてみれば二通目の手紙に泰鶴の行動を暗示するキィ・ワードが仕掛けられていて、納得させられるのだが。

泰鶴はエア・メールの発信人の個所に日本の住所を記していた。手紙の最後に記された「また会う日までお元気で」は、ハングルで書かれていた。彼はあの手紙を書いているとき、すでに海峡のこちら側へ顔を向けていたのかもしれない。

泰鶴は日本へもどって来ると、いったん家に帰ったが、いきなり父親の柳南哲と衝突してしまった。「ヒッピーか物乞いみたいな恰好」の息子を見るなり、南哲は動転し、一か月半にわたる息子の不在のあいだに鬱積させていた憤懣を爆発させてしまったのだろう。おまえはウリナラへ行って、浮浪者になって帰ったか、と露骨に罵った。

泰鶴は、家を飛び出した。それから二週間ほどもホームレスみたいな暮らしをしていたらしい。寄せ場に姿を見せたこともあるが、そこでの仕事に行った形跡はない。

そうした情報を私に伝えてくれた趙順任は、泰鶴としばしば会っていた。私もぜひ一度、泰鶴に会いたいと思い、一緒に会える機会をつくってくれるよう彼女に頼んだ。順任はなぜか、即答を避けた。

泰鶴が私と会うのを避けていることを感じとっていたにちがいない。泰鶴が韓国に滞在中、手紙を書いたのは、私だけだったとのことである。だからいまさら火田さんと会う必要はない、と言ったという。そういう理屈を私は納得しなかったが、泰鶴が会っているのは順任だけで、ほかの誰とも会うことを拒否していると聞かされて、納得するしかなかった。

十月にはいって突然、柳泰鶴が家にもどり、ヤナギ運輸の仕事についたという情報を伝えてくれたのも、趙順任だった。泰鶴が父親に頭を下げて、修復不可能かにみえた隔壁を乗り越えたのだから、これは一種の事件にちがいない。

私は、名古屋市の西郊にある化学会社の夜警の仕事に通いはじめていた。夜警の仕事は気がすすまなかったけれど、あとがないといった切迫した気持ちに急かされて、その職を決めたのだった、いくらか落ち着いたところで、泰鶴に連絡してみようという気分になっていた。彼ももとのさやに納まったことだ。私を受け容れるかもしれない。

しかし柳南哲とのいきさつもあって、ヤナギ運輸に電話を入れるわけにもいかず、夜の仕事という時間の制約もあって思うにまかせず、それきり日が経っていった。その間、夢乃はるかとの関係がふたたび始まっていた事実など、思いも及ばなかった。泰鶴が夢乃のアパートに転がりこんで、またも家を捨てはじめていたことも青天の霹靂だった。

そして、柳泰鶴の死――

「テハギが死にました」

なかば寝呆け気分で取った受話器から耳に飛び込んできたのは、趙順任《チョスニム》の声だった。

「アパートの部屋で服毒自殺しました」

いつもは気丈な順任の声が心なしか涙ぐんでいるふうに聞こえる。

「いつのことなの」

それを知って何の意味があるのかと思いながら、私は訊ねる。受話器から聞こえる順任の声はいくらか揺らいでいるが、説明は的確だった。

柳泰鶴《ユテハク》は一昨日、父親が経営する従業員数名の運送会社の仕事から帰り、トラックを駐車場に入れると夕食もとらずに出て行き、その晩は家にもどらなかった。そのまま何の連絡もなく昨日は仕事を休んでいた。今日の明け方、夢乃はるかから泰鶴の自宅へ、彼がアパートの部屋で睡眠薬を服《の》んで死んだという電話がはいった。

「テハギはアパートを借りていたのか」

「夢乃のアパートで死んだの」

順任は怒ったふうに言い、夢乃はるかから聞いた話も告げてくれた。

一昨日の深夜、夢乃がはじめて見るほどに泥酔した泰鶴が、彼女の部屋を訪れ、昨日一日、彼女がスナックバーの勤めに出る夕方まで閉じこもりきりだった。夢乃が勤めから帰ったとき、泰鶴は、畳の部屋で俯伏せるように眠っていた。夢乃自身も疲れていて、彼女のベッドで寝てしまった。明け方、眠りと眠りのあわいめに泰鶴の寝姿に目をやると、部屋に戻って見たときと寸分変わっていなかった。

不審に思い、体にふれてみて、夢乃は泰鶴の死を知った。

「いま、テハギの家の近くの公衆電話から掛けてるの。これからほかの仲間たちにも電話する」

趙順任からの電話は切れた。

部屋の掛け時計を見る。正午を十八分まえだ。夜の仕事から帰って二時間とは寝ていない。

私は顔も洗わずに着替えをはじめた。

結局、私は泰鶴が韓国からもどって以来、会うことがなかった。このようなかたちで死がおとずれるとは予知していなかったとはいえ、彼と再会しなかったことは私の過誤であった。


ヤナギ運輸の事務所のまえには、数人のひとが立っていた。トラックが出払って乗用車が並ぶ車庫の一角に机を置いた受付らしき場所が設《しつら》えられている。敷地にはライトバンと十トントラックが一台ずつ駐車してある。

私は少し迷い、事務所へ行く。泰鶴の葬らいはここで行われるらしい。事務所はすっかり模様替えされて、祭壇の準備がすすんでいる。泰鶴の祖父母のくにのしきたりにのっとった儒式の葬儀ではないらしい。立ち働く何人かのひとのなかに柳《ユ》南哲《ナムチョル》と泰鶴の妹・美子《ミギャ》がいる。でも、私が最初に気づいたのは、そこに泰鶴の柩がないことだった。

美子が私に気づいて眼で挨拶をした。泣きはらした美子の瞼は、彼女の容貌を別人のようにしている。南哲が私に気づいたのはしばらくしてだったが、彼は一瞥をくれたきり、葬儀社の社員であろう黒い背広を着た若い男と話しつづけている。

私は、事務机など取り払われて座椅子が並ぶ間を彼のほうへ行き、「このたびは……」と、曖昧に口を開いて、頭だけ深く下げた。

南哲は、なんのことかといった表情をこちらに向け、すぐ顔をそむける。

「忙しいんだ。出てってくれ」

立ち去ろうとしない私にむけた彼の語調は、言葉とは裏腹に力を失っていた。私には、彼の邪険な態度よりそのことのほうがこたえた。

「火田さん……」

私が事務所を出ようとして、その声に振り返ると、南哲がこちらを見ていた。数秒、見つめて、ゆっくりと向こう側へ回転した彼の視線から、私は確証ある何かの意味を読みとることができなかった。空耳だったか、と疑うほどに彼の表情は寡黙だった。

外へ出て、あたりを見まわしたとき初めて、趙順任やマダンノリペ赤まんとの仲間たちの姿が見えないことに気づく。

ヤナギ運輸の敷地を出ようとしたときだった。背後から呼ぶ声に振り向くと、美子が半べそをかいた少女のような表情で駆けてくる。

「火田さん、ごめんなさい。アボヂの気持も解ってやってください」

美子はすこし息を切らせて言い、私と並んで歩く。

「オッパに会ってください」

泰鶴の柩は自宅のほうにあると言う。私が来るまえに、夢乃はるかだけでなく赤まんとの仲間たちも集まって泰鶴の父に追い返されたが、美子が自宅に案内して柩のなかの泰鶴にひと目会わせたのだと言う。いまはみな、近くの喫茶店にでもいるのだろうとのこと。

美子に案内されて廊下を行き、床の間のある広い部屋に通されると、白い布を掛けられた柩が置かれ、泰鶴のオモニとハルモニのほか親戚のひとらしい女性ふたりがそれを囲んで、沈んだ表情で言葉を交わしていた。驚いたことに、趙順任もそこにいる。

「あッ、スニムさん」

美子も驚いたようで、小さく声を上げた。

「テハギアボヂの目をぬすんで来てるのよ。テハギからヌナ、ヌナと呼ばれていた私よ。ここにいなくてどこにいるのよ」

順任はそう言って、目を尖らせた。順任の言葉に頷き返すふうに、柩をかこむ女たちのあいだにかすかな感情がながれる。柩のなかの泰鶴が何かの意思を送っていて、彼女たちがそれに感応する瞬間の空気のゆらぎみたいだ。

「ナムチョルの頑固者にも困ったものだよ」

ハルモニが真面目な顔をして、泰鶴の父を非難する。ハルモニはもう八十歳を過ぎているにちがいないが、大柄な体格は女性ばなれしてがっしりと頑健そうで、口ぶりも老婆のそれらしくない。彼女ひとりが白いチョゴリとチマを着けている。

「だって、テハギアボヂはハンメが生んだ息子でしょ」

順任が言うと、やわらかい空気がまた瞬間ながれた。順任の口吻はけっして軽口などというものではなかったが、晒したあとのようにすっきりとして純質な彼女の顔は、私に意外な感じをあたえる。同時に胸を撫でおろす気持にもなった。泰鶴が韓国にいるあいだに偶然会って、異様に変容した彼を気遣いながら、ろくすっぽ話もまじえられずに別かれ、泰鶴が日本へ帰ってからも唯ひとり彼の友人でありつづけながら、死への出立をとめることができなかった。そのことを順任は過剰なほど自責していたはずだ。自分で自分を追いつめるような彼女のはげしさを、私は心配する以上に恐れていた。

順任は、泣くだけ泣いて、化粧を落とすように悲哀を落とし、心のなかも晒して、純質にしているのだろうか。そういえば、泰鶴の柩をかこむひとたちの顔にも、悲哀をしぼり出しきったあとの屈託なさが感じられる。

すっかり忘れていたというふうに、美子がその場の人びとに私を紹介した。

ハルモニたちに勧められるまま私は柩のまえに行く。泰鶴のオモニが頭部の位置にある小さな扉を開けてくれる。そこに現われたのは、まぎれもなく死者の貌だった。私は数十秒、無言でそれを見つめ、手を合わせようとして気づいた。泰鶴のデスマスクは、両目を閉じ、蒼白に変色してはいても、生きて私たちに食ってかかり、おれはおれの道を行くなどと意気がって宣言したときの、意固地な、ちょっと誇らしげでさえある表情をしている。

「テハギは、こっちの家からあっちの家へ行っただけ。こっちの柳家からチョサンニム（ご先祖さま）の柳家に行っただけ」

ハルモニが不意に、ひとりごとにしては大きな声で言った。

ハルモニは、「だから、またこっちの家へもどって来る」とつづけはしなかったけれど、私は言葉の続きを聞いた。

テハギはまた、きっと、こちらへもどってくる。だって、テハギはナグネなんだから。ましてや、「おれの道」を探せないまま行ったんだから。

合掌して瞼を閉じながら、そんなことを思う私の視界に、不意に泰鶴の顔があらわれ、皮肉に笑って言う。嘘だよ、嘘……火田さん、おれのすること信じちゃ駄目だっていったろ？　おれが死んだなんて、悪い冗談だよ……。

私は手を合わせ終えると、自分で柩の扉を閉じた。

弾《たま》のゆくえ

〈あちら〉にいたとき想像していたのとはまるで違っていました。〈こちら〉の世界はまったくの無であるにちがいないと思っていた。何かが存在するとして、深い眠りのなかで見る夢の影、あるいは影のまた影のようなものが、意思も形もなく漂っているにすぎないと思っていました。それを魂と呼んで、〈あちら〉ではすっかり安心している。魂も存在せず虚空の世界と信じている者も多い。

来てみると案に相違して、〈こちら〉ではすべてが具象のかたちで現われることに驚きました。意思さえも明瞭な輪郭に縁どられ、空想とか観念とかのはいりこむ余地がありません。〈こちら〉から眺めると〈あちら〉の側はよほどあいまいもことして、ちょうど〈あちら〉にいるとき想像していた〈こちら〉の世界とそっくりなのです。

わたしの場合、たとえば目に見えないはずの意思さえもが、四つの物体となって体内に埋蔵されている。物体自体は〈あちら〉の世界から持ってきたものです。

一年まえの五月のことです。わたしはＪ国から派遣された陸上部隊の兵士として、砂漠のくにの駐屯キャンプにいました。あの日は一等陸士四人がキャンプの門前で立哨していて、わたしもその一人でした。J国では想像もつかないほどの灼熱の太陽が地上に照りつけていました。人も風景も焼き殺されて輪郭をうしない、ゆらゆらと揺らめいていました。足もとにころがる石ころさえなにかの死骸みたいでした。大気も風も白く脱色してしまい、わたしたちは光と影の観念さえ思い出せなくなっていました。このくにの人間たちはよくぞ狂いもせず、何ごともないふうに暮らしていられるものだ、と脱水状態の頭で考えたのを思い出します。

駐屯キャンプから四方にひろがる砂漠のむこうには、Sという部族の集落が点在しているはずですが、白い影がたゆたっているだけで視覚にはとらえられません。遥かな風景だけではありません。砂漠自体が怒ったように、嘲るように、砂けむりを爆発させて、わたしたちの視界から物のかたちを奪ってしまうのです。

四人の立哨兵は一様に空を見上げていました。視線を水平にしていると防砂グラスを嵌めていても砂塵に目をやられるからですが、あのときはそのせいばかりではありませんでした。

鳥が飛んでいたのです。駐屯地にキャンプをはって三か月、砂漠で空を飛ぶ鳥をはじめて見ました。エンジン音が聞こえていたはずなのに、わたしの目にそれは鳥にしか見えませんでした。物のかたちを焼き殺すほどの灼熱の太陽のせいで音までが消し去られていたのでしょうか。わたしの神経がすでに砂漠のくにの時間に耐えられなくなっていたのでしょうか。どうみてもそれは空に舞う褐色の鳥でした。懐かしい記憶に出会ったように、わたしはうっとりと空に舞う鳥に見とれていたのです。

それからあとのことは何もわかりません。四個の銃弾がわたしの体にぶち込まれたのだと知ったのは、〈こちら〉に来てそれが体内に埋蔵されていることを知り、しかもその物体がわたしの意思の形象に変わってからです。

以上が〈あちら〉から持ってきた四つの物体の来歴です。

あのとき立哨していた他の三人がどうなったか私にはわかりません。たぶんいっしょに〈こちら〉へ来たはずですが、別かれ別かれになってしまったのでしょう。わたしがいま確信を持って言えるのは、四個の物体が口径七・六二ミリの銃弾であるということ、それがわたしの人体の心臓部、胃腹部、右肩甲部、左大腿部に各一個ずつ埋蔵されているということです。別かれ別かれになった三人も体内にいくつかの銃弾を埋蔵させて、〈こちら〉のどこかにいるはずです。

四つの物体を一つずつ消していこう。それが〈こちら〉に来て試行錯誤のすえに到達したわたしの願いです。意思の形象である物体を意思によって抹消しようというのですから変な話ですが、その意思の激しさには自分ながら驚いています。まるで復讐に燃えている気分なのです。でも、そうではありません。そもそも何に復讐するのか、その謂われが見つからないのですから。

復讐といえば、たしかに〈あちら〉の世界で過ごした二十四年間の歳月が復讐に値する経験によって塗り込められていた、そうも言えるかもしれません。もっとも、それは〈こちら〉に来てから気づいた後知恵であって、〈あちら〉にいるときは復讐に値する経験などとはつゆ疑わずに服従していただけでした。

わたしが高校を卒業して一も二もなくJ国軍に入隊したのは、泉石《いずいし》家の指示に従ったからです。他の選択など考えられませんでした。高校へ通う三年のあいだ学費だけでなく生活の面倒一切を泉石家の世話になっていたうえ、当主の軍三郎からはかねがね言いふくめられていたのですから。

おまえは本来ならこの国に受け入れられることのない人間なのだ。この国で暮らすライセンスを得たからには、それにふさわしい人間にならなくてはならない。生半可な忠誠心が通用すると思うな。この国にふさわしい人間になるためには、どうすればよいか。まず軍隊に入ることである。それがおまえたちの通過儀礼だ。

泉石軍三郎の言葉はわたしをびしびしと打ちすえて、たちまち思考と行動の様式を決定づけました。わたしが入隊するについては、母と泉石軍三郎のあいだにすでに約束があったのかもしれない。そう、母とわたしがJ国に帰属するライセンスを得るために泉石軍三郎の力を借りた時に。

母子家庭であった母とわたしはJ国籍の資格を得るには難しい状況にありました。「自立して生活できる能力を有する者」という要件が求められていたのに、母にはそれを満たすにたる収入がありませんでした。J国が求める納税者の適性を欠いていたのです。泉石軍三郎の権勢がなかったら、わたしたちはJ国のライセンスを取得できなかったでしょう。

J国資格取得の件ばかりではありません。中学上級生になって少しは世間に対する知恵がついた頃から、わたしたちは泉石家の庇護のもとにありました。その頃になってそうと気づいただけであって、その関係はもっと以前からであったのかもしれません。とにかく、母は泉石家を絶対的な存在とみなして、卑屈なほどに従属していました。

母と泉石家のこのような関係は何に由来するのだろう。

わたしの思春期はそのような疑問から始まったといえるかもしれません。疑問は時にどす黒い想像によって少年の体を熱くしました。思春期の性的仮想経験が母と泉石軍三郎の性交場面の夢で始まったのは、疑惑の深さが招いたものだったろうか。同じ夢を何度も見るうち、わたしは疑惑の禍禍《まがまが》しさと性的仮想の息苦しさに挟み撃ちされて、追いつめられるような日日を送りました。でも、わたしは何の反抗もできませんでした。母に対しても泉石家に対しても、それらしき態度も行動も示すことができませんでした。

母はもしかするとおれが生まれるまえから泉石軍三郎の女なのだ。それで体ぐるみ屈服させられているのだ。おれの出生だって、母から聞かされていたのとは全然、違うのかもしれない。おれが四歳になるまえに失踪した父親の子だというのは嘘で、おれは七十歳の軍三郎と三十歳の母とのあいだに生まれた呪われっ子かもしれない。

そんな疑惑にとらわれながら、後ろ手にされ体中を鎖でぐるぐる巻きにされたまま、何の反抗もできなかったのです。疑惑に取り憑かれること自体が泉石家に対する恐ろしい背信だと思えました。母と軍三郎が交わす性交の夢を見るたび、自分の醜さを赦すことができなかったものです。

空想だ、妄想だ、と疑惑を否定するのに必死でした。そして、空想だ、妄想だという言葉に半ばは納得することもできたのです。〈こちら〉に来るまでは。

石塚医師がフィルムの黒っぽい影像を示しながら説明をはじめると、泉石《いずいし》軍三郎は椅子から立ち上がった。その立ち居振舞いには何かの式典で号令に合わせて起立をするときの呼吸があって、九十四歳の老人のものとはおもえない。

　四枚のフィルムにはそれぞれ角度は異なるが、どれにも一つの白い影が写っている。

「同じ一個の異物です。位置は左心房と右心房の分かれ目あたりですね。径七ミリくらいでしょうか。腫瘍なのか、あるいは空腔なのか、水湿なのか、これを見ただけでは判断できません。開いてみれば判りますが」

　軍三郎は背筋を伸ばし、余裕に充ちた態度で部下の報告でも聞くように、視線を石塚医師とフィルムに交互に向けている。痩軀ながら明治末年生まれのひととしては非常に長身なので威風あたりを払う風格があり、立派な口髭をたくわえた険阻な容貌がそれをいっそう引き立たせている。

「それにしても不思議ですね。先生の話では何の自覚症状もないと言うことですが、この異物が何であれ、部位からいってそれは考えられないことです。呼吸が圧迫される感じもありませんか」

　否。軍三郎はあらかじめ用意していたように、ぶっきらぼうに応えた。

「息切れとか、吐き気とか、喘息みたいな咳とか」

「……」

「違和感程度のものでも痛みを感じませんか」

「……」

　老人が、白くなってはいるが太い眉毛を二、三度ふるわせたきり口を結んで、鋭い眼を向けたままなので、医師は話の向きを変えた。

「泉石先生は心身ともに超人でいらっしゃるから、人並みに判断することは当を得ません。しかし、怖いのは症状が現われないまま取り返し不可能な事態に至ることです。心房は静脈から血液を受けて心室に送る重要な機能を果たしています。この異物が邪魔をして心房の機能が損なわれれば、心血栓を起こす危険があります。最悪の事態です」

医師の説明を聞く老人の表情は微動もしない。

「どうでしょう、万全を期すために開いてみては」

「否、その必要はない。わしは六十年まえのあの日にさえ腹を切りそこなった人間だ。陛下に詫びることのできなかった臣の一人だ。いまさら腹を裂くつもりはない」

老人は、遥か荒野のむこうに見える敵陣に向かっておらぶふうに大声を張り上げた。

ありさは軍三郎の着替えを几帳面にたたんで脱衣所の棚に揃えると、深海水をコップいっぱいに満たして人参茶をうすく溶かした。コップを右手に持ち、無臭加工したにんにくのカプセル錠剤を三錠、左掌に載せて、軍三郎の合図を待った。毎日の役目なのに、きょうは少し緊張した。

あっふーむ。待つ間もなく軍三郎の咳払いが浴室にひびいた。一年もつづけていると間合いのコツが身につく。ありさは浴室のドアを開いて、コップとカプセル錠剤を軍三郎に渡す。軍三郎は三粒の錠剤を口にふくみ、コップの水を一気に飲み干す。ありさは空のコップを受け取り、バスタオルを持って素足のまま浴室に入る。軍三郎はなぜか孫嫁が浴場スリッパを履くのを嫌っている。ありさの素足に並並ならない関心をいだいているのかもしれない。

軍三郎は顔だけは自分で拭くが、四肢はすべてありさに拭かせる。ありさは義祖父の首から左右の腕、胸へと途中で一度、タオルを裏返して拭いていく。義祖父は長身だから首すじを拭くときなどありさは爪先立ちになって精一杯腕を伸ばす。その拍子に胸が老人の腹部あたりに接触する。全裸の老人は仁王立ちのまま身じろぎもしない。表情にも何の変化もみせない。

ありさは老人の上半身を拭き終えると、バスタオルを取り換えに浴室を出る。義祖父は湿り気をおびたタオルで拭かれるのを極度に嫌う。作業は五秒と中断してはいけない。ふたたび腰のまわり、下腹部、まだ半分は黒いものの残っている陰毛へとタオルをはわせていく。いまがチャンス、とありさは決断する。

「お祖父《じい》さま、ぜひ開腹手術を受けてください」

昼間、防大総合病院に付き添っていった折、帰りぎわに主治医の石塚から、泉石先生を必ず説得するように、と念を押された。義祖父はまるで反応を示さない。ありさはもう一度おなじ言葉を繰り返して、作業をつづける。

陰茎の裏がわと肛門は念入りに拭かなくてはならない。タオルを股間から肛門へ這わせていくと男根が固くなり、あたまをもたげはじめたので、ありさは急いでタオルを下方に移動させ、拭き終えた。義祖父の顔は見ないようにして浴室を出た。

「ありさが、腹を開いて異物の正体を確かめてくれというのだが、どうしたものか」

軍三郎が意外にもそう言ったのは、広広とした居間のソファで四人がくつろいでいるときだった。浴室で体を拭かれながらありさの言葉に何の反応も示さなかったが、気にはかけていたらしい。

ありさは、いつもどおり丁寧に断ったうえで風呂を済ませようと上げかけた腰をふたたびソファに戻して、舅君仁《きみひと》の反応を待った。君仁はゆったりとソファに沈めた姿勢こそ変えないが、表情にかすかな緊張が走る。父軍三郎の険阻な容貌とは対照的にふっくらと円っぽく、数年まえには海自制服組のトップを経験した人物とはおもえない柔和な顔を心なしこわばらせる。脂肪ののった猪首《いくび》が鮪のトロのように染まっているのは、晩酌のせいばかりではないらしい。

「どうかな？　君仁の意見は」

口を開かない六十四歳の息子に苛立つふうでもなく、軍三郎は問いなおした。

「お父さんの意のままにされたらよいでしょう」

ありさはがっかりした。君仁がそんなふうに応えるときは、軍三郎の腹を読みきったときだ。実際、君仁の読みどおり軍三郎の腹は決まっていて、息子が意にそわぬ意見を述べたところで聞く耳はもたない。侮辱でも受けたように眼を尖らせるだけである。

こんなとき軍三郎に自分の口でものを言えるのは、この家で孫の菊仁だけである。夫菊仁ならわたしの気持を尊重して祖父に開腹手術を勧めてくれるだろう、でも、夫は砂漠のくにの駐屯部隊に派遣されて一年以上ものあいだ家にはいない。姑の千代子は泉石家に嫁いで四十年、夫の君仁に従い、舅におびえて仕えてきたらしい。

案の定、軍三郎は開腹手術はしないと宣言して、話題を打ちきった。

ありさはせめてもの反撥の意思を込めて断りもせずソファを離れ、浴室に向かう。

陸自三佐の菊仁が駐屯部隊の副隊長として砂漠のくにへ派遣される数か月前に彼と結婚したありさ

には、いまの境遇が想像できなかった。そもそも三代にわたってJ隊のキャリアなどという家の一員になるなんておぞましいとさえ思っていた。父に反撥して大学は法学部に入り、専攻したのは憲法だった。院には進まず高校の社会科教師になったのは、成人になるまえの思考の柔らかい若者たちに憲法の精神を伝えたかったからだ。しかし、結局は父に敗れた。泉石君仁が海自幕僚長の頃の部下であった父の、上官に捧げる忠信の執念に屈服したのだ。父に対してはもっとアナーキーな戦いかたが有効だったのに生硬にすぎた、と気づいたのは、今頃になってのことである。

まるで泉石家の生活万端係。義祖父軍三郎と舅君仁の身辺の世話一式。三度の食事から入浴の準備、夜具の上げ下ろしにいたる面倒一式。掃除、洗濯その他もろもろの家事一式。それらの労働は、新人担当者が来るまでは姑千代子が派出婦の手を借りながらこなしていたらしい。

そのうえ、どうしてもなじめないのがJ隊の階級を模したような家の中の序列。たとえば食卓の序列。当主の席に義祖父の軍三郎が掛け、下座右手に舅の君仁、姑の千代子の順に掛ける。ありさは末席の千代子の向かい側。夫菊仁の席は君仁の向かい側だが、一年数か月空席のままだ。席につく順番は序列の順に従い、食事を終えて席を立つのは逆の順序でなくてはならない。

ありさは生ぬるい湯に首まで浸かって、このまま眠ってもいい、と思う。体じゅうの力を抜いて、愚痴をこぼしたり怒りをぶっつけたり、自分と向き合える時間。女性にしては固い肉質だと、同性の友人たちにも、これまで体を交わした男にも、夫の菊仁にも言われた細身の体が、四肢からゆっくりとほぐれて、誰かに抱いてもらえば溶けていくような気がする。このまま眠れば色彩の鮮やかな夢がみられるだろう。

ありさはそんな気分に身をまかすが、眠りは来ない。父との確執は終わった、これから泉石家との戦いが始まる、そんな予感が睡魔の邪魔をする。

〈あちら〉にいたころを懐旧するつもりはありません。ましてや、泉石《いずいし》家にうらみつらみを語る気持は毛頭ありません。〈こちら〉に来て一年も過ぎると、いろんなことが解るようで、それを確かめてみたいだけです。

軍三郎が少年のわたしをJ軍に入隊させるために教育したがっていたのに、息子の君仁はなぜそれを忌み嫌っていたのだろうか。泉石君仁は当時、海自一佐を務めて、海上幕僚長への昇進が目と鼻の先でした。若き軍三郎が満州事変に参戦したのを皮切りに、三代にわたる軍人一家の二代目として、本分を完うできる人物でした。そのような人物が、自衛官をめざす少年の将来を快く思わないのが不思議でした。

当時のわたしは母と軍三郎をめぐる性的な空想に悩まされていたので、君仁のわたしへの冷淡はそのことに関係があると思いこんでいました。もし父親が四十歳ほども年下の女性を囲い者にしていたなら、息子の嫌悪が愛人に向けられるのは致し方ないのではないだろうか。ましてや君仁は父軍三郎にたいしては絶対服従の立場にありましたから、彼が父を嫌悪するなどは、内心の出来事としても許されません。仮に父を憎む気持がめばえたとしたら、それを封じ込めるためにますます強く愛人を逆恨みしたでしょう。そのうえ君仁がわたしを軍三郎の子かもしれないと疑ったなら、憎しみが異常に増幅されるのも不思議ではありません。

　事実、君仁のわたしに対する冷淡には奇妙なところがありました。幼稚なほどの嫌がらせをするのです。それは彼の軍人らしからぬ穏和な外見からは想像しにくいものでした。君仁の性格には幾分、緩んで隙間のできたところがあったのはたしかです。それにしてもＪ隊の幹部という地位からすれば、いっそう奇妙な振舞いでした。

　わたしが泉石家に出入りするようになったのは中学生になってからです。軍三郎の教育を受けること、必要なとき泉石家の雑事を命じられること、それが訪問の目的でしたから、くつろぐ余裕はありません。それでも偶には食事を許されることがありました。軍三郎は、泉石家への訪問を許されていない母の代わりにわたしを食卓につかせていたのか、寛容な態度でした。孫の菊仁は十歳年下の少年を無視しました。君仁だけが、彼の意思を少年に理解させるつもりでしょう、不快感を終始、肥満の体から発散させていました。君仁の体の大半を占める脂肪が、煮つめられた悪意の塊のようにおもえました。

　わたしは一人一人に配膳された菜に箸を運ぶのさえ苦痛でした。共通の皿に箸をのばすなど至難のわざでした。魔がさしたというのでしょうか、爪の先ほどの反抗心がこめられていたのでしょう、いちど盛りつけられた天麩羅の最後の一つに箸をのばしてしまったことがあります。突然、大きな咳払いがして、君仁の険悪な視線が向けられているのを感じました。わたしが箸をひっこめたのが先か、君仁の妻千代子の箸が最後の一つをさらって夫の小皿に移したのが先か、いまもよくわかりません。君仁がとてつもなく大きな咳払いをして彼の目のまえの小皿に一つの天麩羅が置かれるまでのあいだ、軍三郎も菊仁も何事も起こらなかったように食事をつづけていました。

いま思えば語るもいじましい些事なのですが、当時のわたしにはそういう些事の積み重ねが憂鬱のタネでした。泉石家を訪問するときだけではなく、暮らしの時間すべてが、抜けられない定めのように固まってしまっていたのです。

高校を卒業してＪ隊にはいったとき、海自にはいれという軍三郎の指示を全身を賭ける決意で拒んだのは、君仁とのそんな関係があったからです。


泉石君仁がわたしを嫌悪する理由は別にあったのではないか？　勿論、わたしが父の愛人の片割れだからという理由を否定しませんが、それは従であって主たる理由は別にあったのでは？　そう思いはじめたのは、〈こちら〉に来て、わりと早い時期です。

君仁がわたしに話しかけることはほとんどありませんでした。声をかけるに値しない存在とみなしていたようです。嫌悪あるいは軽侮は態度によってあらわされたので、それにばかり気をとられて彼がどんな思想の持ち主なのか、わたしは見すごしていたのです。〈こちら〉に来て、君仁が口にした数少ない言葉の記憶がよみがえり、彼の並並ならない血へのこだわりが解ったのです。

泉石君仁は、人が帰属する場所を決定づけるのは血である、という考えを信仰していたようです。

母とわたしがＪ国のライセンスを許可するとの通知を受けて、その報告のためにひとりで泉石家を訪ねたときのことでした。そのとき軍三郎が不在だったのは、Ｊ隊幹部を経験したＯＢ三十名ほどが各国の軍事施設視察を兼ねてヨーロッパ旅行をしていたからだったと、いまは思い出せます。母とわたしのJ国資格取得については当主軍三郎の勧めと助力があったほどですから、君仁は黙認していました。ただ、わたしの報告を聞くなり、彼がいつになく熱い口調で弁じたのが意外でした。

人の出自は、血にある。この真実をくつがえすことはできない。この国のライセンスを得たからといって、その事実を忘れるな。君の体をながれている血はいつまでも残る。その半分が仮にわれわれと同じだとしても、残る半分は消せない。異質はどこまでも異質として、君に憑いてまわるだろう。この国の人間になったなどと思い上がってはいけない。傲慢になるな。J国にはひたすら謙虚に、人一倍の忠義を尽くすように。

あのとき君仁が、君の体をながれている血の半分が仮にわれわれと同じだとしても、と言ったのは、わたしが父軍三郎の子ではないかと疑がっていたからでしょうが、当時は気づきもしませんでした。君仁は一つところをぐるぐるめぐるように語りつづけました。その様子はわたしへの私怨を感じさせるものではなく、彼の信条に酔っているふうでありました。〈あちら〉にいるあいだは気にすることもなく過ごしてしまったのですが、日頃の彼の性情からして意外でした。軽侮するどころか、少年のわたしを熱心に説諭するふうでさえありました。

わたしは素直な気持で聞いていたのです。

もう一つ思い出していることがあります。

泉石君仁が海上幕僚長に就任したときのことですから、わたしが入隊して一年と経たない頃です。陸海空三軍が砂漠のくにに派遣される三年ほどまえ、別のモスリムのくにに海自艦が先陣切って派遣された直後でもあります。

君仁の幕僚長就任の挨拶は、テレビニュースや新聞記事でも伝えられましたが、ごく簡単なものでした。わたしは彼の所信をもっと詳しく知る文章を読むことができました。陸海空の隊員全員に配布される共通の内部広報誌でしたから、三等陸士にも配られました。掲載された泉石君仁海上幕僚長の文章は、凛とした制服姿のかなり大きい写真もはいっていたとはいえ、B５判誌面の三頁にわたり、内容は就任挨拶というより訓辞でした。内容のほとんどがテレビや新聞の就任挨拶にはなかったものです。いまわたしが思い出している言葉もそうです。

最近、憂慮される事態が生起している。わが国本来の若き世代のあいだにＪ隊を忌避する傾向が見られることである。それは隊における深刻な人材不足を招来しているばかりでなく、愛国の誠を軽視する風潮の反映であって、国家的問題である。他方、わが国のライセンスを許可される新来Ｊ国人は年年急増しており、新来人の少なからぬ者がＪ隊への入隊を希望している。その数は急増とはいえないまでも増加傾向を示している。この事態は憂慮すべきなのか、歓迎すべきなのか。

結論は時期尚早とはいえ、充分に留意すべき点はある。新来人のわが国家への忠誠心は、本来人のそれとは本質的に異なるという点である。勿論、新来人の忠誠心を疑ぐって頭から否定してはならない。事実、彼らのなかには鍛錬しだいで優秀な隊員となりうる資質を備えた者が見出される。諸君は本来の同胞に接するのと何ら差別するところのない真心で新来人を遇し、彼らの向上心を刺激し、Ｊ隊員にふさわしい忠誠心を涵養するよう手を貸さなくてはならない。

そのうえで諸君に留意してほしいことがある。彼らの血は本来人のそれとは異なるという事実である。たとえ彼らが本来人も及ばぬ優秀なJ国精神に到達し、その訓練成果を挙げているとしても、血についての留意を怠ってはならない。

わたしはいま、泉石君仁がなぜ少年のわたしを軽侮したか、なぜJ隊にはいることを険しく嫌悪したか、そのほんとうの理由が何であったかを確信を持って言えるのです。そして、わたしが砂漠のくにへ派遣されたことを、彼がどんなに苦苦しく思っていたかを理解できるのです。

だからといって、君仁を怨むつもりはありません。彼が望むとおりに身を処していたなら、わたしはJ隊にはいることもなく、砂漠のくにへ行くこともなく、したがって〈こちら〉に来ることもなかったのですから。少なくとも、わたしをJ隊にはいるよう教育した軍三郎と、砂漠のくにへ行くことを命じた菊仁以上に彼を怨む理由はありません。

わたしは〈こちら〉に来て一年経ついまもって、あの二人をさえ怨もうとはおもいません。

「九陀楽家の墓」と刻まれた墓石は真新しく、五月の陽差しを受けて漆黒に光っている。

墓地への道の端にあった小屋掛けの店の花は生気をうしなっていたが、四色をたっぷりと買った。ありさはそれを当分に分けて二本の花立てに挿した。すでに挿されていたものも萎れてはいなかったので、取り換えるとき脇に立つ仙花に断った。

線香を持ってきていないので、手を合わせるだけで墓参をすませた。立ち去りぎわに思いついて、狭い墓石のまわりを目で追ったが、雑草はきれいに採られている。

「遠いところをわざわざ来ていただいて……」

肩を並べてゆるやかな傾斜の野道を歩いていると、仙花が顔を合わせてから何度目かの言葉を口にする。

「遠いところだなんて」

墓地のある仙花の住む町までは電車を一度乗り換えても四十分とかからない。

「四郎さんの一周忌なのだから、ほんとうなら泉石《いずいし》の者がかたちばかりでも法要させていただくのが筋です。わたしにそれを切り出す勇気がなくて。こちらこそ詫びなくては」

質素なものとはいえ土地と墓石の費用を出して九陀楽《くだらぎ》四郎の墓地を調えたのは、泉石家である。軍三郎はそれですべてのけりをつけたと考えているのか、一周忌のことは噯気《おくび》にも出さない。

「とんでもない。わたしは分以上のことをしていただいたと思っています。ありささんとはお付き合いの機会もなかったのに、こんなふうに気を遣ってくれて。四郎の死いらい晴れることもなかった胸のうちが解かれるようです」

ありさは仙花の謙虚すぎる態度が気持よくなかったが、彼女と自分が疎遠な関係だからだろうと思うことにした。九陀楽仙花は泉石家への出入りを許されていなかったので、ふたりが顔を合わせたのは一度きり。それは四郎の葬儀の時で、言葉を交わしたかどうかもはっきりしない。掛けたい言葉はいっぱいあったのに、泉石家の誰彼に気兼ねしてできなかった。いまならそこまで遠慮はしないだろうと思えて、悔やまれる。

そういえば、九陀楽四郎と顔を合わせたのも一度きり。ありさが泉石家に嫁いで数か月と経たず、四郎は君仁が副隊長を勤める部隊の一員として派遣され、会う機会がなかった。

砂漠のくにで死んだ四郎は遺体のまま帰国して、葬儀はJ隊葬で行なわれた。夫の菊仁は派遣中なので勿論、出席していなかったが、すでに現役を退いていた君仁と古参OBの軍三郎は参列した。千代子とありさが出席したのは、なぜか親族という名目であった。

ありさが四郎と最初で最後の対面をしたのは、棺に眠る彼の死顔とであった。葬儀が始まるまえの直属上官と親族による最後の別かれの時である。二十四歳の四郎のデスマスクは、冷徹に血の色をうしなっているせいか、怖いほど凛としていた。この青年が泉石家で時に話題にのぼる九陀楽四郎か。ありさの胸がかすかに鳴った。

二人の会話はあるかなしかの風に消されて途絶えてしまったが、ありさには気にならなかった。野道を下りきってすぐの舗装路に待たせてあったタクシーの若い運転手が、見事なフォームでシャドウピッチングを繰り返していた。

家に寄ってほしい……。仙花の誘いを断って、ありさは駅に直行するよう運転手に告げる。わたしも駅まで一緒に、と仙花もそのまま乗ってきた。タクシーが駅に着くまえに彼女は、運転席のメーターが千二十円なのを確かめて千円札を二枚、運転手に渡した。

「ときどき会いに来ます。仙花さんが孤独にしてたら厭だから。もっとも、お邪魔じゃなかったらの話ですけど」

改札口の前で別れぎわにありさが言うと、仙花は笑った。五十四歳の女性らしくもなく、はにかむふうに。

ホームに上がると、電車は待つまでもなくはいって来た。

わたしはなぜ、泉石の者には内緒にしてまで仙花に会いに行ったのだろう？　死んだ人の一回忌を大切にする性格ではない。父が死んだとしても、彼への反撥からではなく、厳粛な気持になれないはずだ。仙花に会いたかったのは、別れぎわに言った一言を彼女に伝えたかったからだろうか。そうだとしたら、あの言葉は仙花を慰めるためなんかじゃない。たぶん、孤独なのはわたしだろう。勝手に彼女の境遇を淋しいことにして、同類を求めたということか？　ちょっと違うな。わたしが孤独だからといって、他人と傷をなめ合うほどヤワな人間じゃないはず。もしそんな性格だったら、わたしはわたしを自分と認めない。

電車が鉄橋を渡り、河川に添う白い堤防は民家とビルの混濁した風景のほうへ遠去かっていく。風景のむこうにガスタンクか何かの巨大なドームが見える。ありさは窓の外にぼんやり目をやりながら、巣から這い出す蟻の群れのような思いを持て余していた。

たぶん、わたしは背信の魅惑に逆らえないのだろう。泉石の家に対する反撥、嫌がらせ。一矢《いっし》報いる、なんて古い言葉が浮かぶ。でも、唐突にあらわれた言い回しなのに気に入った。

正義感なんかじゃない。泉石家の冷たい仕打ちにさらされる九陀楽母子に心を寄せて、なんて恰好よいものではない。仙花に会い、四郎の墓参をしたのは、泉石家の禁忌を破りたいばかりの背信。わたしのエゴみたいなもの。正面から行動できない者の陰湿なやり口だから、いやらしい。でも、心地は悪くない。それに、いまのわたしに他のどんな方法があるというの？

インターホンにむかって、ありさです、と告げると、いつになく即座に玄関の開錠される音がカチッと鳴った。

「こんな大変な時にどこへ行ってたの」

ありさの顔を見るなり、千代子が難詰した。いつもは血色よく張りのある顔が化粧のむこうでくすんでいる。

ありさは、よほど九陀楽仙花を訪ねて四郎の墓参りをしてきたことを明かそうと思ったが、喋りたてる千代子の話を聞くことにした。

軍三郎は昼寝を終えていないのか居間にはいない。君仁の姿も見えない。昼食のあとでありさが行き先をつくろって外出するとき、義祖父軍三郎、舅君仁、姑千代子の三人は家にいた。

数日前から君仁は右肩がうまく上がらないとこぼしていた。ありさが外出したあとでそれがいっそう酷くなって、痛みはないのに動かすことも出来なくなった。肩甲部あたりに腫瘍でもできていたら大変、と千代子が診察を勧めるのに、君仁は、悪い腫瘍なら激痛があるはずだ、と病院行きを拒む。

軍三郎と君仁には従順を旨とする千代子が、いつになく引き下がらなかった。

「虫が知らせたのよ」と言って、千代子は縁起でもない言い方と気づいたのか、「無音の予感っていうのかな」と付け加えた。

ソファに掛けて「ゴルフの即効上達法」という薄っぺらな本を眺めていた軍三郎が息子にひとこと言って、君仁はしぶしぶ千代子に従った。

泉石家の主治医石塚は、いつもどおり他の患者を措いて君仁を診察し、肩甲部のレントゲン写真を何枚も撮った。一時間ほど待ってフィルムを見せられた。

「写真を見て驚いちゃった。とてもはっきりとした影が写ってるのよ。それから石塚先生の説明を聞いて、二度驚いちゃった。お父さまの心臓に発見された影と同じだっていうの。形状といい、大きさといい、まったく同じ異物ですね、というのが石塚先生が言ったそっくりそのままの言い方よ。腕が動かなくなったというのは明らかに症状ですけど、痛みが全然ないというのが軍三郎先生の場合と同じ不思議ですね。これも石塚先生のそっくりそのままの言い回しよ」

千代子は、夫と舅の前では何も言えない、いま喋って胸のつかえを吐き出してしまおうと焦っているふうにみえる。なのに、ありさには何の切実さも伝わってこない。千代子が息子の昇進失敗に興奮している程度におもえる。彼女の喋りっぷりに、はしゃいでいるみたいなところがあるからだろうか。

「それで、お義父《とう》さんは影の正体が何か確かめるのですか、開いて」

わたしはわざと露骨な言い方をしている、とありさはおもう。

「そんなことできるわけないでしょ、大義父《とう》さまが開く先に」

千代子は即座に言ってキッチンへ行き、茶簞笥の抽斗から薬袋を取って来ると、これっ、というふうにありさの目のまえに突き出した。ありさは受け取って服用法を読むふりをする。

なんだか難しい名前の薬だが、瘤などを溶かす効力があるらしい。副作用はないから、とりあえず服用して様子を見ましょう、と石塚医師は言ったそうだ。

千代子が説明をしているところへ、スリッパの音が近づいて君仁が居間にはいってきた。自室にいたらしい。千代子は口をつぐむ。

「少し動くようになったよ」君仁は右腕を九十度ほどの角度に上げてみせる、「石塚君の薬が効いたのかな」

「石塚先生もやりますね」

千代子は一言だけ返す。

「ヤブと名医は紙一重、というからな」

君仁の機嫌は上々らしい。右腕の上下運動を繰り返している。

ありさは、よかったですね、の一言も掛けようと思ったが、君仁の駄洒落を聞いて、その気持が萎《な》えた。

居間に軍三郎の姿がないのを最初に不思議がったのは君仁だった。日課にしている昼寝の時間はとっくに過ぎている。

三人揃って様子を見に行くと、軍三郎は毛布を掛けたままベッドに横になっていた。目は開けている。

「どうも体じゅうの神経が眠りたがっておるようだ。だるい。充分眠ったはずなのに、おかしい」

軍三郎は横になったまま三人を眺めた。声の張り具合や話し方にいつもと変わりはない。三人に向ける視線にも変わりはなく、鋭い。それなのに身を起こそうとする気配さえみせない。

軍三郎は翌日の昼過ぎまで部屋から出てこなかった。三人が部屋をのぞくたびベッドに横になっていて、昨日と同じことを同じ声の調子、同じ目つきで言う。ありさが運んだ食事に手は付けられていない。トイレには立ったのかどうか。こんなことはわたしの知る六十年間、一度もなかった、と君仁は不審がった。

三日目になっても軍三郎の様子に変化はなく、三人はたまりかねてタクシーを呼び、わしは病気ではない、と言いはる軍三郎を防大総合病院へ連れて行った。

二個目の異物が軍三郎の胃腹部に発見されたのは、その日である。


泉石《いずいし》軍三郎は、孫の菊仁が幼い頃から、いずれはJ隊の幹部にすることを決めていたようです。幹部どころか、制服組の頂点に昇りつめて、泉石家三代の幕僚長就任を夢見ていたはずです。わたしをJ隊員の卵として教育するうえでも、わたしが菊仁に憧れ、近づくよう仕向けるのが当然のはずです。ところが、軍三郎はそうはしませんでした。わたしが泉石家に出入りする直前に、菊仁は防大を卒業してJ隊にはいっていましたから、憧れるもなにも顔を合わせる機会さえほとんどなかったといえば、そのとおりです。それでも菊仁の休暇帰宅とわたしの泉石家訪問が重なることは幾度かあって終日、顔を合わせることもあったのです。食卓に同席したことも憶えています。

でも、二人が話を交わすことはなく、軍三郎がそれを望んでいたふうでもありませんでした。わたしは菊仁の性格が生一本で潔癖なのを感じていましたから、彼がわたしを近づけない理由は母と軍三郎の関係に由来するのだろうと思っていました。軍三郎が菊仁の態度を黙認したのも、ある種の遠慮からだろうと思っていました。〈あちら〉にいるあいだはそうでした。

〈こちら〉に来て、そうではないと知りました。菊仁は賢明な人だから、やがておとずれる二人の関係を考えると、わたしに親密感を持たせるのは得策ではないと考えたにちがいありません。彼がわたしから畏怖《いふ》される存在でなくてはならない、近寄りがたいカリスマの影をおびた存在でなくてはならない、菊仁はそう考えていたのかもしれません。軍三郎は孫のその意思を支持したのでしょう。

わたしがJ隊にはいったとき、菊仁は二等陸尉でした。わたしの配属先は当然、彼の部隊だろうと予測していました。彼の庇護の下でJ隊生活を送りたいとおもっていたわけではありません。ましてや、高卒のわたしが彼の引き立てによって先ざき、分不相応の昇進を願ったということではありません。軍三郎から助言があるだろう、菊仁がそれを体して人事に働きかけるだろう、と予想していたのです。

わたしは別の隊に配属されました。そのことが気持のわだかまりになるということは、全然ありませんでした。連隊の儀礼式や合同演習のとき、菊仁の凛凛しく颯爽とした姿を眩しく眺めました。J隊の一員としてそういう人物を類縁にもつことが誇らしくもありました。わたしは同学歴の隊友にくらべて昇進が遅れていましたが、鬱屈することはありませんでした。その理由について考えることもしませんでした。

砂漠のくにへのJ隊派遣が決定し、陸上部隊の第一陣に選ばれたときは、意外でした。選ばれたこと自体が意外だったというのではありません。隊友のなかには指名されることに不安を覚えている者がいたことを知っていますが、わたしは指名されて誇らしく思うことはないまでも、不安感などありませんでした。わたしは独身ですし、母は派遣されるくらいならJ隊を辞めてほしいというはずもないし、国内で勤めても外国に勤めても、どちらでも同じことと考えていました。憲法を知らないわけでもなく、J隊員である以上、命令に従うべきというほどの使命感を持っていたわけでもなく、漫然とそう考えていたのです。勿論、国内と戦地とでは危険の度合いは数十倍違いますし、そのことも理由になって、派遣反対の世論があったことも知っています。でも、わたしはそれを切実に感じていませんでした。命の重さにたいする想像力が欠けていたのでしょうか。

わたしが意外におもったのは、陸上部隊の派遣第一陣に選ばれたことではありません。第何陣であろうと、派遣自体はありふれたことです。意外だったのは、わたしを推薦したのが菊仁であると知ったからです。

直属の上官である副分隊長に呼ばれて指名の経緯を聞いたのは、本部命令が出る二日前でした。わが分隊の派遣名簿に君の名前はなかった。分隊長には君を指名するつもりはなく、わたしもその意向に従った。ところが本部決定直前に泉石三佐から、九陀楽《くだらぎ》一等陸士を推薦する、という話がはいった。推薦というより要請に近かった。本分隊員の指名はこちらの分限事項だから、分隊長が拒否することもできた。実際、分隊長は機嫌を損ねたようだ。ところが、聞くところによれば君は泉石家の近親の者だそうじゃないか。軍三郎先生が身元保証人であることもわかった。分隊長とわたしは、君が泉石三佐を介して志願したのだろう、と理解した。

わたしは驚くと同時に一瞬、真偽を疑いました。ほんとうに菊仁はわたしを推薦したのだろうか？勿論、わたしはそんな疑問を副分隊長の前で素振りにも出せません。即座に、拝命します、と応えました。副分隊長の顔にずっとこびりついていた険しさがかすかにほどけました。

菊仁の真意は何だろう？　その疑問を拭い去れないまま、わたしは夕食時刻のまえに彼に電話をしました。わたしの意向をまったくないがしろにして派遣隊員に推薦した彼に不快は覚えなかったといえば嘘になりますが、何が何でも真意を確かめようと電話したわけではありません。副分隊長室を辞する際に、泉石三佐に礼を言うように、と指示されたからです。

副分隊長殿から聞きました。このたびの派遣に際してはご配慮をいただいたとのこと、光栄です。

あぁ、おめでとう。わたしも副隊長として行くことになっている。おたがい誠心誠意、任務を全うしよう。

ありがとうございます、と返したきり、わたしの言葉は絶たれた。電話は三秒ほど無言のあとで切れたからです。

砂漠のくにに駐留していた一年のあいだ、わたしは菊仁とプライベートの会話を交わすことはありませんでした。観閲や指令式の折に姿を拝するだけでなく、ゲートで立哨上番のときは副隊長の車が出入りするたび菊仁の横顔を真近かに正視し、敬礼を送っていたのですが。

あっ、ひとつ思い出しました。

わたしたちの部隊は戦時下の砂漠のくにでも比較的安全な南西の町に駐屯しました。戦闘のためではなく現地の復興を人道上の立場から支援するために派遣するのだというのが、わが国政府の大義でしたから。たしかに駐留して数か月は平穏そのもので、宿営地の施設造りをするかたわら給水車を提供する、現地の子どもたちにノートや筆記具を配る、そんなことばかりをしていました。隊員のなかには拍子抜けしたなどと茶化す者がいたほどです。

やがてその町にも硝煙のにおいが近づいてきました。爆裂音が聞こえるようになり、砂漠のむこうに噴煙が昇るのを宿営キャンプから見ることができました。占領軍を領導するホワイト軍爆撃機が白い空を切り裂いて飛んでいきます。わたしたちの部隊は野外での活動が危うくなり、しばしば外出禁止令が出ました。北部の首都でわが国大使館の外交官二名が殺害されたのは、その頃です。隊内では、占領軍への抵抗闘争をつづける武装集団の犯行と発表されましたが、ホワイト軍兵士が外交官二名の乗った車を武装集団のものと見誤って銃撃した疑いが濃いことを〈こちら〉に来て知りました。

泉石副隊長から室に呼ばれたのは、そんなある日です。砂漠のくにに駐屯中、菊仁とわたしが二人だけで言葉を交わしたのは、そのとき一度だけです。とはいえ、会話ともいえない呆気ないものでした。

九陀楽一士、体調に問題はないですか。状況はとても悪い。不安などがあれば遠慮なく申し出なさい。

いいえ、心身ともに問題はありません。

結構です。平常心を充分に保って任務に精励してください。今回の勤務は君にとって絶好の機会です。帰国すれば士長あるいは三曹の地位が待っているのですから。

ありがとうございます。任務に全力を尽くします。

どうやら兵士一人一人の労をねぎらう、あるいは士気を鼓舞するための面接のようでした。丁重な言葉遣いは、部隊内の綱紀によるというより、私心の排除をわたしに印象づけるためのものだったかも知れません。昇進にかかわる言及もわたしに限るものではなかったようです。

あのときは、菊仁がまるでわたしの私有者あるいは支配者のように振舞って派遣隊員に推薦した、その真意を質《ただ》すチャンスだったかもしれません。しかし、それはいま考えつくことであって、当時は思いつくことさえできませんでした。〈こちら〉に来て、闇につつまれていたことの多くが解かったのですが、いまもって彼の真意の確かなところは解からないのです。まさか彼がわたしの死を望んでいたと想像するのは唐突すぎるでしょう。

ただ間違いなく言えることは、菊仁の横槍がなかったなら、少なくともわたしが第一次派遣部隊で砂漠のくにに来ることはなかったという事実です。そして一年前の死はなく、〈こちら〉に来ることはありませんでした。

宿営キャンプでの立哨中、わたしが四個の銃弾を体に撃ち込まれたのは、菊仁と言葉を交わした日から数日後でした。


つい先ほど話しはじめたようでもあり、ずいぶん永いあいだ話しつづけてきたようでもあります。どうやらこれ以上〈あちら〉の話をくだくだしくつづける必要はなくなったようです。妙に体が軽くなったとおもったら、わたしの体のなかの空洞を風が吹き抜けて行くせいです。わたしの体内で重い意思の塊と化していた四つの物体が溶けて、空洞ができたようです。物体をつつんでいたまわりの肉と骨も、さらさらと溶けはじめているようです。

ベビーシェルターみたいな囲いのある三つの檻のなかで、それらはぎこちなく手足をばたつかせている。檻といっても、箱のようなものだ。それぞれの檻に閉じ込められた三つの生きものは、褐色の昆虫のように見えるが、人のかたちはしている。腕も脚も蟷螂《かまきり》のそれみたいに痩せ衰えているとはいえ、人の恰好をして、もがいている。

ありさは意識の奥まったところで夢と気づいていながら、祈った。三つの生きものがずんずん収縮していくのとは逆に、体のうちから膨らんでくる願いに急《せ》かされて、懸命に祈った。

最初、三つの生きものはれっきとした人間の姿で、三つのベッドに横たわっていたはず。ベッドの上の人間はゆっくりゆっくりと縮小し、人のかたちのまま変色し、昆虫みたいなものに変わってきた。夢のなかでその一部始終を眺めていたつもりなのに、いつベッドが檻に変わったのか。気づいたときにはベッドは子犬を運ぶ箱ほどの大きさの檻に変わり、なかの生きものは背丈四十センチほどに変形していた。確かなのは、最初、病室らしきベッドにいた三つの生きものがまぎれもなく人間であり、それが縮小し、変質しはじめたときから祈っていること。

夢に時間は在るのだろうか。ありさは夢のなかで自問する。自問する自分がとてもはっきりと分かる。夢に時間が在るとしたら、わたしはどれほどの時間、祈ってきたのだろう。何を祈っているのだろう。最初、ベッドの上できちんとした人間の顔を持っていたのは、誰と誰と誰だったのだろう。思い出せないのではなく、見知らない顔だったような気がする。昆虫のように変形した生きものが、なぜ二匹ではなく三匹なのか。

生きものは手足をばたつかせながら、縮小しつづけている。

ありさは堪えられないほどに息苦しくなって、祈るのを止めた。

目が醒めた。


姑の千代子は一足さきに出たのだろう、家のどこにもいない。外出の支度をしながら、ありさの胸から夢の余韻が離れない。

わたしは夢のなかで何を祈っていたのだろう。祈りの記憶は息苦しさまで残して、現実ごとのようにくっきりと体の隅隅に刻まれているのに、何を祈っていたのかがぼんやりとしている。異形のものになって縮小していく生きものたちの回復を願ったのか、滅びろ、滅びろ、と祈ったのか。あの息苦しさは悲哀だったのか、感動だったのか。鎮魂なのか、祝祭なのか。ありさ自身にもまるで判然としない。だから、自分が酷《ひど》く変わろうとしているのに、ありさはそれに気づいていない。

泉石軍三郎が入院したのは、彼の胃腹部に二つめの異物が発見された日である。

心臓部に一つめの異物が発見されてからも何の症状もなく過ぎたが、ある日、ベッドから起きてこられなくなった。その状態がまる二日つづいた。外見に異常らしい様子はないので、体調ではなく気力に異常を来たしたかともおもえた。それにしても軍三郎の変異は、青天の霹靂に近かった。

軍三郎は一九三一年、二十一歳でJ帝国の軍人となり、柳条湖事件後の戦争に直ちに赴いたのを皮切りに、戦争に敗れるまでの十五年間、職業軍人として過ごした。敗戦の日、三十五歳の将校だった。ホワイト軍政下の戦後、公職追放になったとはいえ、階級一つの差で巣鴨プリズン行きを免れた。一九五〇年六月に朝鮮半島で戦争が勃発すると、公職追放を解かれ、翌月創設された警察予備隊の顧問団に加わり、朝鮮半島の南軍を支援するため元J軍兵を組織して日本海のむこうへ送りこむ秘密工作を担当した。やがてJ隊が正式に発足すると、いちはやく幹部として返り咲き、陸上幕僚長として退役するまでの十五年間、制服組の幹部を務めた。その後の三十数年間も防衛庁にふといパイプを持ち、J隊に対して隠然たる影響力を揮ってきた。

そうして九十五歳になる今日まで、軍三郎は老人性白内障ひとつ病むことがなく、超人を自認し、他人もそれを認めてきた。だから、超人の変異は家族を狼狽させ、このときばかりは絶対権力者の意向に楯突いて病院に運び込んだのである。

ありさは内科病棟の三階でエレベーターを降り、妙に落ち着いている自分を諌《いさ》めるように、足早に軍三郎の病室に向かった。

軍三郎は入院すると三日間、検査を受け、心臓部を開く手術を受けた。ところが異物は見つからなかった。レントゲン写真を撮りなおすと、径七ミリほどの白い影はやはり残っている。胃腹部にも同じ処置がなされたけど、結果は同じで影だけがフィルムに写し出されている。軍三郎の肉体は、治療や手術のせいばかりとはおもえないほど、日に日に急激に衰弱してきた。主治医の石塚は頭をかかえて、軍三郎を外科から内科へ移した。

病室にはいるなり、ありさは目を瞠った。長身の足がベッドからはみ出すほどだった軍三郎の体が一メートルほどに縮まって、手足をゆっくりともがいている。酸素吸入器をはめられた顔も半分ほどに小さくなって、甲殻類の甲羅みたいに黒ずんでいる。昨日はありさの顔を見るなり目顔で明瞭に語りかけたのに、鋭く見すえるのが癖であったどんぐり眼が鉱物のように固まっている。

ありさが錯覚と気づくのには暫く時間がかかった。それは軽度の幻覚だったが、躊躇しながらもナースセンターへ走ろうと本気で考えていたのだから、笑い話で済ませられるほどのものではなかった。事実、軍三郎の衰弱ぶりは、一夜でずいぶん進んでいる。

ありさは病室を出た。それを質《たず》ねてどうなるものかと思いながら、患者の様態について説明を受けるために石塚医師の室に向かった。石塚は病室の回診に出たとのことで、内科部長室にはいなかった。病室で待とうかともおもったが、ありさの足はレストルームに向かう。

南側が全面ガラス張りのルームにはまだ陽光が射さず、蛍光灯の明かりが部屋の空気をくすませている。患者や見舞いの家族が一人だったり組みになったりして十人ほどいるが、テーブルは幾つか空いている。ありさは自販機で冷たい缶紅茶を買い、少しずつ飲みながらタバコを吸った。軍三郎と君仁が入院してから、一番軽いタバコを吸いはじめている。

「ありささん、ここにいたの」

物思いに耽っていたわけではないが、声を掛けられて初めて千代子が二つ置いた斜め横の椅子にいるのに気づいた。千代子が隣に掛けるのを避けたのは、ありさの吸うタバコの煙を避けるためだ。ありさが二人だけになった家でタバコを吸いはじめた頃、千代子は厭な顔を露わにしたが、いまはそんな態度はみせない。

「どうなるんでしょうかね、お義父《とう》さんも君仁も日に日におかしくなってしまって」千代子の口ぶりは言葉ほどに深刻そうではない。「どうしようもないわね、原因不明じゃ適切な治療もできないんだから」

　ありさは、そうですね、と空耳にでも応えるように合わせた。

　君仁は右腕が動かなくなったあと、「瘤を溶かす薬」を服《の》んで、ほぼ自由に動かせるほどに回復した。ところが、体の衰弱は親子で二人三脚でもするように軍三郎のそれに歩調を合わせて酷くなった。彼も右肩甲部を開いて確かめてみたのだが、異物は発見されなかった。レントゲン写真を撮りなおすと、軍三郎の場合と同様、径七ミリほどの白い影はくっきりと残っている。

　二人が入院して以来、まるで担当が決められたように、ありさは軍三郎の看護、千代子は君仁の看護と分担している。千代子はときどき軍三郎の室も覗いているようで義父の様態をよく知っている。ありさは君仁の室をのぞいたことがないので、舅の様子を知らない。千代子の話を聞いて、軍三郎と酷似しているらしいと想像するばかりだ。

「病室に帰らなくちゃ。石塚先生の回診よ。決着が着くまでは誠心誠意、尽くさなくてはね」

　千代子が時計を見た。

　ありさが二本目のタバコを喫《の》み終わったところで、二人は腰を上げた。腰を上げながら、千代子は言った。

「わたし、ありささんの味方よ。二人は同志みたいなもの」

　ありさが長いエスカレーターを降りて改札を出ると、九陀楽《くだらぎ》仙花が指示したカフェテラスは道路をへだてた駅の真正面にあった。

ときどき会いに来ます……。ひと月まえに約束した言葉が嘘ではないことを証明するために、仙花に電話したのだろうか。ありさは歩道橋を渡りながら思う。それだけの理由ではないような気がする。石塚医師の回診が済むと、ありさは仙花に電話を入れた。ちょうど外出の予定があるのでK駅の前で会いましょう、というのが仙花の返事だった。仙花の家に行くとき途中で乗り換える駅。ありさは病院から抜け出すといった気分で、足早に駅に向かった。

昼には間がある時刻、カフェテラスに客は疎らだった。ありさは道路とはできるだけ隔てた席を取る。早く来すぎたので仙花はまだ来ていないはず。そう思って疎らな客を見まわすと、彼女の席とは反対方向の外れにいる女性がこちらを見ている。二つの視線が戸惑いながら交わされるうち、ありさは、あっと声を挙げて立ち上がった。

「見違えちゃった」

ありさが言いながら隣に掛けると、「わたしも」と、仙花は小さく笑った。二人は前に会ったときの地味な服装と化粧を思いきり変えて、おとなしいデザインのものとはいえソンブレロふうの帽子を被っている。

「お義祖父《じい》さまが大変なことになって」

ありさは軍三郎の入院と様態を報告した。それは仙花に電話するときから予定していたことだが、会おうとした理由は他にもある気がする。

仙花は、なにかの把《と》っ手を指先で操作するように、コーヒーカップをゆっくりと左右に動かしながら、聞いている。動揺の様子はない。

「それで原因は何なの？　癌ですか」

ありさは、レントゲン撮影で軍三郎の心臓部と胃腹部に発見された二つの異物について説明する。ついでに君仁の肩甲部にも同じものが発見されたことを付け加える。

「でも、変なのよ。開いてみても異物が見当たらないの。相変わらずフィルムには写っているのに」

「変ですね」

仙花は首を傾《かし》げる。でも、その口ぶりは自販機にコインを入れたのに烏龍茶のボトルが出てこないときのそれに似ている。

「要するに衰弱の原因が不明なので、病院のほうもお手上げなの」

ありさは自分の口ぶりまでが仙花のそれに似ているのに気づく。

「まさか四郎が悪さをしてるんじゃないでしょうね、泉石家に」

ありさは一瞬、耳を疑った。仙花は、操作するように左右に動かしていたコップを持ち上げ、コーヒーを飲む。それきり口を噤んでいる。

「とにかく行き着く先を見極めているより仕方ないの」

仙花は、そうですか、とも言わない。ありさは少し苛立つ。

「仙花さん、わたしはあなたの味方ですからね」

思いもよらない言葉が口から突いて出て、ありさは驚いた。姑千代子が自分に言ったのと同じ言葉だ。何を言おうとしているのだろう。まさか軍三郎の死んだあとの財産分与のことを仄めかしているはずじゃないのに。

真意を説明しなければ……。それがうまく見つからずにありさが焦っていると、仙花が蝿を叩くふうに言った。

「心づかいはしないでほしいの。わたし、もう泉石の家とは何のかかわりもない人間ですから」

仙花と別かれてからも、彼女のひとことがありさの頭から離れない。泉石の家とは何のかかわりもない人間というのは理解できる。わたしだって、出来ることならそんなセリフを吐いてみたい。まさか四郎が悪さをしてるんじゃないでしょうね？　あれは何のことだろう。仙花の言葉は二日ほど魚の小骨みたいに気持の裏がわにひっかかっていた。ありさは見当もつかないまま、わたしには関係のないことにちがいないと思うことにした。それで魚の骨は消えた。

突然、夫の菊仁が砂漠のくにから帰還するという報せがはいった。仙花と会った三日後だった。軍三郎の病室で読むともなく週刊誌を開いていると、ナースセンターから、電話がはいっている旨の呼び出しがあった。病室では携帯はＯＦＦにすることになっている。電話は、千代子とありさが病院に来ている時間帯だけ留守をサポートしてもらっている派遣婦からだった。菊仁が戻って来るという電話がはいった、という他は要領を得ない。千代子とふたり急遽、帰宅して、どこからの電話かを訊ねても、あらためて連絡が来るそうです、と言うきりで、派遣婦の説明は雲をつかむよう。

その日、電話はなかった。翌日、正午頃にありさはこちらから菊仁の所属する部隊本部に電話を入れた。今夕、防大総合病院に来るように、というのが本部の指示だった。

あとで判ったことだが、最初に報せがはいった頃、菊仁を乗せたＣ１３０輸送機はすでに砂漠のくに向けて飛び立っていた。疲弊しきった菊仁の体は名古屋郊外のＪ隊航空基地に着陸し、医官たちの診察を受けたあと、医療車輌で東名高速を搬送され、そのまま病院に運び込まれた。

入院するまでの一部始終が家族にも説明されなかったのは、菊仁の衰弱が戦地における極度の緊張が発症させた精神的障害と判断され、他に洩れるのを防ぐためだったらしい。誤診の原因は内科外科いずれも病状を特定する病因が見出されなかったことによる。

菊仁は最上階六階の特別病室にいた。

「帰って来たよ」

ありさと顔を合わすなり、菊仁は挨拶代わりのように言った。声ははっきりしているが、照れ臭さをまぎらすために笑おうとしているのにそれができないらしく、表情は動かない。砂漠のくにで日焼けしたはずの顔が蒼ずんでいる。

ありさの口からうまく言葉が出ない。ご苦労さんの一言を言うのに、何でこんなに重たいのだろう？　すっかり変わった菊仁の様子に衝撃を受けているからだろうか。心配のあまり胸を詰まらせてしまったのだろうか。そうであってほしい。でも、そうではないことがありさには解かっている。わたしはなぜこんなに平静でいられるのだろう。気持が全然、立ち上がってこない。ありさはかすかに罪悪感に似た感情を覚える。こんなとき感情を冷えきらせていられる自分が厭わしい。

ありさはできるだけ手近かな方法で間に合わせるように、菊仁と私は結婚しているといっても一緒に暮らしたのは数か月、それより何倍も長い時間を一人で泉石家の家事係みたいにして過ごしてきたんだ、これ以上の情を求められる筋合いはないはず……そう思うことにして、心のうちで爪を立てた。

菊仁がベッドの上で上半身を起こそうとする。それを形ばかりの所作で手伝いながら、夫の体の軽さに驚き、ありさは言った。

「お疲れさま」

言ってしまって、ありさは自分に不快感を覚えた。固い声だ。心にもない言葉など言わないほうが余程いい。

菊仁は、軍三郎や君仁の場合にならってレントゲン写真を撮られた。心臓部にも胃腹部にも異物の影は写らず、肩甲部にもそれはなかった。身体のどこにも異常をうったえる部位がないので、石塚医師はあちらこちらの写真を撮った。そうして径七ミリほどの白い影が見つかったのは、左大腿部であった。

石塚医師は、開いてみましょう、とは言わなかった。軍三郎と君仁の前例があるので開いても異物は見つからないだろうと判断したようだ。ありさも千代子もそれに異を唱えず、従った。

ありさが病棟の三階と六階を往き来する日日が始まった。掛け持ちの介護に追われるあいだにも、菊仁の様態は着実に悪化した。まるで遅れを取りもどそうと、祖父と父のあとを追いかけるように。

「これで、泉石家三代の夢もおしまいね」

病院から疲れきって帰宅し、居間のソファに向かい合わせて掛けているとき、千代子がありさを労《ねぎら》うついでのように、言った。千代子は、一人息子菊仁の行くすえもふくめて覚悟を決めはじめているらしい。泉石家三代の夢。それは軍三郎が思い描いていた幕僚長三代の夢のことだろう。

ありさは遠い夢のなかの言葉を聞くように、姑の声を聞いた。声が消えても、三匹の生きものはまだもがいている。生きものを閉じ込めた箱のような檻までが小さくなっている。その檻のなかで生き物は形こそ人の恰好のままだが、さらに縮小しつづけ、昆虫みたいに細い手足をばたつかせている。

夢のゆくえ

あんちゃんぽっぽ

その半島は、蟹《かに》のはさみのようなかたちで太平洋の内海《うちうみ》につきだしていた。半島の海岸にそって鉄道がとおっていて、当時、というのは日本が第二次世界大戦に敗れてまもなくのころ、一時間に一本あるかなしかの旅客列車と一日に数本の貨物列車が、黒いけむりをはき、警笛をならして走っていた。

Kという町は、鉄道の中間地点、半島ののど首に位置するあたりにあった。Kの駅には乗降客がホームと改札口のあいだを往来する渡り階段があって、いなかふうの駅舎には駅長をふくめて四人の駅員がいた。駅前のちいさな広場から、肉眼でようやく目測できるほどの曲線をえがいて、一本の坂道が海のほうへくだっていた。舗装されていない坂道は、めったに自動車などが通らなかったが、いつも、かすかな砂ぼこりをただよわせていた。駅から海辺までの距離は七百メートルほどあったが、坂道の途中、どこからでも海を見ることができた。夏の海は、むしあつそうにきらきらと光っており、冬の海は、つめたそうに、やっぱりきらきらと光っていた。沖に漁舟が十五艘も二十艘も見えることもあった。

もちろん、町にはほかにもたくさんの坂道があり、その両がわには家並みがあり、小学校も病院も役場もかまぼこをつくる工場もあり、芝居小屋のころそのままのつくりの映画館さえあった。それでもKは、村と町の混血みたいな印象の町だった。

良《りょう》の家は、坂道にめんして駅と海辺のまんなかあたりにあった。ほぼ五人くらいの家族がくらすのにふさわしい大きさの家だったが、その家には十二人の家族がくらしていた。父親と母親、良をふくめて兄弟姉妹が八人、それに父方の祖母とその孫。その孫というのは、戦死した、父親の弟の息子で、つまり良たち兄弟のいとこであった。

良の父は漁師ではなく、「しるしかき」とよばれる、酒樽をつつむこもの絵付け職人だったが、国が酒類を統制していたので、当時は山林の伐採人夫をしていた。

母親はすこしばかりの畑地を耕していた。鉄道は、良の家とは田んぼをへだてて目と鼻のさきを通っており、半島のさきからのぼってきた汽車はそこできまって、ポーッと警笛をならした。遮断機も信号機もない踏切があったからだ。すると、家のまえの道路へとびだしてくる少年がいた。学校へはかよっていなかったが、中学生の年ごろの少年だった。かれが、あんちゃんぽっぽである。

あんちゃんぽっぽは、田んぼのむこうを走りすぎる汽車にむかって手をふりつづけ、腕と脚の蝶番《ちょうつがい》がはずれてしまったような、ぎくしゃくした動作で全身のよろこびをあらわして踊りながら、「あんちゃんぽっぽ」「あんちゃんぽっぽ」と呼びつづけた。かれはそのために道路へとびたしてくるのだ。

あんちゃんぽっぽは、夏はパンツ一枚きりで、冬はあちらこちら綿のはみだしたはんてんを着ており、夏も冬もはだしだった。彼は冬瓜《とうがん》をたてたようなかたちのぼうず頭をしており、顔の面積の半分ほどがひたいで、目も鼻も口もほそく小さかった。良にはその目だけではなく、鼻のさきも、いつも笑っているように見えた。彼の顔は雪のように白かった。あんちゃんぽっぽは、汽車にむかって呼びかけるときいがいは、めったに家から出なかったからである。

その家というのは、良の家から三軒ほど坂道をのぼったところにある、お地蔵さんの家《うち》と呼ばれる家だった。入口の横に赤いよだれ掛けをしたお地蔵さんが立っていたので、そう呼ばれたのだが、その家にはお釈迦さまもまつってあって、一年にいちど祭りみたいなものが催され、その日には町の子どもは平等に甘い茶をふるまわれた。

あんちゃんぽっぽが、子どものいないじいさんとばあさんだけのお地蔵さんの家にきたのは、戦争が終わる三か月ほどまえだった。良たちがそのことを知ったのは、かれがなかまの子どもたちと海辺の神社の境内でべー独楽《ごま》あそびをしていた五月の夕べ、とつぜん子どもたちが坂道めがけて駆けだしたからだった。なんのことかわからないままに良もみなにおくれまいとして走りながら、声をかけた。

「なんだん?」「へんな子が町へきとるがん」そう答えたのは漁師のむすこの正やんだった。

なるほど、良たちが製飴工場《せいあめこうば》のあたりまできたとき、坂のずっとうえのほう、ちょうど良の家のまえあたりで変な踊りをしながら田んぼにむかって叫んでいる「へんな子」の姿が見えた。そして汽車の警笛の音がきこえた。

その夜、良は母親から「あの子はお地蔵さんのうちの親戚らしいなん」とおしえられた。あんちゃんぽっぽがKの町にいたのは、わずか四か月ほどだった。

ある日、こんなできごとがあった。戦争が終わって九月に入ったころ。

鉄道のむこうの廃墟のような飛行機工場の背に太陽が沈もうとしていた。空も風景も、絵の具をうすくながしたようにあかね色に変わっていた。となり町との境界線から、汽車が傾斜にあえぐように姿をあらわした。夕陽の色に挑戦するかのように、まっ黒いけむりを勢いよくもくもくとはきだして。

いつものように、あんちゃんぽっぽがはだしでお地蔵さんの家からとびだしてきた。かれは腕と脚とがてんでんばらばらによろこびを表現する、あの変な踊りをおどりながら、透きとおってよくひびく声で「あんちゃんぽっぽ、あんちゃんぽっぽ」と呼びはじめた。まるで鉄道線路のむこうにかれの兄と呼ぶひとがいるかのようだった。あるいは、いま町のほうへ近づいてくる汽車にそのひとが乗っているかのようでもあった。良には、夕日に映えて踊る、あんちゃんぽっぽの姿が滑稽なようでいて、ものすごく美しくも見えた。

町の子どもたちのネギぼうずみたいな影が七つ八つ九つとその美しい影をとりまいていた。かれらの口からは、幼い声には不相応な揶揄《やゆ》がとびだし、はやしたてた。「おまえのあんちゃん、汽車にひかれて死んだんか」「ちがうぞ、汽車にのせられて売られていったんだがん」そんなことばのあいまに、ひぇーとか、ひょーひょーとかの合の手をいれて。良もまた、なかまに負けず、声をはりあげた。

夕陽に映えるあんちゃんぽっぽの姿がものすごく美しく見えたことへの腹いせみたいに。

あんちゃんぽっぽがこの町へきた当時、子どもたちはそんなふうにしなかった。あんちゃんぽっぽには不思議な魔力がかくされていると、警戒していたからだ。ところが、近づいてもはやしたてても、あんちゃんぽっぽには自分たちをはじき倒したり、誘いよせてがんじがらめにしめあげてくるおそろしい力などないとわかると、それまでおそれていたぶんだけ、不遠慮になり、意地わるくしはじめた。

良は、あッと驚きの声をあげた。夕陽にむかって踊るあんちゃんぽっぽの肩さきを、ちいさな黒いものがすーっとかすめたのだ。良は鳥の飛びさった軌跡かとおもったが、そうではなかった。ちいさな黒いものは石つぶてだった。それを投げたのは、カホリン工場の息子の順やんだった。良は、あんちゃんぽっぽのまうしろあたりで順やんが石を拾いあげているのを見た。ところが二度目に投げられた石は、順やんとはずっとはなれた、別の方角からとんだ。その石もあんちゃんぽっぽのあたまのうえをはるかにこえて、田んぼに落ちた。

それが合図だった。こんどはいっせいにあちらこちらから石が投げられた。いままではやしたてていた子どもたちは、急に息をつめたように、残酷なほど静まりかえった。石は結局、ひとつもあんちゃんぽっぽにあたらなかった。あんちゃんぽっぽは、子どもたちが投げつけた石には気づいていないふうに踊りつづけ、いままさにかれの正面を通りすぎようとする汽車を呼んでいた。

みんなへたくそだなん……良はそうおもった。おれがあんちゃんぽっぽに命中させたるが……。良は、そうはおもったものの、ためらった。ほんとうは投げたくなかったのかもしれない。それでもかれは、自分の右手が動き出し、足もとのちいさな石を拾っているのに気づいた。かれは右手で石をにぎりしめた。

そのときである。「こらッ」おっそろしくでかい声のかたまりが良の背なかをどやしつけた。ふりむくと、良のすぐうえの兄が、まっ赤な怖い顔をして立っていた。兄はいきなり、良のあたまをげんこつでなぐりつけた。それから兄は、石を投げた子どもたちのあたまをポカポカとなぐりつけながら走りまわった。だれひとり逃げられないほどの早わざだった。良の兄は、ひとわたり子どもたちのあたまをなぐりつけると、家へもどっていった。良が気づいたときには、あんちゃんぽっぽもそこにいなかった。

子どもたちがあんちゃんぽっぽに石を投げつけたのは、あとにもさきにもこのときが一回こっきりだった。良は、げんこつでなぐられたあたまのこぶが消えるまで、兄にたいして腹をたてていたが、こぶが消えると、腹のたっていたのも消え、なんとなく自分が兄にすくわれたような気もちになりはじめた。

それから数日たって、やはり夕方のことだった。良は、兄とふたりで線路あそびをしていた。線路あそびというのは、汽車が通過したあと、すぐ土手をかけのぼって軌道《レール》に耳をあてる遊びである。正確な間合いをおいて頭のしんをしびれさせるようにひびいてくる車輪の音が、汽車の影が見えなくなってからもしばらくは余韻のようにきこえつづけ、やがてプツンと消える——そのひびきの変化と、プツンと消えるしゅんかんの虚脱感をたのしむのだ。

良の家では夕ごはんのしたくがおわろうとする時間だったが、線路あそびには空腹はもってこいなのだ。車輪とレールがかなでるひびきの変化は、空腹なときほど鮮明に伝わってくるし、最後のいっしゅんの虚脱感も強烈だったから。

ところが兄は、その日にかぎってあたらしいあそびを提案した。となり町を通過した汽車が町のはずれの墓地あたりから姿をあらわそうとするころ、土手に腹這いになってなにか考えこむふうにしていた兄が、良に言った、「良、おもしろいもんみせたるでなん」

兄は立ちあがると、来いというふうに良に目顔で合図し、土手をかけのぼった。それからレールのうえに敷石を積みはじめた。そのとき警笛がきこえ、まっ黒いけむりをはいて機関車があたまをあらわした。兄が怒った声で良に命じた、「なにをぼやっとしとる？　はよ石を積まんか」

良はあわててレールに石を積むのを手つだいはじめた。

機関車は速度を早めて近づいてきた。貨物列車だった。機関士の顔がはっきりと見えた。良は、石を積む手のうごきがしだいにかるくなりはじめたのを自分でも不思議に感じながら、一方では兄が「逃げろ」と命じるのを待っていた。

列車はぐんぐんとふたりのほうへ近づきつつあったが、急にスピードを落としたのが良にもわかった。警笛が二度、けたたましく吠えたてた。「逃げろ」兄がさけんだ。良は土手をかけおりた。兄を追って田んぼのあぜ道を走った。すでに兄との距離が、十メートルもひらいてしまっていた。良は走りながら二度、背後をふりむいた。一度めは列車がはげしい軋み音をたてて停車したとき。二度目にふりむいたときは、あごひものついた帽子をかむった機関士が、蒼ざめた表情で線路へとびおりるのを見た。

良は、機関車がとまったのは脱線ではなかったとおもい、あの蒼ざめた表情の機関士は追いかけてはこない、レールのうえの石ころを払いのけていると自分に言いきかせて、一目散にはしりつづけた。鮮烈な恐怖はかれの胸ぐらをつかみつづけていた。兄との距離はずんずんはなれるばかりだった。良はとっさに、近道をするために田んぼのなかへはいった。ところが、家のほうへ逃げるとばかりおもっていた兄が、急に方向をかえて、あぜ道を右手に折れた。海へくだる方向だ。良も方向をかえて兄を追おうとしたが、ふりむいた兄の口から怖い声がとんできた、「こっちへ来るな。べつべつに逃げろ」

良は、そのさけび声にはじかれたようにあぜ道へ這いのぼり、兄とは反対の方向へ走った。あぜ道を這いのぼるとき、かれは家のまえの道路にあんちゃんぽっぽの姿を見た。それは踊っている姿ではなく、驚きにうたれて棒のように立ちつくしている姿だった。

良はまもなく田んぼを走りぬけ、とり屋とよばれている家の鶏舎のうらの竹やぶにたどりついた。そこでひと息ついたとき、列車のことも機関士のこともすっかり忘れていたが、驚きにうたれて棒のように立ちつくしていたあんちゃんぽっぽの姿をふいにおもいだした。かれには、線路に石を積んで列車をとめたことが、あんちゃんぽっぽにすごくひどい仕打ちをしたことのようにおもえ、からだがすこしふるえてくるのを感じた。

良は竹やぶを出た。そして、もう暗くなりはじめた坂道を家のほうへもどる道すがら、にいちゃんはこのまえあんちゃんぽっぽを助けたけれど、これであいこになってしまったと、おもった。

あんちゃんぽっぽが、またどこかの家にひきとられたのか、お地蔵さんの家《うち》からいなくなったのは、そんなことがあってから数日あとだった。

紙芝居のゆくえ

Kの町ではだれもが、そのひとのことをあぁぼぉちゃんと呼んでいた。あぁぼぉちゃんというのはたぶん、かれが少年時代、なかまの子どもたちによって呼ばれていた愛称だろう。

あぁぼぉちゃんは、紙芝居やだった。そこでKの町では、おとなも子どもも紙芝居やのことを「あぁぼぉちゃん」と呼んだ。それは転じて、あぁぼぉちゃんとは、紙芝居そのものの呼称でもあった。「あぁぼぉちゃんを見にゆくかん」とか「きょうのあぁぼぉちゃんはおもしろかったなん」といったぐあいに。それで良もまた、どこの町へいっても、紙芝居はあぁぼぉちゃんだとおもいこんでいた。

あぁぼぉちゃんの家は、良の家がある坂道とはべつの、しかしやはり海辺へくだる坂道の途中にあった。そこは池などなかったが赤池という地名で、戦争まえに建てられて戦争中に廃屋になってしまった三階だてのデパートが傾きかかって残っていた。あぁぼぉちゃんの家はその下手に、傾きかかったデパートにいまにも押しつぶされそうなあわれなかっこうで立っていた。家じゅうすきま風が吹きぬけていそうなその家は、入口だけが妙にひろびろとしていた。あぁぼぉちゃんの家は代々、呉服やだった。ところが、すぐ隣にデパートができてすっかり左まえになり、戦争のせいもあって店をたたんでしまった。それからまもなくデパートのほうもつぶれてしまったが、廃屋になって子どもたちがかくれんぼなどするあそび場になったいまも、もとデパートはしつこくあぁぼぉちゃんの家をおびやかしているというわけだ。

あぁぼぉちゃんは、ふるびた自転車のベルをならして町をめぐり、路地や空き地など子どもの集まりそうな場所をえらんでは紙芝居を見せた。その自転車の荷台には、塩こんぶやねり飴をいれる抽出《ひきだ》しのついた、紙芝居の箱がつんであった。雨の日いがいは三百六十五日、あぁぼぉちゃんは休むことがなかった。

午後四時ごろ、良たちが学校から帰ってしばらくすると、拍子木を打つチャキチャキという音が坂の下のほうからきこえてくる。坂のうえのほうからきこえてくることもあった。あぁぼぉちゃんが、「さぁ、紙芝居だよ」と知らせにくるのだ。その拍子木の音を合図に、良たちはかけだし、坂道をくだった海辺近くにある三社《さんしゃ》さんという神社の境内《けいだい》にあつまる。そこが良たちの地域の子どもが紙芝居を見る場所だった。子どもたちがあつまっても、あぁぼぉちゃんはしばらくは姿を見せない。ききもらした子はいないかと、拍子木をならして、もうひとまわりしてくるからだ。

やがて、子どもたちが自転車のまえに十人、十五人とあつまったころ、あぁぼぉちゃんが細い牛のような眼にはやくも子どもたちのこころを魅きつけてしまう、おだやかな笑顔をうかべてあらわれる。あぁぼぉちゃんは「お客」のあつまりぐあいをひとわたり眺め、自転車の荷台につんだ箱の抽出しをあける。ねり飴は五円、塩こんぶは三円。でも、あぁぼぉちゃんはけっして、「さぁ、あめを買った、こんぶを買った」と催促はしない。

拍子木をチャキッとならして、それが紙芝居のはじまる合図だった。出しものは二本立てときまっていた。そのうち、なんといっても良たちのお目あては黄金バットだ。あぁぼぉちゃんの語り口は、軽妙で、真にせまっていて、じつに巧みだったから、子どもたちは冒頭からはやくも固唾《かたず》をのんできいった。あぁぼぉちゃんの話術が子どもたちの眼を絵の一枚一枚に吸いつけてしまう。あやうし少年少女の運命やいかにといった場面で、さて黄金バットの登場となるくだりなど、あぁぼぉちゃんの声はひときわ張りをおび、その語りは風のごとくに走って、良の胸をときめかせた。そして一転、場面は急転回して黄金バットに危機迫り、あぁぼぉちゃんが最後の声をふりしぼって、あぁ、あやうし黄金バットの運命やいかに……このつづきはまたあしたと、紙芝居の箱をぱたりと倒すしゅんかんなど、良はおもわず両手のこぶしをにぎりしめ、あす、あぁぼぉちゃんの口から紡《つむ》ぎだされる黄金バットの運命にはやくも思いをはせるといったぐあいであった。

こうしてあぁぼぉちゃんは、良たちの町の子どもの期待と不安を自由自在にあやつることのできる絶対のひとであった。紙芝居を見おわった子どもたちは、しばしあすの黄金バットの運命を話題にしあったものだが、それはあぁぼぉちゃんによせる期待や不安にほかならなかった。「あぁぼぉちゃんは、黄金バットをたすけてくれるだろうかなん」

ところが、そのあぁぼぉちゃんが、ぱたりと姿を見せなくなった。拍子木の音も自転車のベルの音もきこえない日が、一か月以上も続いた。なんでも、おもい病気にかかって入院しているらしいと、良は母親の口からきいた。ある日、良はなかまの子どもたちといっしょに、傾きかかったもとデパートの隣にある家を見にいった。あぁぼぉちゃんの家はいよいよもって、もとデパートに押しつぶされそうなあんばいで、ほこりをかぶった入口のガラス戸は閉じられたまま、家のなかは森閑として、ひとのいる気配もなかった。

そして子どもたちがあきらめかけていたある日、あぁぼぉちゃんはふたたび町のひとたちの前に姿をあらわした。そろそろ梅雨の季節をむかえようとするころだった。以前から決して肥ってはいなかったが、あぁぼぉちゃんはいっそう痩せて、髪には白いものがみえた。

あぁぼぉちゃんはやはり、ふるびた自転車に乗ってベルの音をならし、町のなかをめぐりはじめた。そして、これまでとおなじように路地や空き地に自転車をとめて、仕事にとりかかるのだった。ただし、こんどは子どもたちに紙芝居を見せるためではなく、こうもり傘の修繕をするためだった。あぁぼぉちゃんは骨の折れたのや、あなのあいたのや、柄の曲がったのや、おもうように開かなくなったのや、すっかりくたびれはてたこうもり傘を家々からあつめては、日蔭にすわりこんで修繕する。その姿は、あぁぼぉちゃん自身が置きわすれられた古道具のようにも見え、良たちの落胆はたいへんなものだった。もうあぁぼぉちゃんのあの名調子がきけない、黄金バットの運命もおしまいだ……それは良たちにとって、なにかの終わりでさえあるようにおもえた。

そんなある日、忽然といったぐあいに、あたらしい紙芝居やが町にあらわれた。もう夏休みにはいったばかりのころだった。良たちはそのひとの名まえを知らなかったが、紙芝居やであるいじょう、やっぱりあぁぼぉちゃんと呼んだ。つまり、二代目あぁぼぉちゃんというわけだ。

二代目あぁぼぉちゃんは、兵隊が着る服を着て、兵隊がはく靴をはいて、そのうえ帽子まで兵隊とおなじものをかぶっており、兵舎と呼ばれる丘の中腹のバラック小屋に住んでいた。兵舎というのは、戦争中この町に短いあいだ駐屯していた部隊が住んでいたので、戦後もそう呼ばれていたのだが、いまは中国大陸や朝鮮半島から引き揚げてきたひとたちの家族が、一部屋に一世帯といったぐあいに住んでおり、共同便所や共同井戸を使用していた。そして、兵舎の住人たちは町のなかではよそ者とみられて、のけ者扱いされているふしがあった。兵舎に住むひとたちのほうでも、なんとなくかれらだけの小集団を形成して町の者に心をゆるそうとしないところがあった。

そんな事情があったのに町の子どもたちを相手にする紙芝居やをはじめた二代目あぁぼぉちゃんは、もしかするとひじょうに勇気のあるひとだったのかもしれない。ところが、この二代目あぁぼぉちゃん、紙芝居のほうは想像を絶するほどに、ものすごくへたくそだった。一代目あぁぼぉちゃんからゆずりうけたのだろう、出しものも絵も一代目とおなじものだったが、まるでべつのものを演じているように良たちにはおもえた。そういえば、「客よせ」にくる拍子木の音もこころなしか気勢のあがらぬひびきだった。

二代目あぁぼぉちゃんはたいへん小柄だったので、絵をとりかえるときは背のびをして一枚一枚めくりながらセリフを語るのだが、その語り口といったら、声だけがばかでかいばかりで小学生の学芸会と五十歩百歩の棒読み。黄金バットもまるで生彩がなく、見事に影がうすく、なさけない存在になりはててしまうのだ。危機一髪の場面が、まるでそうはならない。そんなふうだから、ねり飴も塩こんぶも、いっこうに売れない。

それでも良たちは二代目あぁぼぉちゃんの紙芝居を見にいった。あまりにへたくそなのと兵隊姿のあぁぼぉちゃんがものめずらしかったからだ。

でも、それは永つづきはしなかった。子どもたちは、ものめずらしさにもあっさりあきてしまった。たぶん、ねり飴も塩こんぶも売れないので二代目あぁぼぉちゃんが廃業しようと考えていたのと、子どもたちがものめずらしさにあきてしまったのとが、うまいぐあいに符節を合わせたのだろう、二代目あぁぼぉちゃんの姿は風のひと吹きに散る花のように子どもたちのまえから消えてしまった。わずか一か月にもみたない運命だった。

それとおなじころ、一代目あぁぼぉちゃんがこうもり傘の修繕をする姿もみられなくなった。良は、こんどあらわれるときはまた、紙芝居の箱をつんだ自転車にのって、拍子木をならしながらやってくるのではないかと一縷《る》の望みをいだかないでもなかったが、その期待はかんたんにつぶれてしまった。かれは夕ごはんのとき、父親と母親がこんな会話をかわすのをきいた。「あぁぼぉちゃんが駆け落ちしたというのは、やっぱりほんとうだげななん」「相手は徳さの後家か」「それがちがうげな。こんどは魚八のよめだげな」

それからまもなく、兵隊姿の二代目あぁぼぉちゃんが住んでいた兵舎も、住民たちがみな引っこし、取り払われた。

Kの町にはじめてのテレビが、小学校の正門まえにあった服部ラジオやに登場したのは、それから七、八年たってからのことである。

骨のなかみ

にわとりの登場する夢をしばしば見た。

戦争に負けた年か、その翌年ごろ、かれの家ではにわとりを飼っていた。めんどりを四羽。そのめんどりにたべさせるために、石垣に付着している牡蠣《かき》がらを坂の下の湾へとりにゆくのが、良や兄たちのささやかな仕事でもあった。牡蠣がらをかわかして、金槌でくだき、その粉片を餌にまぜてたべさせると、めんどりは産みおとしたひょうしにつぶれるようなことのない、堅固な卵を産む。

けっきょく四羽のにわとりは、いたちや蛇にのど首を喰いやぶられ、つぎつぎと死んでしまったのだが、良がにわとりの登場する夢をしばしば見たのは、そのころではない。四羽のにわとりが死んでしまい、それから数年たって、かれの家ではもうにわとりを飼うことはあきらめ、便所の裏手にあったにわとり小屋も取り払ってからのことだ。

良が見るにわとりの夢は、平凡なものではなかったが、それほど奇抜というのでもなかった。夕ぐれどきの坂道をとさかをピーンとたてた大きなおんどりが首をたてにふりたてながらいつまでも追いかけてきたり、良が空き地みたいなところでなかまの子どもたちとあそんでいると、いつのまにかそのなかに一羽のにわとりが、まるでなかまのひとりみたいにすましてまぎれこんでいたりする夢だった。だから、良は夢におびえて目をさますということはなかった。いや、一度だけ、気味わるさに夢からさめたことがある。それは、夢のなかでふと目をさますと、良の寝ているふとんのなかに犬ほどもあるでっかいにわとりがもぐりこんで寝ているという夢だった。そこでかれは、びっくりしてほんとうに目をさましてしまった。

そんな夢を見るのは、家《うち》ではにわとりの骨のなかみまでたべるからかもしれんと、良はおもった。

良が学校から帰ると、母親が「きょうは、ます屋さんへいってきてくれやなん」と声をかける。良はあまり気がすすまないが、それでもいつものように空《から》バケツをぶらさげて家を出る。途中、顔見知りのひとに会ったりしながらぶらぶらと坂道をのぼっていく。五分くらいで篠原病院のむかいにあるます屋に着く。ます屋というのは、枡や桶をつくっている家だから、そう呼ばれていたので、頼めば棺桶もつくってくれるという話を、良はきいたことがある。

ます屋は大きな荷物をせおったような背中をしており、その重みのためか、からだがまえにかがみこんでずんぐりとしていた。もう五十歳をこえているのに独り者で、身よりもないらしかった。

良がその家へゆくと、ます屋さんはほとんどのとき、枡や桶にかこまれて木槌の音をトントンとたのしくひびかせながら仕事をしていた。仕事場の土間に立った良を見ても、ただニコニコと笑いかけるだけで、ことばもかけず、その笑顔を良がいるあいだずっとつづけているだけだった。そういえば、ます屋さんはめったに喋らないひとで、このひとが口をきいたという記憶が良にはなかった。もしかすると、いつもうかべる笑顔が、ます屋さんの挨拶であり、ことばの一種だったのかもしれない。

ます屋さんはやおら立ちあがると、土間へおり、わらじをつっかけて表へ出る。そして横手の路地をまわって、ちょうど家の裏がわにある線路わきの草っ原へ出る。それで良は、あぁ、きょうは骨のある日だなとおもい、バケツをぶらさげてます屋さんのあとについていく。にわとりの骨がない日は、ます屋さんは笑顔はうかべていても無造作に首をよこにふったきり、仕事の手をやすめようとしないからだ。

ます屋さんが、少年の良とほとんどかわらないほどの短軀を敏捷におどらせて枕木をつたい、線路をわたると、良もそのあとについて線路をわたる。路床のむこうがわへ出るためには、駅からちょうどこのあたりまできている貨車用の引込み線もわたらなければならない。そこをよぎると、細い雑草だらけの道をへだてて、ます屋さんのにわとり小屋がある。畑にかこまれたその小屋には百羽をこえるにわとりが飼われていた。ます屋さんは、なにかのひょうしで、というのは病気や小動物におそわれてにわとりが死ぬと、自分でそれをつぶし、肉はかしわ屋へ売り、骨は良の家へくれるためにとっておく。その日は、かなりの量の骨がにわとり小屋のわきの、ふるい桶のなかにたまっていた。

ます屋さんが、桶のふたをとって骨をバケツのなかへうつしてくれると、良はお礼のつもりで頭をぺこりと下げ、こんどはます屋さんのさきに立って引込み線と本線の路床を走りぬけ、いっきに坂道へもどる。そして来るときとはぎゃくに、バケツのなかの骨がとびださないよう気をくばりながらも、一目散に駆けて家に帰るのだ。

ます屋さんからもらってきたにわとりの骨は、小さな骨もすてるようなことはせず、ぜんぶ釜にいれてゆで、それから大きな骨も小さな骨も公平にほうちょうで切りさいて、なかの肉をとりだす。そして小麦粉にまぜてゴルフのボールほどの大きさのだんごをいくつもつくる。良の家では、それをみなで食べるのだ。間食にする場合もあったが、ほとんどは夕ごはんの代用食にした。骨のなかから肉をとりだす作業はなかなかホネのおれる仕事だったが、きょうだいが総がかりでとりかかるから、あんがい短時間にすんだ。

にわとりの骨のなかみでつくっただんごは、良たち八人のきょうだいにとっては、といってもまだ赤んぼの末妹はたべられなかったが、まずまずごちそうの部類にぞくしていた。良が兄たちといっしょに町はずれの池でとってくる食用蛙の肉にはかなわなかったけれど……。

ところが、にわとりの骨をます屋さんがなぜ無料でかれの家にくれるのかが、良にはよくわからなかった。母親が野良仕事をうけもっている畑が、にわとり小屋に接してあり、そこでとれるさつま芋や大根を母親がます屋さんに進呈するのを見たことがあるから、にわとりの骨はそのお返しということだったのかもしれない。

畑ではさつま芋や野菜類のほかに麦もつくった。その麦の青苗が十センチほど伸びてくると麦ふみをするのだが、それは良や兄の仕事でもあった。子どもの体重がちょうど麦ふみには適していたからだ。両足を平行にならべて蟹のよこばいみたいにふんでいく。土中に霜ばしらがはったときなど、足のしたで霜ばしらのふみくだかれるサクサクという音がきこえ、足うらにもくすぐったい感触がつたってくる。良は、その感触と音がとても好きだった。

麦が育ち、やがて刈りとられると、こんどは芋をつくるために平地をおこして畝《うね》をつくる。これは鍬《くわ》をつかう仕事だから、少年の良には重労働の部類に属した。一本の畝をつくって兄の腰がすこしふらつきはじめたころ、良はもう腰がぬけたようにすわりこんでしまう。母親だけが、日本手ぬぐいでほっかむりした顔に汗ひとつ浮かべず、なれた鍬さばきでつぎつぎにあたらしい畝を掘りあげていく。

芋ほりのときもそうだ。良や兄がさかんに芋のあちらこちらに鍬のきずをつけ、ときにはりっぱなできばえのさつま芋をまっ二つに割ってしまうことがあっても、母親の掘りだす芋にはすりきずひとつあったことがない。そして、良たちがきずつけたり割ったりしたのは、さっそくその日の夕ごはんに化ける。きず口からやにがにじみだし、そこから芋はくさってくるからだ。

良がそんな野良仕事の手つだいをしているとき、にわとり小屋のとりたちが急にさわぎはじめると、それは、ます屋さんが餌をあたえるために線路をわたってこちらへやってくる姿が見えるときだった。

にわとりたちは、海辺のつくり酒屋や製油工場の倉庫から牛車や馬車ではこんできた貨物を積む貨車が、日になんども引込み線にはいり、ちょうどにわとり小屋のまえあたりでおそろしく大きな警笛の音を不意うちみたいにならしても、すっかりなれっこになっていて驚きもさわぎもしない。ところが、ます屋さんが、あの大きな荷物をせおったような背中をいっそうまるめて、良がおもわず野良仕事の手をやすめ、まるでアフリカ大草原のひょうのようだと感嘆するほどの敏捷さで線路をよぎってくる姿が見えると、にわとりたちはいっせいに声をあげ、にわとり小屋の近くへきたときには、それはもう羽ばたいたり金網にとびついたりで、さわぎは絶頂にたっするのだ。

まもなくして、にわとりたちが静かになると、ます屋さんが満足そうな表情をうかべて小屋から出てくる。そしてきまって、野良仕事をする母親や良たちに濃いぎざぎざ眉毛をよせるような表情をして笑いかける。良には、ます屋さんのその笑い顔がどことなくつくりものめいて見える日もあったが、まあ、だいたいにおいて人なつっこい感じにおもえた。

ます屋さんはそうして笑顔だけを良たちのまえに置いて、かれがにわとりの骨をもらいにいったときとおなじように、挨拶のことばもかけずに荷物みたいな背中をむけ、また枡や桶をつくるトントンという木の音をひびかせるためにもどっていくのがつねだった。

ところがある日、おそろしい事故がおこった。それは良にとっては、この町でおこったもっともおそろしい事件のひとつであった。

冬休みがおわり、新学期がはじまったばかりの寒い日だったが、その事故のうわさは良たちが二時限目の授業をおえた休み時間に教室へもたらされ、たちまち小学校の校舎のすみずみまでひろがってしまった。「ひとが汽車にひかれて死んだげな」それは職員室で教師が話しているのをきいた児童の口からもれたものだろう。事故の場所は駅から百メートルもくだらないあたりという。

良はその話をきいたとき、とっさにおもった。それはにわとり小屋のあたり、引込み線のところだ……。かれの予測は的中した。

良たちはまちかねた昼の放課時間がくると、声をあげて小学校の門をとびだした。しかしかれは、なかまの子どもたちとゴムぞうりをはいた足をきそうようにしながら学校のまえの坂道をくだり、映画館のところから急にのぼりになっている坂を駆けのぼって駅のほうへむかうあいだ、汽車にひかれて死んだひとがます屋さんだとは疑ってもみなかった。まさか、あんなにたくみに、敏捷に、日に何回も線路をわたっているひとが、そんなへまをするはずがないからだ。それに、この町では飛びこみ自殺やらなんやらで鉄道事故がしばしばあった。

だから良は、事故現場に着いて死んだひとがます屋さんと知ったとき、すごく驚いた。

現場には駅員と駐在所の警官と近所のひとが三人ほど立っているだけで、事故がおきてからもう二時間いじょうもたっているので死体はなかった。事故があったという気配ものこっていなかった。

良たちは線路ばたに立って、なんとなく拍子ぬけした顔で駅員と警官がいる路床のあたりをながめていた。良はしばらくみなとおなじようにぼんやり立って事故現場の枕木や敷石やレールを見ていたが、そのうちにかれは、そのあたりに落ちてはいないかと、あるものをさがしていることに気づいた。ます屋さんが背中にせおっていた、あの大きな荷物はどこへいったんだろう……。

良はすたすたと線路のなかへあるいていった。

「ます屋さんはどこへいったのかなん」かれは駅員にたずねた。

「篠原病院へはこんである」駅員は、手まねで線路のそとに出ろというしぐさをして言った。

良は、じゃあ、荷物も篠原病院だ、とおもい、線路ばたへもどった。そのとき、路床のじゃり石と線路ばたの雑草のあいだに落ちているものを、かれは見た。骨だった。それはにわとりの骨のようにもみえたが、良は、汽車にひかれたときとびだしたます屋さんのからだの骨ではないかとおもった。骨はまだあたらしそうだったし、そのさきのほうがふとくまるくなっていて肉片のようなものがところどころにくっついたままだったからだ。

良はおもった。この骨にもなかみはあるのだろうか……。

ます屋さんはこの日、いつものように餌をあたえるためににわとり小屋へいき、それからトントンと木の音をひびかせるために家へもどろうとした。ちょうどそのとき引込み線にはいっていた貨車のかげにかくれてみえない列車が、駅を出て、速度を加えはじめたところにぶつかったのだそうだ。ます屋さんがあんなに敏捷に線路をわたるひとでなかったら、あるいは列車にぶつかるまえに立ちどまったかもしれない。

赤い渦

良の町にある日、海ぼうずがやってきた。といってもそれは、海上にあらわれるという、あの伝説の妖怪ではない。雲と風と気象によってうまれる、すさまじい空気の渦動——竜巻のことを良たちは海ぼうずと呼んでいた。この町では、それは海からやってくるからだ。

夏、暑い日のさかりだった。空は晴れわたっていたが、沖合いで漁をするひとたちの頭上にひとかたまりの積乱雲がぶきみなほど低空でただよっていた。漁師たちはいっこうに消えようとしないそれを見あげて、ずっと以前にも起こった事件の予感にとらわれはじめていたが、とつぜん風が巻きおこり、海水が火柱のように舞いあがった。海ぼうずは韋駄天のごとく海面をつき走り、たちまち一艘の漁船をひっくりかえして舟上のひとを海へたたきおとすと、陸をめざした。

海ぼうずは町に上陸するや、こんどは渦まき状に黄いろい砂けむりを巻きあげつつ、天をつくいきおいで坂道をのぼりはじめた。

そのとき良は、なかまの子どもたちといっしょに三社さんの境内で、布ボールをつかった三角ベースの野球あそびをしていた。「ありゃあ、なんだん」だれかが鳥居のむこうを指さして叫んだ。見ると、良の目にうつったのは、海ぼうずのあたまだった。子どもたちは、号令もなしにいっせいにかけだしたが、かれらが追いついたときにはすでに、砂と風の黄いろい渦は、棒状のらせんをえがきながら坂の途中にむかいつつあった。良は、それを追った。

海ぼうずの足どりは一直線とはいかず、これまたらせん状だったから、民家の屋根瓦を吹きとばしたかとおもうと畑のものを根こそぎ宙に投げあげ、そうかとおもうとすさまじい音をたてて板塀をひっぺがし、「水滸伝」の神行太保もかくやとおもわせるはやさで坂道を疾走しつづけた。醬油やの倉庫のまえの一斗樽が、風ぐるまみたいに回転して一メートルほども舞いあがったときには、良は心のそこから驚いてしまった。

良はいよいよ眼だけになって、風と光と砂とを攪拌《こうはん》するらせん状の渦を追ったが、それがこれまで見たこともないほど美しい色彩をはなつい っしゅんがあった。渦が、その美しいいっしゅんとうすぎたない黄いろの時間との変化を二、三度くりかえしたとき、良は不思議な感覚をあじわった。風の渦動に視線を密着させていたためにおこった、かれ自身の眼の渦動にすぎなかったが、良にはその感覚がここちよいようでいて、ゆだんをすれば二度と原状にもどれないおそろしい事態の予感のようにもおもえた。

かれが、自分のなかにおこる風景や世界の変化に背をむけることをおぼえたのは、そのしゅんかんだった。

海ぼうずは、S字型をえがきながらとはいえ、やっぱり坂道をのぼりつづけていたので、さては大いそぎで駅にむかうかとおもわれたが、そうではなかった。いよいよ良の家に近づき、そのはしっこをかすめて屋根瓦を、二、三枚吹きとばしたが、まるでかれへのいやがらせでもあったかのようにそこをすぎると、お地蔵さんの家《うち》の手まえあたりで急に方向をかえ、田んぼをよぎって鉄道線路のほうへむかいはじめた。そして、育ちかかった青稲をなでるようになびかせたとおもうと、鉄道線路へたどりつくまえに、あっけなく消えてしまった。海ぼうずが町へ上陸して、七、八分のできごとだった。

良が海ぼうずに出あったのは、あとにもさきにもそのときが一回こっきりだった。

Kの町には、おときという女がいた。

おときは町はずれの、良の家とは反対がわにあたる湾にちかい漁師のむすめだった。すでに嫁にゆき子どもも産んでいて不思議ではない年ごろだったが、おときは処女だった。すくなくとも、だれもがそう信じていた。

良はおときは赤い色が好きだなんと、心のなかでおもっていた。かの女は、冬は綿のはみだした赤いねんねこを着ており、夏には上半身はだかだったが赤い腰まきを一枚つけていたからだ。そしてどういうわけか、夏も冬も、かの女が町のなかを走りまわるときは、一本のほそい笹竹を手にふりかざしていた。

そのおときを見るたびに良は、風の渦――海ぼうずをおもいだした。かれがおときを見るときはきまって、かの女が風のごとく疾走していたからだが、なによりも、おときの存在とあの風の渦とのあいだにはひどく似たところがあるとおもわれたからだ。

おときは、北浦とよばれる小さな湾に面した漁師長屋の一軒から、とつぜんはだしで外にとびだしてくると、はやくも一本の笹竹をふりかざして脱兎のごとくかけだす。湾を見おろす墓地の下をぬけ、小学校のうらを通って駅へいったり、そこから鉄道線路ぞいの坂道をいっきに三社さんのほうへくだって海辺へおりる。こんどは町を半円状にめぐっている海岸ぞいの道を、魚市場やかまぼこ工場、埠頭や県社さんとたちまちぬけて、ふたたび北浦へとむかう。そのあいだにかの女は、いくど坂道をのぼりくだりしたことか。

町の周囲をひとめぐりする、それがおときの儀式の行程だった。かの女は町をひとめぐりすることによって、そこに住むひとびとすべてに平等にお祓いをしているようにもおもえた。かの女がふりかざす笹竹は、そのための小道具だったのかもしれない。

おときが、日やけした、ずんぐりとふとった短軀《たんく》を前かがみにして、赤い腰巻一枚きりの姿で走りだすと、町もうごきはじめる。かの女が町をめぐると、町もいっしょにまわりはじめる。

良がかの女の疾駆《しっく》する姿を見るのは、おときが駅のほうから三社さんのほうへと坂道をかけおりていくときだった。かれは、短髪をさかだてるようにして家のまえをかすめすぎるかの女の赤い閃《ひらめ》きを見るのだが、一度だけ、そのあとを追ったことがある。その日、友だちと北浦の海で泳ぐ約束があったからだ。おときのあとを追えば海岸ぞいの道をゆくことになり、あきらかに遠まわりになるのだが、かれは友だちに「おときと競争してきた」と自慢したかった。

良はもっこ一本しめたきりのはだしのままでおときのあとを追った。ところが、かの女はたいへんはやかった。あまいにおいのただよう飴やさんのまえを抜け、三社さんのあたりまでは難なくかの女との距離をたもつことができた。ところが、海辺に出て町を半円状にめぐるながい道にかかってから、かれはおときとの距離がすこしずつひらいていくのを感じた。

友だちに自慢するというもくろみが、はたしてうまくいくかどうか不安になりはじめた。不安になりはじめると同時に、良の胸は息ぐるしくなり、すこしめまいを感じてきた。海につきでた前方の白い埠頭も、海にむかって立っている家なみも、すこしずつゆれはじめた。そのとき良は、町がおときといっしょに走り、ゆっくりとまわりはじめているのに気づいた。そして、かれ自身の眼とからだもゆっくりと回転をはじめたのだ。まわりはじめた町は、ふとい柱か大木《たいぼく》がぐるぐる回転をはじめるときみたいに、かすかな軋《きし》みごえをあげているようにもおもえた。それが物のたてる音ではなく、ひとの話しごえのようにきこえてきたとき、良はおもった。

あれはおときがしゃべっている声だ……おときは生まれたときから口をきくことを拒んできた女だ

から、きっと口をきくときはこんなふうにするにちがいないと、良は固く信じてしまった。

とうとう良は、おときと競争したことを友だちに自慢するもくろみを捨てなければならなくなった。埠頭を走りすぎ、前方の左手に県社さんの高い石段が見えてきたころ、かれはおときとの距離がすっかりひろがって、かの女の姿は海岸ぞいの道を小さく遠くへだたっているのを知ったからだ。ただ、遠く小さくへだたった分だけ、おときが腰にまいた赤いものは、海から射してくる光のなかにくっきりと見えた。それは良の眼には、赤いものが疾走しているように見えた。

良はあきらめた。それは、かれにとっては絶望という感覚をあじわった最初の体験でもあった。良は立ちどまると、そこにうずくまってしまったが、道ばたには漁網のつくろいをする老人や女たちがいることにはじめて気がついた。

良にはまだ、町のまわる音が、それはやっぱりおときが話す話しごえのようにきこえていた。町がまわっている……と、かれはもう一度、念をおして呟いた。そして、しゃがんだまま、おときの行方《ゆくえ》を見た。

良は、はげしい驚きにうたれた。それは疾走する赤いものがかれの視界から消えようとする直前だったが、そこに見たものは、らせん状にくるくるとまわって火柱のような形をつくった赤い渦だった。良の心は、雷にうたれたようにすくんだ。赤い渦は、かれの目にものすごく美しいものに見え、もしそこにまきこまれたなら二度ともとの世界へはもどれない、おそろしい秘密の場所でもあるかのようにおもえたからだ。

その感覚は、あの風の渦を見てあじわったときの感覚ととてもよく似ていた。町がまわる声は、赤い渦のなかからきこえてきた。

そのときいらい、かれはおときのあとを追おうとはしなくなった。かの女の足にはとてもかなわないとおもいしらされたからだが、また、おときが町ぐるみここに住むひとびとを支配している不思議な赤い渦にちがいないとおもったからでもある。

顔

戦争に負けて三年もたってから、そのひとは町へもどってきた。戦争にゆくときは、田舎ずもうの力士のような体格をしていたが、もどってきたときは別人のようにやせほそっていた。この町でも屈指の背高のっぽなのは、かわりなかったが。そういえば、戦争にゆくまえと帰ってきたときでは、なにからなにまでかわってしまっていた。ただ、かわっていなかったのは、あの容貌魁偉《ようぼうかいい》な風貌だけだった。

そのひとが戦争にゆく直前のある日、良はひとつのできごとを目撃した。母親につれられてなにかの用事をすませてきた帰りみち。そのひとの家は、駅からすこしくだった坂道に面して新聞売店と小学校教師の家にはさまれ、軒をならべていたが、その家から、数人の男たちのうたう歌声がきこえてきた。それはおっそろしくあらあらしく、乱れきった、胴間《どうま》声の合唱だった。うたの文句は良にはよくわからなかったが、祭りのときいがいにはあまり口にしないみだらな内容のもののようで、唄っている男たちはしたたか酒に酔っているにちがいなかった。

昼の日なかに、祭りでもないのに男たちが酒をのんで、あんなうたを唄ってる……良は不審な気がした。

良と母親がそのひとの家のまえにさしかかると、胴間声はいっそう下品であらあらしくなり、とつぜん一人の男がはだしのまま外へとびだしてきた。そのひとだった。かれは、店さき（そのひとの家は酒や醤油の販売店だった）にしゃがみこみ、坂道にそった溝にゲーゲーと喉から異様な音をしぼりだしながら、その音といっしょに胃のなかのものをはいた。不潔な色とにおいをはなつ吐瀉物《としゃ》は、とどまるところを知らず、あとからあとからはきだされて、じつに大量だった。

ようやくひと息ついたところで、そのひとは顔をあげ、ふとった肩をゆすって苦しそうにひと呼吸した。そして、立ちどまってかれを見ている良と母親のほうにうつろな視線をむけた。そのひとの顔の右がわ半分をでこぼこの巨大なこぶのように変形させて、ほとんど眼球の所在もわからないほどにふくれあがっている肉塊《にくかい》が蒼白だった。ゆがんだ耳までがまっ白に変色しているのを良は見た。が、そのひとは良たちを見たわけではないらしかった。かれらにむけられたとおもった視線は、なんの感情もあらわさず、たぶんもう一度、酒をのみなおすために緩慢な動作で立ちあがり、すこしよろけながら家のなかへはいっていった。そのひとを介抱に出てくる者はだれもなく、男たちの唄う声はすこしも低くなることなくつづいていた。

良がおびえた眼つきで母親の顔をうかがうと、かの女は、「兵隊にいくだがなん」と言って、すたすたと坂道を家のほうへあるきだした。

その日、良が見たのは、そのひとが兵隊にゆくために催された壮行会のワン・カットだったのだ。

そのひとは戦争からもどると、しばらくのあいだ町の駅で仲仕《なかし》をしていた。海辺の醸造《じょうぞう》工場や製油工場から牛馬車ではこばれてきた酒と油を貨車につみこみ、貨車がはこんできた米や大豆を工場にはこぶために馬車と牛車につみこむ、その積みおろしの仕事である。長身のからだをもち、まだ三十歳そこそこの年齢だったとはいえ、兵隊にいってるあいだにすっかりやせほそり、ながいあいだ酒やの店主だったひとには、なかなかきつい労働だった。が、そのひとは一年くらいたつと、もとの酒や醤油を売る店にもどった。こんどは酒や醤油のほかに雑貨なども店においた。

ところが、せっかく店さきに陽がさしこみ商品のひとつひとつにその光があたりはじめたというのに、そのひとにわるい兆候があらわれはじめた。

そのひとのおくさんは、良が、この町ではとてもかなうひとはおらんなんとおもうほど、たいへんきれいなひとだった。顔だちが美しいとかそうでないとかの基準は、良にはもともとないことではあったが、きれいな心が顔だちにあらわれているひとだった。容貌魁偉なそのひとと、そのおくさんとが夫婦になったことを、町のひとたちは不思議がった。しかも、ふたりはそのひとが戦争にゆくまでとても仲むつまじい、おしどり夫婦で知られていたから、町のひとたちは不思議がるだけではなく、やきもちまじりの噂さえしたものである。

そのふたりが、客のまえもかまわず店さきでのべつ言いあらそうようになったのだ。良が、そのひとの店のまえを通るときなど、それとなくうかがうと、そのひととおくさんは口論をしていないまでも、どこかおたがいを嫌いあって、そらぞらしく背をむけあっているように見えた。そればかりか、おくさんは、とげとげしい顔だちの女にかわってしまったようにおもえた。

そんなあるとき、そのひとの店へ買いものにいってもどった母親が、父親に報告するのを良はきいた。おくさんはそのひとにむかって、ののしるような言いかたでこんなふうに言っていたというのだ。

「あんたの顔が戦争でそうなったのならよかったのよ。せめて、そうだったら……」

良は、父と母の会話はおとなの世界のそれであり、子どものかれがそこにわってはいることはためらわれたが、がまんしきれなくなって訊ねた。

「おじさんはきっと怒っただろうなん、そんなことをいわれて……」

「いいや、だまっとったがな」母は縁がわで芋きりぼしにするさつまいもの皮をむきながら、ぶっきらぼうに答えた。

良は不思議でならなかったので、さらに訊ねた。

「なんでおばさんはそんなことをいったのかなん、夫婦なのに……」

「さあ、なんでかなん。新聞やさんの話じゃ、もっとひどいこともいっとるらしいがなん」母は、ほうちょうを動かす手と、不恰好なさつま芋をたくみにくるくるまわす手とをやすめず、ひとりごとのように答えた。縁がわにさしこむ陽ざしが、母の指さきで幼魚のようにきらきらとおどった。

父は、良と母親のやりとりをまるできいてもいないふうに、ふとい指をまるくして小刀を型紙の表面にすべらせていた。酒の商標をこもに刷る型紙に文字をほっているのだ。

四月の潮干《しおひ》まつりの日だった。良は、どこからともなく家にあつまってきた祭り客たちの、酔いがまわりはじめたことを示す卑わいな高笑いをあとにして、坂道を酒やへとはしった。この町の祭りは、若い漁師たちが五台の山車《だし》を潮のひいた海浜へひきおろすもので、なかなか勇壮なものであった。したたか酔っぱらった漁師たちが、ゲームでもたのしむようにけんかをしたり、はめをはずしすぎて刃傷《にんじょう》ざたにおよぶこともしばしばの日でもあった。

山車は、漁師たちがどろんこになって海浜へひきおろすクライマックスのときいがいは、県社さんと三社さんのあいだの海ぞいの道をいったりきたり。そのたびに境内で勢ぞろいしてカラクリ人形をおどらせるという趣向だった。わた菓子売りや金魚売りの出店、大道芸人の見世もの小屋などはすべて、その山車がゆききする海ぞいの道ばたにならんでいたので、良が酒やへいそぐ坂道はふだんとかわらぬしずけさで、祭りのにぎわいは遠い町のできごとのようでもあった。ただ一時間に一本あるかなしかの汽車がKの駅に到着したときだけ、半島のあちらこちらからやってきた祭り見物のひとたちがどっと駅に下りたち、ぞろぞろと海のほうへくだっていくので、この坂道にも祭り気分がただよった。

良が酒やさんにきたとき、そのひとは店にいなかった。おくさんが、店番をしていた。祭りだというのに、店はひまなうえ、おくさんは店のおくで机にむかって帳面つけみたいな仕事をしていた。

「酒をください。○○を五本」良は、母親からおしえられてきた酒の名まえを言った。

おくさんはしばらく帳面つけをつづけていたが、一分ほどもしてからものうげに顔をあげた。その顔はやっぱり、美しくはなく、良には、はんぶん怒っているようにとげとげしくみえた。

「はこぶもん、もってきたかん」おくさんは、ものうげな動作で立ちあがると、たずねた。

良には、おくさんが意地悪をするためにそんな質問をしたようにおもえた。

「配達……」かれはちいさな声でこたえた。

「こまったなん。いま配達をするひとが出とるで」

良は後悔した。母親が配達をしてもらうように頼めといったとき、自分ではこぶといいかえせばよかった。うば車をひいてくればよかったのだ。良は、こまったなとおもった。おくさんは、かれがなにかいいだすのをまっているように、だまって酒のびんをたなから一本ずつおろしていた。たいへん投げやりなしぐさで。良はだんだん追いつめられた気もちになり、胸のあたりがどきどきしてきた。やっぱり、うば車をとりにゆこうか……

そのとき店さきで自転車のとまる音がして、そのひとが帰ってきた。そのひとは、四月の風のなかを自転車ではしってきたというのに、顔にびっしょり汗をかいていた。おくさんは、おかえりともいわず、ぷいっと背をむけて店のおくへ消えてしまった。そのひとはだまっておくさんを見おくっただけだったが、良はそのとき、土色の巨大なこぶのような肉塊のためにふさがれそうになっている、そのひとの眼に、くらい影がかすめるのを見た。

良は、そのひとに注文しなおして、家をおしえ、配達をたのむと、酒やさんの店をとびだした。

良の気もちは、家にもどってからもしばらくは沈んでいたが、酔客たちの祭り気分にまぎれて、やがて酒やさんの店さきで出あったちいさなできごとも、そのひとの眼をかすめたくらい影のことも、あっさりわすれてしまった。

酔客たちのはしゃぎっぷりがいよいよ絶頂にたっし、酒びんのなかみがそこをつきはじめたというのに、配達はこなかった。

「良、さいそくにいってくれや」母親はしびれをきらして、また良を酒やへはしらせた。

良は、あのひとに配達のさいそくをするのはいやだなんとおもったが、それでも坂道をかけていった。暗い影のかすめたあのひとの眼がチラッと視界をかすめた。

坂道をかなりのぼったとき、良は前方の路上に、七、八人のひとが立っているのを見た。良は、足の指に力をこめてはしった。

ひとだかりは酒やさんの家のまえだった。かれは店のなかをのぞいたが、そのひとの姿もおくさんの姿も見えなかった。

近所のひとたちは酒やさんの店を見はるようにして立っていたが、だれもがすこし蒼ざめて、神妙な表情をしていた。

良は、あまり口をきかないおとなたちのきれぎれの会話から、そのひとの家でおこったばかりの事件について知った。

とつぜん、ほうちょうをふりかざしたのはそのひとではなく、おくさんのほうだった。ところが、おくさんをうながして篠原病院へ手あてにはしったのは、そのひとのほうだった。もみあううちに自分が手にしたほうちょうで自分の顔をきずつけてしまったのは、おくさんのほうだったからだ。

良が知ったのは、あとで噂にきいたこともふくめて、だいたいそんなできごとだった。もしかすると、おくさんがぷいっと店のおくにはいってしまい、良がそのひとに配達をたのんで店の外へとびだした直後に、事件はおこったのかもしれない——そんな想像が、かれのこころをしばらくのあいだ占領していた。

その想像が消えてからも、ずっと良のこころを占領しつづけた、ひとつの願いがあった。おくさんの顔のきずが、永久になおらなければええなん。そうすれば、あのひととおくさんとは平等になる……。

眼

くにゃんに見られると、それだけで町の子どもたちはみな、ふるえあがった。くにゃん自身は、子どもたちをこわがらせようというつもりなどさらさらなかったのだが、かれの眼が生まれつき、そんなふうにできていたからだ。

くにゃんのギョロッとした大きな目のたまは、いったん子どもたちを見つめると、おそろしい吸引力で吸いつけてしまう作用をもっていた。固定したレンズにも似た眼が、じつはレンズを一枚めくると、被写体を自然にのみこんでしまう、ふしぎなからくりに早変わりするようだった。

良の家から駅のほうへ三十メートルほど坂道をのぼって、お地蔵さんの家のはすむかいに、町でも指折りの大きな家があった。その家にはながい板塀が付録のようにつづいていて、一本の枇杷の木がその板塀からのぞいていた。が、その塀のなかは庭ではなく、線香をつくる工場だったから、線香のにおいがいつも塀の外までにおっていた。町には、線香をつくる家が二軒あったが、もう一軒のほうは清香堂という屋号で呼ばれていたのに、こちらはなぜか「線香やさん」とだけ呼ばれていた。

くにゃんは、その線香やさんに住んでいた。線香やさんの主人は区長とか消防団長をつとめており、鼻の下にヒゲをたくわえて、つまりは町の有力者だった。有力者には息子がいて、家にいるときはさかんに英語の本を朗読していた。その声は、まるで外を通るひとにきかせるためのように、たいへん元気がよかった。

くにやんは、その息子より年うえでおなじ家に住んでいたが、兄さんではなかった。かれは線香やさんの住み込み職人といったみかけであったが、じっさいのところは、雑役婦のような仕事をしている母親のおなおはんのこぶみたいな存在だった。くにやんはおなおはんとふたりで、道路に面して格子のはまった屋根裏の部屋に住んでいた。

良たち子どもは、線香やさんのまえの道路で、ゴムのボールを投げたり、捕ったり、バットがわりの木ぎれで打ちあったり、野球のまねごとをしてあそぶことがよくあった。高く投げあげたボールが手もとくるって、あるいは打ちそこなって、塀の内がわへ落ちてしまうこともしばしばあった。すると、そのボールをひろいにゆくのが、良の役目だった。子どもたちにとって暗黙の立ち入り禁止区域とみなされていた塀のなかへ、良だけがはいることができたのは、かれの一番うえの兄が線香やさんの工場ではたらいていたからである。塀のなかが立ち入り禁止区域になっていた理由は、そんな立て札や張り紙があったからではなく、ひとえに、くにやんの眼に出あうことをさけたいがためだった。

良だけが、仕事をしているときのくにやんの眼が、屋根裏部屋の格子のあいだから道路をのぞいて子どもたちをじっと見つめているときとは、まるで別のひとの眼のようであることを知っていた。良が玄関をはいり、土間から工場へぬけるくぐり戸をくぐって、ぬき足さし足で塀のなかの空き地へしのびこんでいくとき、その空き地で、受け板にならべた乾燥まえの線香をほしているくにやんの姿を見かけることもあった。

くにやんは、ボールをさがす良をほんの一瞥《べつ》することもあれば、まるで気づかないふりをすることもあった。ただ、どちらの場合もかわらないのは、仕事の手はけっしてやすめないということである。くにやんは、なになに商店と文字のはいった前かけをして、黙々とはたらいていたが、いつも鼻のわきに線香をねるときいれる染料のよごれをくっつけていた。そのせいなのか、カッと大きくひらいてまったくうごかない目の玉で見られても、良はふしぎとこわくはなかった。かれはその発見を手柄のようにおもい、なかまたちに吹聴したが、だれも信用しなかった。

かれらは、まったくうごかない眼で、格子のはまった屋根裏の部屋から三十分でも一時間でも自分たちをにらみつけるように見ているときのくにやんか、それとも玄関わきにしゃがみこんで、これまた自分たちをにらみつけるように眺めているくにやんか、そのどちらかしか知らなかったからだ。もっとも、玄関わきにしゃがみこんでいるときのくにやんは、きまって母親のおなおはんに、ちいさな子どもでも叱るようにして家のなかへ連れもどされてしまったが。くにやんは口ごたえひとつせず、おなおはんにしたがって、家のなかへはいっていく。それは口をきくことができなかったからばかりではなく、母親のおなおはんには従順だったからである。

良はずっとのちになって、ある事実を知った。くにやんが線香やさんの主人の実の息子であったということである。

おなおはんは、線香やさんの主人の若いころ、まだお嫁さんがくるまえから、その家の住み込み女中になっていた。そしてふたりは肉体の関係をもつようになり、やがておなおはんのおなかに子どもができた。それがくにやんであった。すると線香やさんの主人は、といってもまだ使用人から若だんなど呼ばれていたころだが、くにやんがおなおはんのおなかにいるうちに、別の女のひとと結婚した。別の女のひとというのは県社さんの神主のむすめで、もしかしたら、おなおはんに身ごもらせたので、大いそぎで結婚したのかもしれない。くにやんが生まれたときは、線香やさんの主人とは、もうアカの他人のあつかいで、屋根裏の部屋で育てられた。やがて線香やさんの主人にはもうひとり息子ができた。こちらはおくさんの生んだ子どもなので、つまりは表むきも正式な息子ということで、もちろん屋根裏部屋で育てられるということはなかった。線香やさんのおくさんは、子どもを生むとすぐ、病気で亡くなったが、だからといっておなおはんがおくさんになり、くにやんが息子に復権するというぐあいにはならなかった。けっきょく、くにやんは屋根裏部屋から出られず、おとうとのほうは長じて、英語の本を朗読するしだいになった。

良が、ざっとこのような事実を知ったのは、くにやんとおなおはんがいっしょに線香やさんの家からいなくなったあとである。ふたりがいなくなったのは、線香やさんの主人が死んでまもなくのことだった。

くにやんが線香やさんの家からいなくなって、その後の消息もわからなくなってからも、良には消えない記憶がひとつ残った。

良たちはその日も、線香やさんのまえの道路で野球のまねごとをしてあそんでいた。すると、いつものごとく、子どもたちのなかの最年長でボス格のたけやんが方向もさだめず力まかせにかっ飛ばしたボールがたかい抛物線をえがいて塀のなかへはいってしまった。ボールをひろいにゆく役目は、やはり良だった。

ところが、この日はその役目に付録がついた。

「良、ついでにあのびわの実もとっておいでや」たけやんが耳うちしたのだ。

線香やさんの玄関へかけこもうとしていた良は、しばし思案した。なるほど、塀のうえにあたまをだした枇杷の木には、いくつもの美しい枇杷の実がだいだい色に色づいていた。

「おれ、そんなことしたら叱られるがん」良はおそるおそる首をよこにふった。

「みつからんように盗《と》ってくりゃええがん」たけやんは、ねこなで声をつくって言った。

良は、こんどは自分でもびっくりするほど強く、首を横にふった。

良とたけやんをとりまいたなかまたちは、口だしこそしなかったが、ふたりのやりとりのゆくえを注目していた。そこで、たけやんがひとつの提案をした。

「良、おれとすもうをとってみや。おまえが勝ったら、びわはとってこんでええがん」

良はすこしのあいだ考えこんだ。それからおもいきってたけやんの提案を承諾した。たけやんは良より四つも年うえだった。すもうをとっても、まず良に勝ちめはない。それでもルールさえとおすなら、ただの指図《さしず》とはちがうのだから、まぁ、しかたないな、とかれは自分を納得させたのだ。

すもうは一回勝負、土俵はかかずに、ひっくりかえされたほうが負けだった。

「よし、おいでや」たけやんが両脚をふんばり、両手のこぶしをつくってかまえた。

良は、目をつむって力いっぱいに飛びかかった。が、二度、三度とはねかえされたすえ、相手のからだにくみつくまえに、あっさりと地面に横たおしにされてしまった。

良は立ちあがると、わき目もふらず線香やさんの家へかけこんだ。くやし涙がすこしこぼれだしたので、それをたけやんにもほかのなかまにも見られたくなかった。かれは玄関をはいると、そっと土間からくぐり戸をぬけて、塀の内がわの空き地へしのびこんだ。

線香のにおいが、ひときわムッと鼻をついた。工場《こうば》のほうではひとの働くけはいがしていたが、空き地にはいつものようにくにゃんの線香をほしている姿があるだけで、ほかにはだれもいなかった。くにゃんは背中をまるめるようにして、未乾燥の線香をのせた受け板の山を、下のを順番にうえへ、うえのを順番に下のほうへ、ゆっくりとした動作で積みかえていた。ところが、ボールは運わるく、くにゃんのすぐ足もとにころがっていた。そのうえ、枇杷の木は、くにゃんが仕事をしている場所から五メートルとへだたっていない、塀ぎわに立っていた。

良はぬき足さし足、地面を這うような恰好で、くにゃんの背後に近づき、すばやくボールをひろうと、それをまずポケットに入れた。くにゃんは、すこしもかれに気づいていないふうに、まるめた大きな背中をむけたまま板を積みかえていた。よし、運がいいぞ……良は、こんどは枇杷の木に近づき、ゴムぞうりをぬぎすてると、いっそう用心ぶかく息をつめて木によじのぼった。まず手のとどくところから優先的に枇杷をもぎとってはズボンのポケットに入れ、ポケットにはいりきらない七個目と八個目を片手ににぎりしめたままスルスルと枇杷の木をすべりおりた。ぬぎすててあったゴムぞうりを足につっかけ、ほッとひと息ついたとき、良は声をあげそうなほど驚いた。

くにゃんが両手をぶらりとさげてつっ立ったまま、良を食い入るような眼で見ていた。その眼は怒ってもいなかった。哀《かな》しんでもいなかった。いつもとすこしも変わらない、大きな、黒い、とびだしかかったまま動かない眼だった。が、良はこのとき、働いているときのくにゃんの眼はすこしもこわくないとおもってきた、これまでの眼とはちがっていることに気づいた。それは、屋根裏の部屋で格子のあいだからじっと注がれるときの眼だった。しかしくにやんは、レンズのむこうに被写体を自然にのみこんでしまうからくりのような、あのふしぎな眼をふいとそらすと、ふたたびなにごともなかったふうに背中をまるめて仕事にとりかかった。それで良は、一目散に外へ走りでて、たけやんに枇杷の実をわたすことができた。枇杷の実をにぎりしめる良の手が、すこしふるえた。

くにやんが線香やさんの家からいなくなってからも良の記憶のなかに消えずに残ったのは、そのときのくにやんの眼だった。

ねずみの火

飴《あめ》やの長《ちょう》はんは、たいへん残酷ずきなひとだった。長はん自身が残酷な人間というよりも、残酷をたのしむのが好きなのだった。とくに動物をいろんな方法で殺すのが好きだった。

絵本のなかの坂田の金時みたいに、まんまるい赤ら顔。濃いゲジゲジまゆ毛。だんご鼻。すこしたれさがったほそい目。しわのよったあつい唇。それらを所定の位置に配置したのが長はんの風貌で、ちょっとした愛嬌のある顔なので、じっさいの年齢より十歳は若くみえ、三十代の終わりといった感じだった。長はんは顔だけではなく、からだもずんぐりとした体軀で、両手の指もまんまるだった。タバコを指にはさんでいるときなど、こぶしをつくっているようにみえた。

長はんの家は、海辺の三社さんから坂道をすこしあがった、ちいさな製飴工場だったので、飴やの長はん、つまり「あめ長はん」と呼ばれていた。

あめ長はんの敷地には、飴をつくる工場と、それよりずっと大きな住居《すまい》のほかに、ひろびろとした畑もあった。畑には野菜などの植えられていることもあったが、四季の花々が色とりどりに咲きみだれていることのほうが多かった。

その畑地のまわりには木の柵がめぐらせてあり、「危険！」「感電に注意！」などとかいた立て札が、柵のところどころ十メートルおきくらいにぶらさがっていた。ナチスのユダヤ人強制収容所の周辺のように、一本の裸か電線が棚にそって地面のうえをはっており、そのコードには電流がとおっていたからである。畑をあらす犬や猫を捕《と》えるためのものだった。あめ長はんは、「危険だから取り払いなさい」と、町の派出所から再三警告をうけたが、がんとしてききいれなかった。

そこでしばしば、あめ長はんが朝はやく目ざめて畑のまわりをひとめぐりすると、感電した犬や猫やもぐらが、仮死状態で硬直したまままころがっているのに出あった。あめ長はんは、そいつが犬ならうしろ脚を軽々と持ちあげて畑地のまんなかへはこび、かねて用意したハンマーで頭部に一撃をくらわせ、まだあたりは寝しずまった薄明のなかで、海辺からかすかにきこえてくる波の音を唯一の話し相手に、孤独な解体作業にとりかかる。たちまち犬の臓物や骨は地底に消えて花々がいっそう見事に咲きみだれるのに役立ち、肉はたくみな味つけで煮しめられて、あめ長はんの胃ぶくろをみたす、というしだいだった。あめ長はんはたぶん、砂糖と醬油で味のしみた角ぎりの肉を口にはこびながら、その美味をこよなくたのしんだにちがいない。

良の父親とあめ長はんとは年かっこうもにており、なかよくつきあっていた。というより、ふたりの父親同士がたいへんな仲よしだったので、息子であるふたりもあとをひきついだというのが正確である。そこであめ長はんは、用事のないときでも世間ばなしをするために、しばしば良の家に顔をだした。

それへのお返しのように、良の父親もよくあめ長はんの家へ世間ばなしに出かけた。日本が戦争に負けた八月十五日の正午ごろも、良の父親はあめ長はんの家にいた。でも、その日は世間ばなしをするためではなかった。「あめ長はんとこへいってくるでなん」そう言って、あさ早く家を出た父親が、昼ちかくになってもいっこうにもどってこないので、良は母親からあめ長はんの家へ呼びにいかされた。その夏いちばんの暑い日だった。良は、太陽がもうれつに照りつける道を海辺のほうへおりていった。三社さんの境内をかこむ木立ちから蟬のはげしい啼きごえがきこえてくると、そこがあめ長はんの家だった。

製飴工場のなかはがらんとして、もう何日も仕事をやすんでいるようにみえた。良は工場のわきをぬけて、玄関とは反対がわの縁がわのある部屋のほうへまわった。父親があめ長はんの家にいるときはきまって、この縁がわの格子戸をあけてそこにすわり、目のまえの畑いちめんに咲きみだれた花々をながめながら、よもやまばなしにも花を咲かせていたからだ。

ところがその日は、縁がわには格子戸がしまったまま父親の姿もあめ長はんの姿もなく、そのうえ格子の内がわにはカーテンがおりていた。そこで、良がひきかえそうとしたとき、カーテンのむこう、部屋のなかからひと声らしきものと、めんことめんこをうちかわすときのようなパチンというかわいた音がきこえた。良は耳をすました。こんどははっきりと奇声ににたひと声がきこえた。良は格子のあいだから右手をさしいれ、カーテンをそっとめくった。

部屋には四人の男たちが、一枚の座ぶとんをかこんであぐらをかいていた。片ひざを立ててすわっているひともいた。それがあめ長はんだった。良の父親もいた。あとのふたりは、良たちが木材置場であそんでいると怖い顔をして追いはらいにくる製材所の運転手と、道をあるきながらよくおならをひっている駐在所のおまわりさんだった。

男たちは、めんこみたいなかたいふだを座ぶとんのうえへいきおいよく投げつけたり、座ぶとんのうえのふだをサッとひろって手もちのふだに合わせたりしていた。さきほど耳にした奇声みたいな声は、どうやら男たちのだれかがふだを座ぶとんのうえへ投げつけるときに発する声らしかった。しかし男たちは、総じて真剣な顔つきをしており、寡黙で、口をきくときはひとりごとのようにした。良は、はじめて見る情景だったので、格子のあいだから顔をねじこむようにして、ふたつの眼が痛くなるほどおもいきりみひらき、男たちのしぐさをみつめていた。

ふいに遠くで、役場のサイレンがなりはじめた。すると駐在所のおまわりさんが、指でふだをいじくる動作はやすめずに、「ラジオつけてみや」とだれにむかってともなく言った。すでに用意してあったものとみえて、あめ長はんがすぐそばに置いてあるラジオのスイッチをいれた。これもまた花ふだから目をそらさずに。まず、ザーザーという雑音がラジオからきこえ、しばらくしてようやく雑音のむこうからひとの声がきこえてきた。その声はのべつ雑音にかき消されそうになり、雑音とひと声と、どちらが主役なのか判断にくるしむぐあいだった。良には、雑音にまじってラジオからながれてくるひとのことばが、まるできき取れなかった。それは雑音のせいばかりではないらしかった。

なんのためにラジオをつけたのかなん……良はふしぎにおもった。ラジオからきこえてくることばが、おとなたちにも意味のききとれないもののようにおもえたし、四人の男たちは、ラジオの声をまるできいていないふうにふだに熱中していたからだ。

ラジオのなかの声は、えんえんと終ることなくつづくかにおもえた。それをまるできいていないふうにみえたおとなたちの顔色がすこしずつ変わり、しだいに不機嫌になってきたように、良にはおもえた。ふいに、あめ長はんがふだを座ぶとんのうえへたたきつけ、同時に大声でさけんだ。

「ちッ、ぼうず」良は、格子のあいだに半分つっこんでいた顔がふっとぶほど驚いた。てっきり、のぞき見をみつかったとおもった。が、あめ長はんは良にむかって叫んだのではなかった。あめ長はんは良のほうを見むきもしなかったし、ひどく不機嫌な表情でいま投げつけたふだをにらみつけていたからだ。あめ長はんの不機嫌が感染したように、ほかの三人の表情もいっそう不機嫌になった。

良は、父親があんなに不機嫌な、みにくいほどの顔をしているのを見たのははじめてだった。かれには、おとなたちの不機嫌の原因がラジオの声のせいなのか、ふだのせいなのか、よくわからなかった。ただ、父親のあんな顔を見てしまったことを、自分がなにか悪いことをしたようにおもった。ラジオの声はまだつづいていた。

あめ長はんが良の家へやってくるときは、まあるい赤ら顔をほころばせて、にこにこしながら勝手口からあらわれるのがつねだった。こんにちはともいわずはいってくると、まず井戸ばたに汲みおきの桶の水を柄杓《ひしやく》ですくって、喉をならして飲みほし、手の甲で口をぬぐいながら土間をぬけて表へまわる。もし庭さきに芋きりぼしでもほしてあれば、ざるから手いっぱいつかみとってひとしきり食い、ようやく「ひでさはおるかなん」と声をかける。ひでさというのは、良の父親の通称だった。もし、ひでさが伐材人夫の仕事で山へでかけており、留守のときは、ざっとこんな会話を良の母親とかわして帰っていく。

「おばはん、浄念寺《じょうねんじ》のぼうずが兵隊からかえってきたんな」

「へぇ、そうかなん」

「あいつはようりょうがええで、野戦へはいかずじまい。兵隊へいくまえはやせっぽだったのに、かえってきたらぶくぶくブタみたいにふとってなん」

「そういや、浄念寺のぼんさんはやせとったわなん」

「兵隊から、ようけみやげもってかえってきてなん。毛布だの、かんづめだの。あひるまでもってきたんな。それも五羽も」

「へぇ、あひるをなん。そんなものどうするだん」

「防空ごうに水をいれて飼っとるがん。それがおもしれえだんな。わしが見にいったら、あひるがぎゃあぎゃあと騒いどったで、そのうち一匹ひっつかまえて、こう持ちあげて、地べたへ落としてやったら、腰をぬかしたがなん。あひるは、鳥のくせによう飛ばんのだなん」

あめ長はんは、そんな話をべつに自慢するというふうではなくひとしきりして、家へ帰っていった。

犬の話も、あひるの話も、良がじっさいに見たことではなかったが、そのうちかれが目撃する事件が、あめ長はんの家からやってきた。それはねずみの話だった。冬の季節にはいるまえ、秋の終わりごろで、あめ長はんの工場から火が出るすこしまえのことだった。

その日の夕方、あめ長はんはやはり赤ら顔ににこにこ笑いをうかべて勝手口からはいってきた。ひでさは伐材人夫の仕事に行っており、おばはんもまだ野良仕事から帰っていなかった。家には良とそのきょうだいたちが夕ごはんを待ちわびて、腹の虫をぐうぐうならしている時刻だった。

あめ長はんはいつものように勝手口から表にまわると、たちまち玄関わきの便所の入口に置かれたねずみとりを発見した。すごく鋭敏な嗅覚をはたらかせたふうに。

ねずみとりのなかには、きのうつかまえた一匹のねずみがぐったりとからだをよこたえていた。きのうの夕がた発見されたときには元気いっぱいで金網のなかをあばれまわっていたねずみも、二十四時間も餌なしで生きていたためすこしやせたようにみえたが、その図体は並はずれて大柄だった。不運なねずみだった。

「大きなねずみだなん」あめ長はんはねずみとりを目の高さにもちあげると、ほそい眼をいっそうほそくして、感心したふうに言った。感心したついでにすこし興奮しているようでもあった。

あめ長はんをとりまいた良や兄や妹たちは、あめ長はんの残酷ずきを知っていたので、だまっていた。良はわるい予感をおぼえていた。かれが兄をみると、兄も真剣な顔つきをしていた。ねずみは金網のなかでのろのろとあるきまわった。たぶんかれも、良たちとおなじ予感におそわれていたにちがいないが、衰弱しているので、そんなあるきかたでしか恐怖をあらわせなかったのにちがいない。

「だれか、マッチをとっておいでや」あめ長はんがなんでもないといった口調で言った。

それは命令のようにもきこえたが、良たちは返事をしなかった。するとあめ長はんは、あらためて命令するでもなく、ねずみとりをぶらさげた手をもちかえ、あいたほうの手でジャンパーのポケットをさぐりはじめた。そして「マッチをとってこい」といったのとはまるで辻つまが合わないことだが、ポケットからマッチをとりだした。そのうち一本をとりだすと火をつけ、金網のあいだからねずみにちかづけた。ねずみがピクリとからだをふるわせて金網の反対がわに移動したので、マッチ棒の火は消え、あめ長はんの残酷はあっけなく失敗してしまった。

「やっぱり、あかんなん」あめ長はんはひとりごとを言い、ねずみとりをぶらさげたまま、さっさと便所のうら手にある物置き小屋へはいっていった。

良はそのとき、あめ長はんの顔を見たが、あめ長はんはいらだっているふうでも、怒っているふうでもなかった。

あめ長はんは二分とたたないうちに物置き小屋からでてきた。良はねずみを見て、びっくりした。ねずみは、文字どおりのぬれねずみで細く小さくなり、金網のところどころもぬれていた。油くさいにおいが、ぷーんと良たちの鼻をついた。

あめ長はんはだまってねずみとりを地面におき、しゃがみこむと両手でかこむようにしてマッチをすった。良たちが息をのんでいるのも意に介せず、あめ長はんはマッチの火を金網のなかへ差しいれた。ねずみのからだが燃えあがった。良は、ぼッという音をきいたように錯覚した。ぐったりとしていたねずみが、金網のなかでもうれつにあばれまわった。そのひょうしに、ねずみとりの口があき、ねずみは火だるまのまま逃げだし、たちまち縁の下へ消えた。あッと叫ぶまのできごとだった。

あめ長はんは、さすがに驚いたようだが、赤ら顔が蒼ざめるということはなく、しばらく様子をみたあと、家へもどっていった。良たちは、縁の下へにげこんだ火のねずみが火事をよぶのではないかと、気が気ではなかった。でも、母親が野良からもどり、父親が山から帰ってきてからも、火は出なかった。その夜、良は火事の夢を見た。

あめ長はんの製飴工場から火が出たのは、それはボヤですんだが、四日ほどあとのことだった。

素っぱだかのランナー

湾曲をえがく海辺の一角に、白い水平線をながめるようにして、工場が建っていた。青空へつっ立った煙突は、朝から晩までいきおいよくけむりをはきだし、K町でいちばん大きな煙突だった。

町のひとたちは、その工場を自分たちの町のものだと自慢していたが、じっさいにはとなり町との境界にまたがって立っていた。広い敷地の半分がK町に、あとの半分がとなり町にといったぐあいに。そこで働くひとたちも、なかよくふたつの町にわかれていた。そればかりではなく、工場長の家族も、どういうわけか、息子はK町の中学校にかよい、むすめはとなりの中学校にかようといったぐあいに、平等にわかれていた。

工場の屋根には年がら年じゅう、日の丸の旗がひるがえっていた。それは戦争中からそうだったが、日本が戦争に負けてからも、八月十五日にいちど下ろされたきりで、翌日からはもう元気よく青空にひるがえりはじめた。日の丸の旗には敗戦などなかったかのようだ。いや、戦争に負けてから、それはいよいよ元気にはためいているかのようだった。

その工場が朝日製油である。もっとも、その呼び名は戦後に命名されたもので、戦争中は帝国製油と呼ばれていた。

朝日製油へは毎日、馬車や牛車で、南京袋につめられた原料の大豆が駅からはこばれていた。貨車ではこばれてきた大豆は、いったん駅の倉庫にいれられ、順ぐりに馬車や牛車につまれて、もうもうと砂けむりの立つなかを坂道を海辺のほうへはこばれていく。三社さんの境内につきあたったところで右に折れ、酒やや酢やの倉庫がならぶ道をすぎると、そこが朝日製油の入り口だった。その道すじで待ちぶせ、牛馬車のあとをそっとつけて南京袋のなかの大豆を盗むのが、良たち子どものあそびをかねた仕事でもあった。まず釘を用いて南京袋にカギかっこ型のあなをあけ、ながれだしてくる大豆を両手にうけて、ポケットにうつす。上衣のつぎはズボンのポケットにというぐあいに。すばやさと用心ぶかさをかねそなえた技術を必要とする仕事だ。ポケットというポケットが満杯になり、衣服がすっかり重たくなると、細心の注意をはらって南京袋の方向をかえ、大豆がこぼれないようにあなの位置が上へくるようにしておく。時間にして二、三分、距離にして牛馬車が坂道を四、五十メートルくだるあいだの勝負。あとは、大豆を母親にわたして、胃ぶくろにはいるよう炒《い》ってもらうために、胸おどらせながら家へひきあげるというわけだ。

その仕事のあいだ、子どもたちにとっておそろしい存在のはずのたずなをひくひとは、居ねむりでもしているように牛や馬をまねて頭を前後にふりふり、あるいていく。子どもたちの犯行を知らぬげに。

たずなをひくのは男の仕事だったが、ひとりだけ女の牛車ひきがいた。彼女と寝食をいっしょにしていたひとが数年まえ、はやり病でポックリと死に、そのひとが牛車ひきだったので、牛も車も手ばなさず、彼女がひきついだのである。死んだ人は牛《ぎゅう》さと呼ばれていたので、彼女は呼び名もひきついで、「牛さ」と呼ばれていた。

おんなの牛さはいつも、日本手ぬぐいでほっかむりをし、むぎわら帽子をかむっていた。それでも、顔はまっくろに陽やけして、まだ四十歳には間《ま》がある年なのに、五十歳なのか二十代なのか年齢不明の顔つきをしていた。ただ、歯だけがまっ白く光ってとても健康そうだったし、モンペにつつんだふとももをはずませるようにし、地下たびをはいた足をはねるようにして牛をひいてあるく姿も、ひじょうに若々しかった。

牛さの牛は、もう十年ちかくも大豆をはこびつづけており、年もとっていたので、からだばかりは大きいが黒い毛なみのつやもおとろえ、脚も老木の根株のようにごつごつして歩みがのろかった。それで、牛さのはつらつとした歩きっぷりがいっそうきわだつというわけだ。

あるとき、かれらが仕事にとりかかっていると、たずなをいっぱいにはってはずむような足どりで坂道をくだっていた牛さが、ふいにうしろをふりむいた。良は南京袋のかげに身をすくませたが、牛さの顔から視線をはなすことはできなかった。海辺からさしてくる光に反射して、牛さの眼は美しい特別な貝のように光っていたからだ。

良は、にげださなかった。彼女が良たちを見たのはいっしゅんのことで、まっ黒な顔のなかで見ひらかれた眼はたちまち顔といっしょにむこうをむき、牛さはなにごともなかったように、あいかわらずはつらつとあるきつづけた。

良たちは、ほかの牛車のときにはけっしてしないことであったが、大豆をはこんでもどってくる牛さのあき車には、待ちぶせをしてそっと乗ることがあった。良が牛さの美しい眼を見たその日も、かれらはお地蔵さんの家のかげで待ちぶせて、駅まで、からの牛車に乗っていたが、牛さは怒りもせず、知らんぷりをしてあき車のいちばんまえに腰かけ、たずなをゆるめたまま牛の尻を見ていた。

牛さの牛がはこんできた大豆入りの南京袋を倉庫に積んだりするのが、富《とみ》やんの仕事だった。つまり、富やんは朝日製油の従業員である。

富やんの家は、良の家の裏手にあって、良の家と負けず劣らずの子だくさんだった。そのため、やはり良の家と負けず劣らずにまずしかった。ふたつの家の子どもの構成はたいへんよく似ていて、富やんの子どものなかには時子という良と同級生の女の子がいた。ちがいといえば、富やんは蛇を捕まえるのがじつに上手で得意だったのに、良の父親はそれが苦手でへたくそだったことだ。

良は、時子のことを「時《とき》やん」と呼んでいた。時やんは、彼女の家と良の家のあいだをへだてて どぶ水の流れている溝をまたぎ、物置き小屋へはいってきた。良が、「時やん、時やん」と声をひそませて呼んだからだ。物置き小屋のなかは、昼間でも薄ぐらく、おくのほうにつまれたわらのにおいがぷーんと鼻をついた。

良は、入口のちかくに立てかけてある鍬《くわ》と、板壁にぶらさげてある鎌《かま》を目でたしかめた。もし時やんがさわぎ立てでもしたら、鍬か鎌でおどしてやろうと、心に決めていた。かれは小屋のおくから、入口に立っている時やんに手まねきした。時やんはだまっていたが、それでも素直に近づいてきた。

「時やん、ここにすわりや」良は足もとにつまれたわらを指した。

時やんは、すこしおびえた表情で良を見たが、すぐうなずいた。わらのうえにすわりこんでから、

「うん、ええんな」と、ふつうの声で言った。良はだまって時やんのからだを押した。それほど力をいれてもいないのに、時やんはあっさりと仰向けに寝た。良が時やんのスカートをめくり、うちももに両手をあてたときも、時やんはだまって天井をながめ、くもの巣の数をかぞえていた。時やんのふとももは、すべすべとしてやわらかく、冷たいものが良の指さきにつたわってきた。良が両手の指に力をいれると、時やんはふとももものあいだをすこしひらき、良がさらに両手に力をいれると、時やんは両あしをもっとひらいた。時やんは、いまにも口から出そうになる声を噛みしめるようにくちびるを閉じていたが、天井を見つめている眼はいっぱいにひらいていた。良は、時やんの顔からそろそろと視線を下のほうへうつした。かれは生まれてはじめて、それを見た。ねずみの赤んぼの皮膚みたいな桃いろのものが、めくれた肉のうちがわにあった。

それは夏の昼さがりのことだったが、朝日製油が爆発事故を起こして火事になったのは、それから一週間とたたない日の朝のことだった。

良たちは夏休みになると、三社さんの境内《けいだい》で三角ベースの野球をしたり、そこから目とはなのさきにある湾のなかで海水浴をしたりして、一日じゅう遊びすごしたものだ。その朝も、五区の野球チームと六区の野球チームの試合がはじまっていた。ゲームは、ガキ大将のたけやんがイトウ醸造の酒倉の屋根にあたるホームランを三本もかっ飛ばしたのに、二塁のうしろを守る良が大事なところで二度もエラーしたりして、良の所属する六区チームが一点差で負けていた。そこへ六区チームの攻撃でランナーを一人おいて、たけやんのバッター・ボックスがまわってきた。逆転のチャンスだ。良たちは、ヤンヤヤンヤの声援をたけやんにおくった。たけやんはおとなも顔負けの力強い素ぶりを二、三度バットにくれて、さてボックスにはいった。相手のピッチャーは第一球、ワンバウンドのボールを投げた。四本目のホームランを打たれはしないかと、腕がちぢかんでいるのだ。良たちは、相手ピッチャーへの野次もまじえて、さらに声をはりあげ、ヤンヤヤンヤの声援をたけやんにおくった。

そのときである。とつぜん、ものすごい轟音が鳴りひびいた。地の底がゆれるような音だった。それまでまっ青《さお》に晴れあがっていた空が、ふいにまっ暗になり、夜がおそろしい顔でおそいかかってきたかのようだった。

「雷だ」だれかが黒い空にむかって叫んだ。

ヤンヤヤンヤの声援はたちまち奇声にかわり、良たちは蜂の巣をつついたように三社さんの軒さきへにげこんだ。

「おかしいなん」良がけげんそうに言った。

雨も降ってこなければ、雷鳴のような音は最初の一発だけで、あとはいっこうにきこえなかった。

「あれ、けむりだがん」だれかが驚きのこえをあげて、空を指した。

そのとき、三社さんのわきの道を男の人がひとり、「火事だ、火事だ」とおらびながら朝日製油のほうから走ってきて、坂道をすたすたとかけのぼっていった。良たちはすっかりあっけにとられてしまった。そのひとは素っぱだかで、パンツもはいていなかった。

良たちは三社さんの軒さきからいっせいにとびだし、はだかのひとがかけてきた道へ出た。そこからは、立ちならぶ倉庫にさえぎられて朝日製油の煙突だけしか見えなかったが、渦をまいて立ちのぼるひときわ黒々としたけむりが、空いちめんを暗黒にしていた。倉庫のあいだから男のひとがあらわれ、マラソン選手のようにこちらへ走ってきた。そのひともまた、素っぱだかだった。そのひとは「火事だ、火事だ」と叫んでいったさきのひととはちがって、黙々と走り、良たちの見ているまえを通りすぎるときも、すこし笑いをうかべたような表情をして、かれらには見むきもせず坂道へ曲がり、のぼっていった。

笑いをうかべたような表情は、じつはそうではなく、眼の下の皮膚がつるりとめくれてたれさがっていたので、そんなふうに見えたのだ。良は足が小きざみにふるえるのを感じた。そのひとの皮膚は眼の下だけではなく、素っぱだかのからだじゅうがめくれて、舌のいろみたいに変色し、べろりべろりとゆれていた。それだけではなく、髪の毛もあそこの毛も、きれいに消えていた。男のあれが子どものそれみたいに小さくなっているのを良は見た。

「篠原病院へいくだんな、きっと」だれかが、息をすいこむような声で言った。

するとまた、倉庫のあいだから素っぱだかのひとがあらわれ、こちらへ近づいてきた。やはりゴールまぢかのマラソン選手のようにすこしふらつく足どりで、それでもペースを守る足どりで走ってきた。「富やんだが」良は声をあげた。髪の毛もなくなって丸坊主になってはいるが、富やんの顔にちがいなかった。

「あッ、海にもおるんな」牛乳やの息子の高やんが、湾のほうを指さして叫んだ。素っぱだかのひとが、のろのろとした動作で石垣をよじのぼろうとしているのが見えた。たぶん、やけどの熱さにたえきれなくなって海にとびこんだあとだろう。そのひとの姿は遠くて顔もよくわからなかったが、ようやく石垣のうえへはいのぼると、ぺたりとそこへ尻をおろして首をうなだれてしまった。

良はしかし、石垣のうえのひとをながくは見ていなかった。坂道をのぼっていく富やんのあとを追いかけたからだ。かれは、富やんの尻が固くひきしまっていて、そこだけは皮膚がめくれていないのに気づいた。富やんが走りすぎたあとには、鼻をつく油のにおいが輸送車の通ったあとのように残った。

あめ長はんの家のあたりまでくると、前方の道路にひとが出ているのが見えた。良の家のまえには父や母親も出ていた。すでにリヤカーは用意してあったらしく、富やんが通りかかると呼びとめて、それに乗せていた。

「毛布をとっておいでや」父が母にむかって指図している声が、富やんにすこしおくれてかけてきた良の耳にもとどいた。

母親が家から毛布をとってくると、父はそれでリヤカーのうえの富やんのからだをくるんだ。そして、リヤカーをひいて足ばやに歩きだした。いつのまにか、富やんのおくさんも子どもたちもきていて、リヤカーをかこむようにして小走りにあるいた。時やんもいた。母親が泣くのにつられるようにして、時やんも鼻をすすりあげていた。

「がんばりやなん、富やん。まあすぐ篠原病院だでなん」リヤカーをひく父がときどきふりむいては富やんにそう言っているのを、良はかなしい気もちできいた。

そうして富やんは篠原病院へはこばれたが、応急処置のあと、事故に遭ったほかのひとたちといっしょにトラックで、十キロほどはなれた、半島でただひとつの市の病院へ連れていかれ、そこで死んだ。事故に遭ったほかのひとたちといっしょに。

この朝日製油の爆発事故で、牛車ひきの牛さも死んだ。というのは、事故が起こったとき、牛さは運わるく現場にいたからだ。その日、最初の大豆をはこびおわった彼女は、から車《ぐるま》で駅へひきかえすまえのわずかな時間、日ごろむつまじくしている男の従業員と現場で冗談ばなしをしていたということだ。

良は、牛さが事故で死んだと知ったとき、こんなことをおもった。つるむけで素っぱだかの牛さに会わなくてよかったなん……。

諸君先生

良は中学校へあがったとたん、新入生としてはじめての朝礼の日、たいへんおどろいてしまった。校長先生が愛嬌ばかりふりまいて内容のよくわからない挨拶をしたあと、壇上に立って、運動場に整列した全校生徒にむかい、「諸君」と呼びかけた先生がいたからだ。

その先生は、新任の挨拶をした四人の先生のなかのひとりで、つまり良たちとおなじ新入生みたいなものだった。ただ、かれは新調の学生服のかわりに、兵隊服をきて軍靴《ぐんか》をはき、おまけにゲートルまでまいていた。かれは、「諸君、わたしは七年ぶりになつかしの学校へ帰ることができました」と挨拶をはじめた。一家で中国大陸へゆくまえに、この町の学校で教鞭をとっていたのだ。そしてかれは、話の区切りごとに「諸君」「諸君」と合いの手をいれ、最後に「諸君、みなで仲よく手をとりあって、あたらしい日本をきずこう」と、まっ赤な顔をふくらませて絶叫した。かれはひじょうに小柄だったが、背たけを大きくみせようとするかのように終始、背すじをぴーんと立て、声をはりあげるために胸をはっていた。

良たち新入生は、自分たちにむかって「諸君」などと呼びかける先生に出会ったのは、はじめてだった。いや、二、三年生をふくめた全校生徒にとってもはじめての経験だったにちがいない。その先生の口から「諸君」がとびだすたびに、上級生たちのあいだにも、ふくみ笑いとも驚きともつかないざわめきが、潮騒《しおさい》のよせるがごとく、ひくがごとく立ちのぼったからだ。朝礼がおわって三年生の列から順ぐりに教室へむかうときなど、ざわめきは感嘆をかわしあう私語となって、ひときわ高く運動場のあかるい光のなかにあふれた。そこで、かれはさっそく、新入生には「諸君先生」と呼ばれ、上級生からは「諸君」と呼びすてにされることになった。

諸君先生が兵隊服を着ていたのは、最初の朝礼の日だけだった。翌日、職業科をおしえるために良たち一年B組の教室へあらわれた諸君先生は、着古されたよれよれの、小柄なからだにさえきゅうくつそうなほどちんちくりんの、それでもいちおう背広とよべるものを着ていた。開襟シャツも、しわこそよっていたが、洗いたての白いものだった。軍靴ではなく、スリッパをはいていた。ただし、「諸君」だけはきのうのままで、着がえてこなかった。

諸君先生は、朝礼で挨拶したときとおなじように、教室でも直立不動の姿勢で生徒たちに話しかけ、話しているうちにしだいに顔を紅潮させ、首をからくり人形みたいにふるくせがあった。かんなの構造について説明し、つぎに話をのこぎりの応用にうつすあいだなどに、こんな訓話を挿入したりした。

「にんげんは、急がずあわてずのセイシンでゆかねばならない。急がばまわれ、あわてる乞食はもらいがすくない……。汽車にのりおくれそうになっても、けっして走ったりはしない、発車のベルをききながら、ゆうゆうと改札口へむかう、それがわたしのシンネンである」そして、列車にのりおくれたために、忘れものをおもいだし、家へとりに帰ることができたといった体験談をいくつも列挙した。

「先生、学校におくれそうになったら、どうするだん」生徒のひとりが質問した。

「そのばあいは、すこし走りなさい」諸君先生は、表情ひとつかえず、そう答えた。

良は中学校にはいると、小学校のころから大好きで三社さんの境内できたえた腕をふるうべく、野球部に入部したが、おどろいたことに、野球部の顧問は諸君先生だった。かれがおどろいたのは、諸君先生が小柄で動作も「急がずあわてず」の信念どおり、いたって緩慢であり、野球の指導などできそうにみえなかったからだけでなく、じっさいに野球をしたこともなく、ルールのルの字も知ってはいなかったからだ。諸君先生は、生徒たちが練習中にそらしたり打ちそこねたボールがすぐ足もとにころがってきても、かたくなに拾おうとさえしなかった。ただし、たいへん熱心な顧問であり、放課後の練習には一日として欠かさず顔をだして、バック・ネットのまえに腕ぐみして立ち、生徒のうごきを真剣な眼で追っていた。そして、打撃練習中の部員がからぶりなどすると、「ボールがあたるように、考えてふりなさい」と、たったひとこと、だが適切な忠告をした。

雨がふったり、運動場のコンディションがよくないとき、野球部員に「たわししごき」をさせるのが、諸君先生の方針だった。上半身裸かになった部員たちを廊下に一列横隊にならばせて、諸君先生は「イチッ、ニッ、サン、シッ。イチッ、ニッ、サン、シッ」と号令をかける。すると生徒たちがいっせいに、たわしの両がわにゆわえた麻ひもを交互にひっぱって、たわしで背なかをしごく。タオルで背なかを洗うようりょうだが、肥柄杓《こえびしゃく》をかつぐかっこうにも似ていた。一分とたたないうちに生徒たちの背なかはほてりはじめ、それから皮膚がやけつくように痛みだしてくる。が、かれらは諸君先生に異議をとなえるわけにはゆかなかった。諸君先生もまた、かれらといっしょになって「たわししごき」をおこない、かれらが音《ね》をあげてしまっても、「イチッ、ニッ、サン、シッ」と張りのある声を廊下じゅうにひびかせて、つづけたからだ。

諸君先生は、いささか自己陶酔のきみがあったのかもしれない。たわししごきをつづけるときだけではなく、授業中でも生徒たちの反応には委細かまわずといったところがあった。

良たち新入生は、諸君先生の授業をうけはじめて一か月とたたないうちに、職業科の時間は英語や数学の授業とちがって、息ぬきの科目であるということを知った。というよりも、かれらは勝手にそうと決めてしまった。それで、前後の席のものが遠慮なく私語をかわしたり、方眼紙をつかっての五目並べにふけりはじめた。ところが諸君先生は、生徒たちのそんな態度をも、いっこう意に介せず、滔滔《とうとう》として旋盤と鉄材の力学関係についてしゃべりつづけたものだ。

「諸君先生は、教室に熊がおっても、ライオンがおっても、気がつかんとあんなふうにしゃべっとるかもしれんなん」良ととなり合わせた席の、井戸やのむすこで、すもうの強い栄やんが、そっと耳うちしたことがあった。

たしかに諸君先生は、私語にふけっている生徒や五目並べをしている生徒に注意をしたことは一度もなかった。ところが、ひとことも注意はしないのに、メモ帳に鉛筆で「注意一回」「注意三回」などと書きいれておいて、テストのとき、ちゃっかり減点してあった。

ところで、町には朝に一回、夕がたに一回、豆腐と油あげ、おからを積んだ小型のリヤカーをひいて、おもちゃみたいなラッパを吹きならしながら売りにくる、でぶっちょのおばさんがいた。良の家の付近にもやってきた。

豆腐や油あげ、おからは、木のふたのついたアルミ缶のなかにはいっていて、おばさんはまるまるとふとった指で、豆腐をこわさないように大事そうにあつかった。そして代金とひきかえにそれをお客に手わたすとき、「ありがとうさん」と、すもうとりみたいなからだからほそく、やさしい声を出した。ことばのなまりは、土地のものではなかった。

豆腐売りのおばさんは、町をまわりはじめた最初のころ、戦争ちゅう男のひとたちが着ていた国防色の服を着て、もんぺをはいていた。そのころは七年間にわたる中国大陸での生活のことには口をつぐんでいた。ところが、国防色の服をぬいだころから急に、豆腐をすくう手をやすめて、中国大陸での生活や引揚げてきたときの体験をすこしずつ話しはじめた。まる坊主になって男装した女たちのはなし、輸送貨車で原野をはこばれてゆくとき満員の車内で放尿してしまったはなし、貨車をおりて港まであるくながい路《みち》ばたにいくつもころがっていた白い屍体のはなし……。白い屍体の話をするときには、まあるい顔をくもらせて、「伝染病で死んだひとのからだには、ＤＤＴが雪でもつもったようにかけてありまして……」と、説明をくわえた。

おばさんは涙腺が敏感なたちのようでもあった。三歳になったばかりの子どもの首を絞めて殺した話を、まるで他人のことのようにするときも、目がしらを赤く充血させ、大粒のなみだをこぼしたということだ。もっとも、その話は良の母親がおばさんから直接きいたわけでも、良自身が立ちぎきしたわけでもなく、母親の孫ぎきにすぎなかった。わが子の首を絞め殺した話など他人にすることではないから、ひょっとしたら尾ひれのついた噂にすぎないというのが、良の父親の意見だった。

良が中学校にあがってしばらくたち、諸君先生のあだながが町じゅうになじんだころ、母親が良にこんなことを言った。「諸君先生はのみの夫婦だなん」

豆腐売りのおばさんは、諸君先生のおくさんだった。

二学期にはいってまもなくのことだった。それまでたいへん熱心に野球部の練習に立ちあっていた諸君先生が、練習のとちゅうでふいにいなくなってしまう日が数日つづいた。放課後、良たちが運動場へ出て野球の練習をはじめ、一時間とたたないうちに、それまでバック・ネットのまえで腕ぐみをして、「ボールをよく見て」とか「からぶりをしてはいけない」とか、ボソボソと呟いていた諸君先生が、知らないまに消えているのだ。

「諸君先生は、練習をさぼって豆腐を売っとるげな」あるとき、三年生の部員が軽蔑したような口ぶりで話しているのを、良はきいた。

かれは家に帰ると、さっそく母親に真偽のほどをたしかめた。

「そうだなん、諸君先生が豆腐を売りにくるようになって、もう五日になるかなん」母親はなにげないふうに噂がほんとうであることを証言した、「なんでも、おくさんがからだを悪くしたらしくてなん。諸君先生がかわりに売りにきとるだげな」

良は母親の話をきいても、信じきれなかった。その二日あと、かれ自身の目でたしかめるまでは。

その日は雨が降って、野球部の練習は休みになった。諸君先生が練習のとちゅうで消えるようになってからは、「たわししごき」からも解放されていたので、部員は授業が終わると、さっさと帰宅した。

良が家にもどってしばらくすると、豆腐売りのラッパの音が雨の中にかなしそうな響きできこえてきた。その音は坂道をくだってきたが、お地蔵さんの家のあたりできこえなくなり、五分ほどしてまたきこえ、しだいにちかづいてきた。良が勝手口からのぞくと、豆腐売りが、頭からすっぽりかむずきんのついたゴム合羽をきて、リヤカーをひきながら家のまえをとおりかかるのが見えた。まちがいなく諸君先生だった。諸君先生は、たぶんおくさんのを借りてきたのだろう、だぶだぶのゴム合羽があるいているような恰好で、しかしどことなく威厳をたもち、ゆうゆうと家のまえをとおりすぎていった。遠ざかってゆくラッパの音にも、気のせいか、へたくそなりに品格が感じられた。

その日、良の家では豆腐を買わなかったので、諸君先生を見たのは、それきりだった。

諸君先生が豆腐売りをしていたのは十日間ほどで、ふたたびかれは野球部の練習におしまいまで付きあうようになった。おくさんの病気がなおったからである。諸君先生が豆腐売りをしていたという話題は、生徒たちの口から口へとつたわっていたから、本人がそれを知らぬはずはなかったが、でも諸君先生は自分からそのことを口にしなかった。

ところが、良たちが三年生になるとすぐ、諸君先生は本職の豆腐やさんになってしまった。その年に、Kの町の中学校では職業科が廃止になり、諸君先生は居場所をうしなって、教師をやめたのだ。「夢が、ようやくかなった」諸君先生は、負けおしみかどうかはわからないが、豆腐やを開業してから、それを口ぐせにしたそうだ。

諸君先生はきっと、転身してからも「諸君」だけはたいせつに手ばなさなかったにちがいない……それが良にとっての、いささか願望を込めた確信である。

なにが因果か

Ｋ中学校は町のはずれの高台にあって、教室の窓からはキャンパスにえがかれた絵のように青い海が見え、ときには豆つぶほどの漁舟がうかんでいることもあった。「スモール・ヘッド」と呼ばれるその少年は、授業ちゅうも教師の話をきくより、教室の窓から海と漁舟をながめていることのほうが好きだった。

少年の本名は小頭《こがしら》弘志くん。スモール・ヘッドというあだ名は、その風変わりな姓をもじって、英語の単語を習いはじめた同級生たちが名づけたものだが、じつは名は体《たい》をあらわしてもいた。かれの頭のはちはたいへん小さく、おにぎり型のユーモラスなかたちをしていて、置き台みたいにその頭をのせている顔のつくりも、どことなくちんちくりんだった。

もっとも、これから話そうとする事件とかれの容貌とのあいだに、なにかの因果関係があるというのではない。

少年の家は、中学校とは反対がわの町はずれにあって、墓地を背に、海にむかいあって立っていたが、いまにも土手からずり落ちそうな恰好で傾いていた。その家の屋根は半分が瓦ぶきで、あとの半分はトタンぶきだった。両親もそろっていなくて、かれが小学校へあがるまえから片親、つまり父親がいなかった。

世間なみの表現をかりれば、かれは学校でも「目につかない少年」だった。小学校のころは長欠児童、中学校へあがると欠席少年だったからだ。かれは教科書をもっていなかった。それを入れるカバンももっていなかった。担任の教師が、「あすは、××のカネをもってくるように」と、ごくあたりまえな口調で、しかしかれにとっては身を切られるように怖ろしいひびきをもった声で、命じた日の翌日には、少年はきまって学校を休んだ。雨ふりの日も休んだ。傘がなかったからだ。こうしてかれは、小学校六年間、中学校三年間、学級で成績はつねにビリッケツという初心をつらぬいた。

ところが年に二度、「あぁ、スモール・ヘッドがいる」と、学校じゅうが注目する日があった。春と秋におこなわれる校内マラソン大会の日である。町を一周するマラソン大会の日、かれはかならず登校して、中学一年生のときすでに上級生を尻目にかけ、二年生からは独走をほしいままにした。増長天八将軍のひとり仏法守護の神・韋駄天と、「イリヤス」の主人公・アキレスと、一日百三十里つっ走って神行太保とあだ名される「水滸伝」の戴宗と、そのうちいずれが一にのぼって三とくだるかは決めかねるとしても、四につづくはまずスモール・ヘッドの名があがることまちがいなかろうというほどの韋駄天ぶりであった。その日、町の空は、抜けるように青々と晴れあがって、かれの存在はいやがうえにもまぶしかった。

このマラソン少年の話は、やがてかれがめぐりあうひとつの事件とのあいだに、きりはなせない因果関係をもつことになる。

スモール・ヘッドは芝居少年でもあった。長じてからのかれの生きっぷりから推察すると、「おれの人生なんぞ、しょせん芝居ごとにすぎぬ」と、ねずみ小僧まがいのタンカを切りつづけて育ったようなふしもある。もっとも、かれ自身が芝居をするというのではなく、見物するのが好きな芝居少年だった。

夏祭りの日、浮かれ太鼓のひびきにのって、海辺の神社の境内に小屋がかかると、かれは脱兎のごとくかけつけて、スモール・ヘッドをたくみに利用し、張りめぐらされた筵《むしろ》のすきまから小屋のなかへ首を入れる。にわかづくりの舞台では、ミスター・梅十郎一座の座長自らが国定忠治を演じていて、赤城の山とも今宵かぎりのクライマックスともなれば、客席から紙づつみの四つ五つも舞台へとんだが、ときには、からの一升びんが弧をえがいて舞台へとんだりもした。

スモール・ヘッドはまた、小屋をのぞくのとおなじ要領で楽屋裏をのぞいたりもした。ただし、これは一度きりで、二度とはのぞかなかった。

楽屋裏には壊れかかった大道具、小道具といっしょに七輪がころがっていて、天井からは芝居の衣装といっしょにシュミーズがぶらさがっていた。くすんだ光彩をはなつ裸電球の下で、女の役者が上半身はだかになり、渋うちわをぱたぱたやっていて、ときどき蚊を追うしぐさで背なかをぴしゃッとたたいた。役者は、首からうえはおしろい化粧でまっしろなのに、首から下はまっくろに日焼けしている。さきほどまで舞台のうえの役者に見とれていたばかりなので、少年はそこで化けものでも見たように驚き、もう二度と楽屋裏はのぞくまいと、こころに決めたというわけだ。

のぞくといえば、スモール・ヘッドは映画少年でもあった。相生座《あいおい》というのが、町の映画館の名まえだった。映画館になるまえは芝居小屋だったので、そのなごりで花道も二階桟敷ものこっていた。

そこでかれは、「鞍馬天狗」や「丹下左膳」や「鼠小僧次郎吉」を見た。かれのひいきは、千恵蔵や右太衛門ではなく、阪妻と嵐寛だった。もちろんスモール・ヘッドが相生座へはいるのは、木戸口からではなく、便所の窓からだった。

かれがストリップ・ショーをはじめて見たのも、相生座でだった。三本立ての映画がおわると、つぎの上映時間との幕間に、脚のみじかい女のひとがあらわれ、レコードの音にあわせて申しわけほどの身ぶりで踊りはじめ、衣装をぬぎはじめる。すると客席からはひときわ荒々しく、漁仕事で日焼けした男たちの潮風できたえあげた胴間声《どうまごえ》がはじける。スモール・ヘッドははじめてそれを見たとき、バタフライと恥毛の見わけがつかなかった。あの三角の布が、てっきり恥毛だとおもいこみ、胸をはずませていたのだった。

拳聖といわれたボクサーが、引退興行で舞台のうえにリングを張って、当時売りだし中のその町出身のフェザー級ボクサーとエキジビション・マッチをしたのも相生座で、それは拳聖といわれたボクサーのほうが鉄道事故で轢死するすこしまえだった。そのボクサーは腹のまわりに贅《ぜい》肉をたっぷりつけ、酒に酔ったような赤ら顔でリングにあがったが、フットワークのほうも最初からふらついていた。ピストンというのだからストレート・パンチの連打かとおもっていたら、ひどくラフなスイングのパンチで、売りだし中の相手ボクサーにノック・アウトされないのが不思議なほどの試合ぶりだった。二ラウンドのゴングが鳴ったあたりですでに、客席からきたない野次がとびかいはじめたのを、スモール・ヘッド少年は、胸痛むおもいできさながら、それでもあのラフ・パンチが一発命中しないものかと、特設リングに眼をこらしつづけていたものだ。

相生座はやがて、あのボクサーの末路をまねるように没落したが、廃屋になったその映画館が、町の不良中学生や若者たちのアジトになった一時期があった。そこには、あぶな絵やヌード写真の載った実話雑誌のたぐいが、注射器やヒロポン液のからケースといっしょにころがっていて、スモール・ヘッドもせっせと足をはこんだ。しかしかれは、そんな絵やら写真から興奮をおぼえるということはなかった。そのころではすでに、父親がいなくなったあとに入れかわり立ちかわりころがりこんできた男たちと母親とがつるんでいる場面を、なんども目撃していたからだ。

さて、ある事件がおこった。

駅から海辺へくだる坂道のとちゅうに、遠くから眺めると森のように見える屋敷があった。樹木におおわれた庭をとおって、その家の玄関を訪れるものは、森のなかを抜けるような感じにおそわれたほどだった。そこは、日本が戦争に負けるまで町の三分の二の土地を所有していた大地主の屋敷であり、町のひとたちはながいあいだ、屋敷の主人はテンノウへイカのつぎにエライひととおもいつづけてきた。その大地主は、父祖代々の酒づくりの旦那衆でもあった。

屋敷のなかには茶室があり、池が三つもあった。池には、大きな美しい鯉がたくさん泳いでいて、かの女たちの尾ひれが水面をうつ音は、静かな森のなかに夜じゅうひびきつづけていた。ところがある夜、庭番の老人が不審な音をききつけた。それは鯉たちの尾ひれが水をうつ優雅な音ではなく、激しく鯉たちのあばれる水しぶきの音のようでもあった。

そんな水音が二、三日つづいて、あさ庭番の老人が池をのぞくと、見なれた鯉の四、五尾がどうしても見あたらない。そこで老人は、池ばたの木かげで不寝番となった。

深夜、植木のかげで見張っていた庭番のまえに、たもとびくをもった小柄な坊主あたまの人影があらわれた。人影はさっそく、池の岸ちかくへ餌らしきものを投げいれ、鯉たちを招きよせはじめた。そして、たもを操ろうとしたとき、庭番の老人が木のかげからおどりでた。が、鯉どろぼうがたもとびくをもったまま駆けだしたのは、それより早かった。人影は、木々のあいだを二、三度見えかくれしたかとおもうと、老人が五メートルと追跡しないうちに、たちまち森の闇に消えてしまった。

担任の教師がスモール・ヘッドの家をたずねてきたのは、それから三日ほどあとだった。なぜ、たずねてきたかというと、庭番の老人が鯉泥棒を目撃した翌朝、さっそく被害届と捜索願いを出すために町の派出所をおとずれ、夜蔭にまぎれて逃走した人影のすがたかたち、その逃げ足のはやさなどについて証言し、犯人は体つきからして中学生と判断した警察官が学校をおとずれて校長に善処方を要請し、職員会議で校長の報告をうけた担任教師が、もしやスモール・ヘッドのしわざではと疑ったからである。

担任の教師は、疑ったというようりも、かれをすでにクロと決めてかかっている口ぶりで問いただした。が、スモール・ヘッドは最後まで、鯉盗《ど》りの事実をみとめなかった。かれの家から鯉のしっぽも発見されなかった。

しかし、それで事件は決着したわけではなかった。ただ、決着がつかないままに立ち消えになっただけである。級友や教師たちのだれもが、鯉どろぼうはスモール・ヘッドにちがいないと決めてかかっており、ただ時間がたつにつれてそれを忘れてしまったにすぎない。それが証拠には、やがてスモール・ヘッドが中学校を卒業し、こんどはほんものの泥棒をなりわいとするようになったとき、かれらは期せずして、いっせいに鯉どろぼうのことをおもいだしたものだ。

スモール・ヘッドがほんものの泥棒に成長したことと、鯉どろぼう嫌疑の一件とのあいだに、なにかの因果関係があったかどうかはわからない。現在のスモール・ヘッドについて書けば、そこに因果関係があるかどうかわかるかもしれないが、現在のスモール・ヘッドについて書くことはできない。なぜといって、かれはいまも現役なのだから。

あごやん先生の復讐

赤い造花みたいな太陽が水平線に沈み、潮風まじりの夕やみが海辺のほうから、高台にある中学校の校舎をつつむためにのぼってくるころ、それまで運動場でボールを投げたり走ったり跳《と》んだりしていた生徒たちが下校するかたわらを、チリリンとベルをならして自転車ではしりすぎる「あごやん先生」の姿が見られた。

あごやん先生は、生徒たちの影をつぎつぎと追いこし、かれらの挨拶にいちいち返事をかえすのも惜しむといったいきおいで、陸橋のほうへと高台の道をくだっていく。鉄道線路にかかった陸橋をわたると、駅のほうへと風を切って自転車をとばしていくのは、いつものことだ。自転車の荷台にしっかりと大きな荷かごがくくりつけてあるのも、いつもどおりである。ただ、駅前から三本に分かれている坂道のどれをえらぶかが、その日によってかわる。というのは、かれが担任にあたっているクラスのどの生徒の家をおとずれるかで決まるのである。

きょうは、三本に分かれた坂道のまんなか、映画館の相生座の方向へくだる道を、あごやん先生はえらんだ。どうやら、相生座から右へ折れて三十メートルの所にある肉やのぶた又さんの家にねらいをつけたようだ。相生座の建物が見えるあたりから、あごやん先生はようやく自転車の速度を落とした。このあたりには、もう下校途中の生徒たちの姿はみられなかったし、めざす肉やさんの家はまぢかにせまったからだ。

あごやん先生は、肉やさんの店さきに自転車を置き、じつににこやかな表情で「家庭訪問」にとりかかる。とはいっても、それはまるでとりとめもない父兄との一問一答であって、肉やさんのおやじが牛肉の中くらいのところをなにがしか竹皮につつんで、「息子をおねがいします」と、頭をペコリとさげながらあごやん先生に手わたすまでの、いわば時間つなぎにすぎなかった。それが証拠には、竹皮のつつみを受けとるのをしおどきに、あごやん先生はていちょうに礼を述べてさっさとその家を辞した。

あごやん先生は肉やさんを出ると、さらに二、三軒、クラスの生徒の家をまわり、自転車の荷台にくくりつけた荷かごが野菜やら魚の干ものやらでほぼいっぱいになったころ、すでに夕ぐれにつつまれた道をとなり町へと家路をいそぐのである。あさ、登校してから、この「家庭訪問」を終えて家路をいそぐまでが、あごやん先生のたっぷりとつまった一日の日程であった。

そこで、あごやん先生は、「生徒の家《うち》をまわって、もらいものをするのが好きな先生」と、父兄からも生徒たちからも呼ばれていた。

ところで、あごやん先生のあだ名は、たいへん即物的な発想に由来していた。あごやん先生は、からだ全体が頑丈にできていたが、とくに魚のえらのように張りだした顎骨はいかつく、見るからに頑丈そうで、どんなに固い動物の骨もたちまち嚙みくだいてしまうほどに強靱にみえた。そして、この顎骨に左右からささえられたあごはたいへん長く、鋭利にしゃくれていた。あごやん先生の姿が遠くからあらわれ、だんだん近づいてくると、まずこのあご全体が目にはいってくるといったぐあいだった。あごやん先生は、あご全体でもってかれの一家をささえているかのようであった。というのは、かれのおくさんはながいあいだ病身であり、それにひきかえ幼ない子どもが七人もいて、くらしはまずしかったから。

一時期、あごやん先生は「ロング・ロング・アゴー」とあだ名されたこともあった。英語の教師であるかれが、「むかしむかし、そのむかし」を「ロング・ロング・アゴー」と英訳したのを、生徒たちが「ながいあご」にもじって名づけたのである。が、あまりにも近代的にすぎてか、この漁港のある半島のいなか町ではうまくなじまず、いつのまにか消えてしまった。

あごやん先生は、民主教育なるものを認めていないふしがあった。英語の教師でありながら、かつての「敵性語」にたいして情熱をかたむけきれないでいるようでもあった。そこで、授業中にはしばしば脱線して、ゼロ戦とB29の空中戦のもようを黒板にえがいて、身ぶりもよろしく話した。ゼロ戦がB29を撃墜し、みごと玉砕する場面など、チョークが折れ、パッと白い粉をまきちらして飛び散るほどの熱のいれかただった。

授業中のあごやん先生は、なかなか厳格であって、「歯をみせるな」「背なかをまるめるな」「ポケットに手をつっこむな」「机のうえにひじをつくな」「窓の外を見るな」と、ひっきりなしに軍隊できたえた大きな声をはなち、なにかのひょうしにかれの命令を忘れてしまった生徒がいると、ようしゃなくスリッパが飛んできた。

窓ぎわの生徒が、運動場からきこえてくる女子生徒たちの黄いろい声につい誘われて、ほんの十秒ほど視線をそちらへ向けたせつな、かれは目ざとくそれを発見し、つかつかと近づいてきたかとおもうと、口もきかず、はいていたスリッパを脱ぎ、その生徒の後頭部をいきなり教室じゅうにひびきわたる音をたてて殴打するのだ。そのしゅんかん、あごやん先生の表情は、残酷にゆがみ、「家庭訪問」のさいのにこにこ顔からは想像もつかないほどに豹変する。

ある日、ひとつの事件がおこった。そこには良も連座していた。

中学校の校庭をぐるりと取りかこんで植えられた桜の木に、さくらんぼの実がたわわに熟れたころ、土曜日の午後を利用して相生座で映画鑑賞が催された。映画は「二十四の瞳」だったが、相生座には全校生徒を収容しきれないので三回に分けて上映され、良たち三年生は最終回でそれを見た。さて、「二十四の瞳」の放映が終わって、一時間ほどの休憩のあと、夜の部は濃厚なラブ・シーンが登場すると評判の佐田啓二主演の恋愛ものとの二本立てで一般上映ということになった。

そこで良たち四人の仲間は謀議をめぐらし、入れ替えの時間に映画館の便所に身をひそませて夜の部のはじまりを待った。あの用意周到なあごやん先生が見まわりを怠って帰ったのが幸いして、良たちはまんまと恋愛映画のご相伴《しょうばん》にあずかることができた。濃厚なラブ・シーンのほうは評判だおれでがっかりだったが、目的をはたしたことで良たちはおおいに満足だった。

ところが月曜日の放課後、良はなんの前ぶれもなく、あごやん先生から職員室へ呼びだされた。暗い予感をおぼえながら、かれが職員室のガラス戸を開いてはいってゆくと、あんのじょう、そこにはすでにほかの三人も呼びだされていて、あごやん先生の机のまえに首うなだれ、神妙な表情で立っていた。なかまのひとりが教室で土曜日の一件を手柄顔に喋り、それをきいた正義派の生徒があごやん先生に密告したというのが、筋がきのようだった。

良が職員室へはいっていったとき、あごやん先生の椅子はからっぽだったが、まもなくして、あごやん先生はもどってきた。かれは手に特大の地図をまるめて持ってきて、椅子にすわると、さっそくそれを机のうえいっぱいにひろげた。

「これは日本の地図だ」あごやん先生は、良たちの罪状を確認しようともせず、いきなり職員室にいるほかの教師たちがふりむくほどの大声で言った。

両腕をいっぱいにひろげて地図をかかえるようにしていたあごやん先生の、右手の指さきが、日本列島のうえをスルスルとすべり、一点にとまった。

「ここが佐渡ヶ島」あごやん先生は、謎でもかけるみたいにそう言うと、ゆっくりと顔をあげ、脅迫的な視線をおごそかに、四人の生徒たちの顔にはわせた。良たちはうつむいたまま、黙っていた。

「佐渡ヶ島には、おまえたちみたいな悪い少年を入れる牢獄がある」そして、あごやん先生はいとも無造作につけ加えた、「おまえたち四人を佐渡ヶ島の牢獄へ送ってやる」

あごやん先生の話は、ほぼそれだけだった。土曜日の一件については、わざとのようにひとこともふれなかった。「よし、帰っていいぞ。家に帰って、おとうさんとよく相談してこい」といったのが、最後のことばだった。

良たちはすごすごと教室へもどり、帰りじたくをして学校を出たが、それで帰宅したわけではなかった。井戸掘りの息子と派出所の息子と漁師の息子と、そして山林伐採夫の息子の四人は、まず校舎の裏山へゆき、そこで円陣をくんで大きな松の根かたにすわりこみ、佐渡ヶ島送りについて、あごやん先生のことばを全面的に信じこんでいたわけではなかったが、おおいに悩み、身の処しかたを話しあった。選択はほぼ二つに一つ。このまま四人で家出をして逃亡するか、あごやん先生の家をたずねて謝罪するかであった。しかし結論は出なかった。そこでこんどは、陸橋のうえまで移動し、そこでもおおいに悩み、話しあったがやはり結論は出なかった。かれらはとうとう、北浦湾に突き出た突堤のさきにまで移動し、そこでもおおいに悩み、相談をめぐらした。かれらは思い窮して、北浦湾のむこうにひろがる海上のあちらこちらに浮かぶ漁舟の影を眺めていた。舟上のひと影にはすでに夕やみが灰色の衣装を着せ、漁火《いざりび》のあかりさえ点滅しはじめていた。それでもとうとう結論は出ず、四つの影法師は、ともかく家へもどることにして別れた。

良が家に着いたときは、もう日はとっぷりと暮れていた。かれの姿を見ると、母親がいきなり、「さっき、あごやん先生がきとったんな」と告げた。が、事件のことできたのではないことが、すぐわかった。例の「家庭訪問」だった。母親が、かの女が野良で収穫したさつま芋をあごやん先生に渡したことを、物乞いをする先生に対する軽蔑の気持ちを口ぶりにふくめて話したからだ。

翌日、良が登校しても、あごやん先生は佐渡ヶ島送りについてひとこともふれず、それきり話は立ち消えになった。

それから一週間とたたない、ある日、英語の時間にあごやん先生は、ひたいに一枚の大きな絆創膏をはり、右足をひきずりながら教室へあらわれた。かれは、級長の「礼！」の号令が終わるか終わらないうちに、わきにかかえた教科書を机のうえにすごい音を立てて置き、いきなり赤いチョークで黒板にでかでかと良たちの氏名を書いた。

「黒板に名前を書かれた四名は立ちなさい。授業はうけなくていいから、そのまま立っているように」あごやん先生は、たいへん不機嫌な表情でそう言うと、さっさと授業をはじめた。

授業が終わるまで、あごやん先生は四人のほうを見むきもしなかったが、その日の授業はめずらしくゼロ戦とB29との空中戦の話もなく、終始まじめにすすめられた。そして授業が終わると、あごやん先生はこれまた、立たされたままの四人には目もくれず、さっさと教室を出ていった。

あとで判明したところによると、前日の夕がた、あごやん先生がいつものとおり「家庭訪問」を終えて帰宅する途中、かれの家と目と鼻のさきの路地にさしかかったとき、いきなり物かげからおどり出た数人のひと影があごやん先生におどりかかり、あッというまに自転車もろとも路上にひっくりかえして、たちまち暗やみの道を逃げ去ったということである。犯人は、かつて在校中にあごやん先生におおいにいじめられた卒業生のグループだったとのことだが、かれはそれをてっきり良たち四人組の報復と勘違いしたようだった。

白い異郷

ヨシダ・カツトシ君は、おなじ野球部に所属して良のもっとも仲のよい友だちのひとりだった。良が、高台にある中学校から駅へと通じる陸橋のうえをてくてく歩いてくると、そこに影のようにヨシダ・カツトシ君の姿があり、ヨシダ・カツトシ君が、レンガ工場の煙突がみえる坂道をかれの家のある北浦湾のほうへおりてくると、そこに影のように良の姿がある、といったぐあいだった。

ヨシダ・カツトシ君というのは、かれの本名ではなかった。本名は、崔浩吉《チェホギル》くんであった。日本がとなりの国の朝鮮を侵略し、一九一〇年から一九四五年八月十五日まで三十六年ものながいあいだ植民地統治をしたとき、朝鮮人も天皇の赤子《せきし》として日本人と一視同仁だなどとすごく勝手なことをいいだし、一九三九年に「創氏改名令」というものを出した。朝鮮人の姓名を日本ふうにかえろというわけだ。そこで朝鮮人のおおくは、自分が朝鮮民族であることをすこしでも主張しようと、抵抗のこころをこめて李本とか、金山とか、崔川とか、本名をのこして改姓した。ところがヨシダ・カツトシ君の父親はそれができなかった。炭坑ではたらかされていた父親は、吉田という日本人監督の姓をつけるよう、ほかの同じ班の同胞といっしょに強制されたからである。そこで当時三歳だったチェ・ホギル君もヨシダ・カツトシと改名され、やがて日本が戦争に負けてからも、その名まえで呼ばれることになってしまった。

良が、ヨシダ・カツトシ君の本名を知ったのは、中学校にあがって二人がおなじクラスになったばかりの春の日、かれの家へはじめて遊びにいったときだった。

ヨシダ・カツトシ君の家は、墓地を背に北浦湾をのぞむ土手の、だだっぴろい傾斜面に立っていた。とはいっても、だだっぴろいのは傾斜面だけで、かれの家はそのすみっこにポツンと立ったバラック小屋みたいな建物で、人間の住まいのつづきといったぐあいに豚の住む小屋が隣接していた。そこには四頭の親豚と二頭の子豚が飼われていて甲高《かん》い声で元気になきさわいでいた。

良が傾斜面をはすかいに通っている土手の道をのぼってゆくと、その家の入口に、ぽつんと咲いた一輪のゆりの花のように白いものが見えた。かれが近づいていくと、その白い姿はしだいに鮮明になってきた。大きな石に腰をおろして、五十センチもあろうかというながいキセルでタバコをすっているおじいさんだった。おじいさんは、じつにりっぱな白いあご髭をたらし、日本のきものみたいに合せ襟になったまっ白いきものを着て、だぶだぶにふくれあがって裾がもんぺみたいにつまった、これまた、まっ白いずぼんみたいなものをはいていた。おじいさんは、悠然といった風情《ふぜい》でタバコのけむりをくゆらしながら、海をながめていた。

「ヨシダくーん」良が、腹いっぱいの力をこめて呼ぶと、おじいさんはゆっくりと視線をかれのほうへむけた。

「ホギルは出かけとるよ」おじいさんは、にこりともせず、ながくたれさがった白いまゆ毛の下の眼をきらりと光らせるようにして、低いくぐもった声で言った。そして、うまくききとれないとおもったのか、こんどはすこし大きい声でゆっくりと言った、「チェ・ホギルは、アボジといっしょにブタのえさを集めにいっとるよ」

良はとまどった。チェ・ホギルとははじめてきく、耳なれない名まえであったので、それがヨシダ・カツトシ君のことなのかどうかわからなかったからだ。それでもかれは、しばらく立ち去りかねてもじもじしていた。するとふいに、おじいさんがキセルでタクトでもふるように良の背後を示して、

「もどってきたよ」と声をかけた。

良がふりむくと、ドラムかんをふたつも積んだリヤカーをおもたそうにひく父親らしきひととと、それをあと押しするヨシダ・カツトシ君の姿が、土手の道をのぼってくるのが見えた。チェ・ホギルはやっぱり、ヨシダ・カツトシ君だった。

その日、良が、まっ白い服を着たひげのおじいさんのことを話すと、かれの父親は、「あぁ、そのおじいさんなら、戦争ちゅう、あの踏切のそばのお地蔵さんのわきにすわりこんで、一日じゅう、ながいキセルでタバコを吸っとる姿をみかけたなん。汽車を見にきとるようだったけど、そうでもなくて、ときどき本を読んだりしとることもあったなん」と、思いだすように言った。

ヨシダ・カツトシ君のおじいさんは、いつか祖国《くに》へ帰るとき自分が乗ってゆく汽車を、そうして毎日、見にきてたのかもしれん……と、良はおもった。そのおじいさんが姿をみせなくなったのは、もうくにへ帰ることをあきらめたからだろうか……。

良がヨシダ・カツトシ君の家へせっせと足をはこび、ヨシダ・カツトシ君も三度に一度くらいの割合で良の家へあそびにくるようになって、ふたりの友情が日に日にかたくなっていったある日、ひとつの事件が学校でおこった。それはヨシダ・カツトシ君にとって災難ともいえる事件だった。

その日、最後の授業である体育が終わって、クラスの全員が運動場から教室へもどり、着がえをすませたとき、級長のみきやんが、とつぜん立ちあがってまっさおな顔で叫んだ。

「金がないがん」

昼休みにみなから集めて机のひきだしに入れておいた給食費が、体育の時間に運動場へ出ていたあいだになくなっているというのだ。これからはじまるホーム・ルームで担任の教師にわたすため、机のひきだしから取りだそうとして気づいたのらしい。クラスじゅうがすこしざわめき、みきやんは数人の生徒にかこまれて、もういちど机のひきだしやカバンのなかをひっくりかえしてさがしたが、金はみつからなかった。

そのうちに教室へあらわれた担任のあごのながい英語教師は、みきやんから事情をきくと、急に中学校教師の顔を刑事の顔ととりかえたように、するどい目つきになり、「体育の時間に教室にいたものはいるか」と叫んだ。授業のときより元気のいい、たいへん張りきった声だった。

「野球部の六人が……」級長のみきやんは遠慮がちにこたえた。

級友たちの視線が、良たち野球部の六人にそそがれた。たしかにかれら六人は、体育の時間に教室にいた。とはいっても、みなが運動場からもどってくる十五分ほどまえからのことだ。この日、野球部の全員は朝から、八キロほどはなれた半島唯一の市の中学校で開催された野球大会に参加し、一回戦は勝ちすすんだものの二回戦で敗れ、帰校したのが体育の時間の終わる十五分まえだったというわけである。もちろん野球部員六名のなかには、ヨシダ・カツトシ君もいた。

あごのながい英語教師は、六名の名まえをひとりずつゆっくりと読みあげはじめた。そして呼びおわると、「スタンダップ」と命令し、すこしあわてたふうに「全員、立て」と自分で翻訳した。良は、ヨシダ・カツトシ君と顔を見合わせ、立ちあがった。

あごのながい英語教師は、あいかわらず暗くするどい目つきで六名の顔をなめるようにながめまわし、またも名まえを読みあげた。ところが、こんどはヨシダ・カツトシ君の名まえだけが呼ばれなかった。

「いま名まえを呼んだものは、シッダン」と、あごのながい英語教師は言った。そして全員に下校を指示した。まるで給食費を盗んだ犯人は決まったとでもいうふうに。

良は、ほかの生徒たちといっしょに教室を出て、校門までできたが、そこで足をとめた。ひとりだけ立たされたまま、教室にとりのこされているヨシダ・カツトシ君の姿が、良のあたまにくっきりと浮かんだ。調べもせずにヨシダ・カツトシ君を犯人あつかいした教師のやりかたがすごく不審だったが、それに抗議する勇気もなく、ほかの生徒といっしょに教室を出てきた自分が、ヨシダ・カツトシ君との友情をひどく裏切ってしまったようにおもえた。

良は、校門のわきの桜の木にもたれて、十分ほども、運動場をへだてた教室の窓をながめていたが、ヨシダ・カツトシ君はあらわれなかった。良が暗い気もちになりはじめていたとき、ふいにおなじ野球部員で新聞販売店の息子のとみやんがかれのよこにきて、スッという感じで立った。とみやんは、良がひと目見てわかるほど、ゆがんだ表情をしていた。「おれが盗《と》ったただがん」とみやんは、かすれた声で言った。

良はそれほど驚かなかった。よかった……犯人はヨシダ・カツトシ君じゃなかったという安堵感がさきにあふれてきたからである。

良ととみやんが、担任のあごのながい英語教師に事実を知らせるため校舎のほうへあるきはじめたとき、校舎から運動場へおりる階段をヨシダ・カツトシ君がかけるようにしておりてきた。

良ととみやんはかけよった。ヨシダ・カツトシ君はふたりの顔を見るなり、怒りのためにすこしひきつっていた表情をゆるめ、苦笑をうかべた。

「あごのやつ、身体検査をやりゃがった。どこからも一円の金もみつからんで、あやまるかとおもったら、帰ってもよしと言っただけだ」

「金を盗《と》ったのは、とみやんだけげな」良は、胸をはずませて言った。

小柄なとみやんは、クラスでもいちばん背の高いヨシダ・カツトシ君の顔を見あげるようにして、照れくさそうに笑った。

「これから、あごのところへいってくる」とみやんは罪ほろぼしみたいに言った。

ところが、ヨシダ・カツトシ君は急に、ふたりに背をむけて、足ばやにあるきだした。良ととみやんは不思議な気がしたが、つられるようにあとについていった。ヨシダ・カツトシ君は校門を出ると、校舎のほうからは見えない土手の下に立ち、くるりとふりむいた。

良は、ヨシダ・カツトシ君の顔を見て、愕然とした。かれの顔はすっかり血がひいたように蒼ざめており、眼は泣いたあとみたいに赤く光って、とみやんを睨みすえていた。くちびるも土気色に変色してふるえていた。そのふるえる唇のあいだから、おとなの声みたいなふとい声が出てきた。

「どうして言わなかった。おれが教室にのこされたとき、どうしてだまっとった」

それだけ言うなりヨシダ・カツトシ君はいきなり、とみやんの顔面を右手のこぶしで殴りつけた。それを予想もしていなかったとみやんは、大きくよろめいた。が、身がまえるまもなく、ふたたびヨシダ・カツトシ君は右手のこぶしをとみやんの顔面にみまった。良は、とみやんの鼻からうっすらと血がひとすじ流れるのを見た。とみやんはとつぜん、うめき声とも泣きごえともつかぬ低い声をもらして、うずくまり、両手であたまをおおった。ヨシダ・カットシ君は、運動靴をはいた足でその頭を、二度、三度と蹴った。が、こんどはそれほど強い力をこめていないようだった。

蹴りおわると、ヨシダ・カットシ君は肩で呼吸するようにして、白い息をはき、良がかれとの交友のなかではじめてきく本名を口にした。

「ホギルは絶対にひとのものは盗《と》らんぞ。ハラボジとの約束だ」

それからヨシダ・カットシ君は、担任教師のところへとみやんを連れていく気もちなどないとでもいうふうに、カバンを拾いあげてさっさと校門とは反対の方向へあるいていった。

翌日、とみやんは、顔をはらして登校したが、その原因について訴えでるということもなく、金を盗《と》ったのは自分であると担任の英語教師に名のりでたため、ヨシダ・カットシ君の嫌疑ははれた。学校からもどると良は、ヨシダ・カットシ君の家へあそびにいった。

良は、傾斜面をはすかいによぎっている土手の道を、いつものようにかけのぼっていった。すると、豚たちの啼きごえにまざって女のひとの泣いているような声が、ヨシダ・カットシ君の家からきこえてきた。その声は、雑草のにおいのたちこめたあたりの空気をつんざき、海辺にまでとどきそうな、まことに激越なものだった。そして、泣いているような声がぷつりとやんだかとおもうと、なにごとかを語ることばがきこえ、そのことばが低く哀しげなひびきにかわって消えると、ふたたび泣いているような声がわきあがってくるのだった。女のひとの姿は良には見えず、声は家のなかからきこえてきた。

きょうも、あのまっ白いふくをきたあご髭のおじいさんは、家のまえの石のうえに腰をおろして、悠然と海のほうを眺めながら、ながいキセルでタバコをふかしていた。まるで女のひとの泣きごえなど馬耳東風といった風情《ふぜい》で。

良はおじいさんのまえをとおりすぎ、板戸が半開きになっている家の入口に立った。おそるおそる中をのぞくと、薄ぐらい土間にすわりこんで、砧《きぬた》でもうつように右手のこぶしで土間の地べたをたたいている老婆の姿が、かれの目にはいった。老婆はおじいさんとおなじように、まっ白い服を着て、髪もみごとな白髪だった。まるめた背をこちらにむけて、むこうむきに片ひざを立てた恰好で土間に坐りこんでいるので顔は見えなかった。

「なんのパルチャか。あぁ、あぁ……。なんのパルチャで、こんな目に……」

良は、呆然と入口に立ちつくしていた。かれはこんなにも激越で悲哀にみちたかなしみかたを見たことがなかったので、ただ息をのんで、ヨシダ・カットシ君の名まえを呼ぶのもわすれて立ちつくしていた。

ヨシダ・カットシ君がすこし照れくさそうな笑いをうかべて家の奥から出てきた。かれは良をうながして、土手の道を海辺のほうへくだっていきながら、家の方角をふりむき、言った。

「あれはおれのおばあさんだがん。ときどき、日本へ来てからのかなしいことを思いだしては、ああやって泣きしゃべりしとる。きょうも朝からずっと、ごはんも食べずにあんなことをしとるだんな」

ふたりは、土手の道を下りきると、海ぞいの道を北浦湾の突堤のほうへ折れていった。

良はその日、家に帰ると、父親にヨシダ・カットシ君のおばあさんのことを話した。すると、かれの父親は、「あぁ、そのおばあさんなら、戦争ちゅうもまっ白い朝鮮の服を着て、アサリを売ってあるいとったなん」と言った。でも、この漁師町ではアサリはほとんど売りものにならず、町のひとたちはむしろ、おばあさんから朝鮮の漬物が買えることのほうを重宝がったそうだ。

夢のゆくえ

「いまにみとりや、有名な小説家になるでなん」それが氷やのけいちゃんの口ぐせだった。

氷やのけいちゃんは、友だちはみな中学を卒業したり高校を出たりして働いている年齢なのに、家でブラブラしていた。氷やの仕事を手つだって、魚市場や町の魚やへ氷をおさめるためにリヤカーをひいてゆく姿をみかけることもあったが、まあ、そちらは二義的なもので、ブラブラのほうがかれにとっては第一義の生活だった。

けいちゃんの家は、氷をおさめにゆく魚市場から家並みのつづく町どおりへはいってすぐのところにあった。その家には氷をつくる仕事場兼冷凍室と寝起きする部屋のほかに、ふつうの背丈のおとなでも背なかをのばすと天井に頭をぶつけてしまう屋根裏部屋があって、けいちゃんは一日の半分ほどをそこにこもってすごした。屋根裏部屋にいないときは、魚市場から漁港へつきだした突堤のさきっぽで、日なたぼっこみたいなことをしていた。日なたぼっこみたいなことというのは、羽をやすめたかっこうで海面すれすれに飛びかう鷗をぼんやりと眺めていることもあったが、そこで熱心に本を読んでいることもあったからだ。

けいちゃんは、けっして病弱だったわけではない。それればかりか、並はずれて堂々たる体格をしており、いつも髪をみじかく刈りそろえて厳丈そうな風貌は、むしろスポーツ・マンのタイプだった。二十歳の青年にふさわしい、溌剌とした印象だった。

けいちゃんは良の兄と同級生であり、いっしょに半島にある商業高校を中退した仲間だったので、よくかれの家へも顔をみせた。

「良くん、いま大長編小説の構想をねっとるところだんな。『戦争と平和』みたいなスケールのどでかい小説だでなん、これが完成したら、日本じゅうがアッとおどろくんな。まちがいなし、きっとおどろくんな」

けいちゃんは中学生の良をつかまえては、声を立てて笑いながら、そんな話をした。冗談で笑っているのではなかった。けいちゃんはしごく真面目にそんな話をしたのだが、大長編小説が完成した日のことをひと足さきに空想して、うれしくなるので大声で笑ったりするのだ。良はそれをきいて、話の内容よりも、けいちゃんの象の目のように人なつっこく細くなった目を見るのが好きだった。けいちゃんは、そんな話をひとしきりすると、きまって、「いっぺん家《うち》へあそびにおいでや。文学をおしえてやるで」と言いのこして、口笛をふきながらもどっていった。

それで、良は氷やのけいちゃんが住む屋根裏部屋へかようようになった。

屋根裏部屋は天井が低いばかりではなく、それをささえるための一本のふとい柱が部屋のなかをはすかいによぎっていたので、あたまやひたいをぶっつけないためには相当の注意が必要だった。そのうえ、でっかい木机やたくさんの本のほかに空《から》になった一升びんがころがっていて、部屋の狭苦しさは二乗《じじょう》になった。

良が、梯子みないな階段をはいのぼって屋根裏部屋へ顔をにゅっと出すと、けいちゃんは、昼間でも螢光灯スタンドのスイッチをつけて、机と格闘するようなかっこうで原稿用紙にむかっていた。良がまず驚いたのは、机のわきに、白紙の新しい原稿用紙が山のように積みあげられていて、そのきれいに切りそろえられた切断面のまばゆいばかりの白さが視角にとびこんできたことだった。

良は、原稿用紙にむかって真剣な表情でせっせと鉛筆をはしらせているけいちゃんを見て、ははぁ、大長編小説はだいぶんすすんどるようだと、おもった。かれは、けいちゃんの創作のじゃまをしてはいけないので、遠慮がちに、四角ばった文字が訂正箇所もなくきれいにならんでいる原稿用紙をのぞきこみながら、ささやくように訊ねた。小説を書くひとの部屋だから、書き損じた原稿用紙がまるめられていっぱいちらばっているかとおもったが、それは一枚も見あたらないのに肩すかしにあったような気もちもしたが。

「大長編は何枚目までいったかなん」

良は、その質問でけいちゃんがおおいに気をよくしてくれるとおもった。ところが、けいちゃんはふいに鉛筆を原稿用紙のうえに投げだし、不機嫌な声で言った。

「これは問題の大長編小説じゃないがん。ノマ・ヒロシの『暗い絵』だがん」

そう言ってからけいちゃんは、くるりとふりむいて、いまにもくずれ落ちそうに積みあげられた本のわきに置かれているダンボール箱を、重たそうに、「よいしょッ」とかけ声かけてひきよせ、そのなかにいっぱいつまっている原稿用紙をつぎつぎと取りだした。それらの原稿には題名と作者の名まえが書かれていて、ます目に文字がきれいにつまった原稿用紙はどれもていねいに袋とじがしてあった。が、どの原稿の作者名も、けいちゃんの名まえではなかった。カタカナの名まえもまざっていた。

「文章を勉強するにはりっぱな小説家の名作を、自分で原稿用紙に書き写してみることがいちばんだんな」けいちゃんは、みずから感心してみせる表情をして、言った。

良は、ははぁ、なるほどそんなものか、それでけいちゃんは古今東西の名作をこんなにたくさん書き写しているのかん、と納得した。しかし、かんじんの大長編小説のことがやはり気になった。

「それで、問題の大長編小説のほうは一服しとるのだなん」良は念のために訊ねた。

「大長編小説のほうは、まだ一行も書いておらんがん」けいちゃんは、こともなげにそう言った。そのことでべつに悩んでいるふうでもなく、けいちゃんの顔は螢光灯のひかりでかがやいていた。

「なんで一行も書いとやへんのだん？」良は不思議だったので、また訊ねた。

「まだ、題名がきまらんでなん」けいちゃんは、即座にこたえた。

良はきつねにつままれたおもいだったが、なるほど、日本じゅうがアッとおどろく名作を書くんだから、そんなものかもしれんと、自分にいいきかせた。

氷やのけいちゃんには恋人がいた。とはいっても、その恋は片道切符の片おもいにすぎなかったが。相手の女のひとは、けいちゃんより一歳年下で、父親がいなくて、母親が町のかまぼこ工場へ働きにいっている、母ひとり子ひとりの家のむすめだった。そのひとの名まえはかよはんといい、たいへん顔立ちが美しく聡明なうえに、中学校のころ女子の徒競走ではいつも一等賞をとっていた。けいちゃんがかよはんを好きになったのは小学校のときで、そのおもいは中学生になり、おとなになるにつれてますますつのり、とうとう消しがたいものになってしまった。かよはんが町でも評判の優等生だったのにひきかえ、けいちゃんには「不良」のなかまと付き合うのを好むくせがあったので、このふたりの取り合わせは月とスッポンみたいにおもわれていた。そのせいかどうか、かよはんはけいちゃんを相手にせず、むしろ毛虫みたいに忌みきらっているふしもあった。

だが、けいちゃんはくじけなかった。名作を書き写すひまをみては、大長編小説を書くかわりにかよはんに手紙を出していた。というよりも、手紙を書くひまをみては、名作を書き写す仕事をしていた。ところが、毎日のようにとどく、かんじんの手紙も、かよはんのあの美しい眼で読まれるまえに、これもまた白くほっそりとした美しい指で破られてしまっているという噂もあった。

けいちゃんは、そんな噂を歯牙《しが》にもかけてはいないふうだった。かれのまっ赤なほのおのように燃えたぎる恋情は手紙だけではいっこうに下火にはならないとみえて、かよはんの家のまえを動物園のクマみたいにうろうろしたり、その家のはすむかいにある歯科医院のブロック塀のかげに身をひそませて一時間ちかくも監視したり、外出するかよはんのあとから顔じゅうを紅潮させてついてゆく、そんなけいちゃんの姿をしきりに見かけることがあった。

良はいちどだけ、氷やのけいちゃんとかよはんが恋人同士みたいに、漁港につきだした突堤に腰をおろして十月の海を眺めている光景を見たことがある。風がつよく、海が白く波をたてて秋の陽ざしにきらきらと光る日だった。良が屋根裏部屋をたずねると、そこはもぬけのからだったので、突堤へゆくと、魚市場をすぎたあたりですでにふたりの姿が見えたのだ。

良は突堤のとちゅうで足をとめた。

けいちゃんは、良が見ていることにも気づかず、さしだした右手をしきりに旋回させ、それにつれて顔を右に左にめぐらせていた。心ほかにあらずといった熱心さで、漁港の石垣を指さし、沖合の舟の影を追い、水平線のかなたを示し、頭上を飛びかう鷗を見あげ、といったぐあいにして、ひっきりなしにかよはんに話しかけているのだ。そんなけいちゃんの様子は、たいへん得意そうだったが、大長編小説の構想について良に話してきかせるときの磊落《らいらく》さとはうってかわって、表情には必死な印象もあった。

ところがかよはんのほうはといえば、肩をちぢめ、けいちゃんの位置とは反対のほうへからだをよじらせる姿勢で、すこしうつ向きかげんに困ったような表情をしていた。そのかよはんの頬に、海からのつよい風にふかれて乱れた髪がまつわりつき、かの女はそれをしきりに気にするしぐさをしていた。

けいちゃんはひとりずもうをやっとる……。良は胸のつまるおもいで、ふとそんなことを考えた。自分がそんなところを見ていることをけいちゃんには気づかれたくないとおもい、良は二、三歩あとずさりした。

そのとき、けいちゃんの話をうわの空できいていたかよはんが、ふいに良のほうをふりむいた。かよはんは良に気づいて、パッと顔を赤らめ、美しい顔立ちをはずかしめでもうけたようにゆがめた。良はそれを見て、くるりとまわれ右をし、足ばやに突堤をあるいて魚市場のわきの道をかけもどってきた。

良が、けいちゃんとかよはんがふたりでいる場面を見たのは、あとにもさきにもそのとき一度きりだった。が、それからのかれは、屋根裏部屋をたずねても、けいちゃんを見る自分の目にすこし変化

じめた日だった。

まさかとおもった事件がおこったのは、それから一か月ほどたって、ひと足はやい木枯しが吹きはじめた日だった。

その日の夕がた、町の銭湯からかよはんと母親が肩をすぼめて出てきたとき、とつぜん物かげからとびだし、かよはんにおどりかかった男の影があった。かよはんは風呂桶を落とし、声も立てずに、なまぬるい血がながれる頬を両手でおおって、その場にうずくまった。かわりに、母親が恐怖の悲鳴をあげた。

けいちゃんは、逃げるけはいもみせず、とびだしナイフを右手に握りしめたままその場に立ちつくして、うずくまったかよはんの背なかを見おろしていたという。

あとでわたったことだが、けいちゃんはかよはん母娘が銭湯へゆくために家を出たときからあとをつけ、帰りを待ちぶせていたそうだ。はば一ミリ、ながさ三センチほどの傷痕が顔にのこった。

事件のあと、氷やのけいちゃんは町から姿を消してしまった。良が中学校を卒業して二年たち、三年たっても、けいちゃんは大長編小説を書くために屋根裏部屋へ帰ってはこなかった。

きちげあそび

わたしは医師である、精神科の。ところが、依頼をうけてわたしが文章を書くと、肩書きに「作家」とつく。これは雑誌社や新聞社つまり依頼主が勝手にくっつけることで、わたしは自分が作家だなどとは一度もおもったことはない、小説というものを書いたことは一行もないからだ。わたしがこれまでに発表してきた作品はすべて、患者たちのノートからの盗用である。

わたしの療養所では、もう十年来、作家志望の患者にこと欠かない。いまも六十人近い開放病棟の患者のなかに三人や四人はいる。矢頭卓二君もその一人である。

矢頭君は三十八歳。カメラのレンズみたいな目つきをする男で、半年ほどまえ、丘のうえの療養所をたずねてきて開口一番、「わたしは精神病にちがいない」と宣言した。わたしが症状や家族のことを訊ねても、「精神病にちがいない」をくり返すばかり。現金三十八万余円と二百万円近い郵便局の預金通帳を示して、「速刻、入院させろ」と迫った。地獄の沙汰も金しだいとか、「まあ、どうぞ」ということになった。精神科の療養所といえどもカネに左右されるのは、寺や鍛冶屋と五十歩百歩なのである。

医師として恥かしいかぎりだが、かれがどこから来たのか、病状はどうなのか、まるきり不明のまま半年ほどが過ぎた。ただひとつわかったことといえば、かれが娑婆ではタイル浴槽のセールス・マンをしていたということだけである。病棟の「友人」たちにむかって、ことあるごとに「その方面では一流だった」と自慢していたからだ。

その矢頭君が小説を書いているとの情報がはいった。わたしは早速、治療を口実にからめ手からかれを説得し、ノートを手に入れることに成功した。矢頭君はまず、「駅へ通じる白い坂道」のことから書きはじめていて、導入部としてはなかなか巧みだな、とわたしは感心した。今回の作品は矢頭君のノートから拝借しようと心を決めたのは、まさしくこの第一印象によるのである。

白い坂道は駅まで通じていた。夏の陽ざかりには一本の煙のように見えることがある。坂道の途中でふりかえると、きらめく青い海が望める。それは湾のなかに漁舟が浮かぶ、小さな風景の断片だった。卓二は、この町でただひとつの西洋館である篠原病院を通りすぎるあたりで、絵はがきのようだな、とおもう。それからかれは、息もつかせず走りつづけて駅までたどり着き、線路に架かった鉄橋から眺めても、うんと小さくだが海の断片はまだ見える。卓二は、すこし高ぶってきた胸の鼓動に耳をすましながら時間稼ぎのように海を眺め、それからコジマはんが待っている貨物置場のほうへ下りていく。

陸橋の袖から夏草におおわれた土手に下りると、海が見えなくなったことにひと区切りつけた気持になり、土手から線路へ飛び下りる。ゴム草履が砂利にくいこむ瞬間の、乾いた音が気分を洗う。駅員の眼をぬすんで駅舎のわきを走りぬけ、錆びついた引込線をよぎって貨物置場へ駆けこむ。

海岸沿いに走る鉄道は半島の喉首あたりまでとどいていて、卓二の町の駅はその中間にある。駅員は四人しかいないが、海辺の製油工場へ搬ばれる大豆や醸造工場から出荷される酒醬油の積み下しのために貨車の引込線と貨物置場があり、仲仕や馬車牛車が出入りしている。その貨物置場の、天井まで積み上げられた大豆入りの南京袋のかげにコジマはんは坐っていて、卓二の姿をみとめると髭だらけの顔をほころばせ、合図のステッキをふる。

卓二はコジマはんと並んで坐りこむと、母親の眼をぬすんで持ってきたふかし芋をズボンのポケットからとりだし、コジマはんに二つ渡し、ひとつは自分がとる。コジマはんは山高帽子を脱いで物乞いの仕種でそれを受けとり、ひとつは肩から下げた頭陀袋にしまい、もうひとつを卓二といっしょに食べる。なにもかも了解ずみといったふうに。

ふたりは示し合わせたようにふかし芋を食べおえた。コジマはんは、すでによれよれになり縫目のほつれが目立つ黒いダブルの背広の胸ポケットからハンカチをとりだし、髭にくっついた芋の滓をおもむろに拭きとると、「本日もごくろうさまでした」と、抜けた歯の隙間からスーともれる風の音とともに言い、山高帽子を軽くかかげて一礼する。卓二は眼のまえにあらわれた禿頭をつくづくと眺め、そこではじめて満足げに口をきくのだ、「腹はふくれたかん」

コジマはんは荘重に頷き、ゴールデン・バットに火をつけてうまそうにふかす。いつだったか卓二がタバコを無心したことがある。そのときコジマはんはめずらしく険しい口調で「子どもはタバコを吸ってはいかん。歯茎が腐るでなん」と言った。

「そろそろ出かけるかなん」貨物置場の外で牛車の車輪のきしむ音がきこえたとき、コジマはんは卓二を促した。

ふたりはふかし芋一個分いじょうの満腹感に満たされながら大きく背伸びをし、貨物置場を出た。背伸びはこれからとりかかる仕事の準備体操みたいなものだ。ふたりはまぶしい夏の陽光のなかを、壊れかかった建物の塀に沿って抜け道を通り、いきなり海へ通じる坂道へ出た。待ちぶせる間もなく、大豆の入った南京袋を満載して三台の牛車がやってくる。ふたりは最後尾の牛車の背後にしのびよった。三台の牛車が巻きあげる砂ぼこりを全部ふたりで吸いこむ按配だ。篠原病院のまえを通りすぎるあたりで、もう潮のかおりが風にのってくる。

山高帽子の紳士と半裸の餓鬼は、南京袋にとりついた。紳士はステッキの先で南京袋を切りさき、穴からながれだす大豆を頭陀袋に受け、餓鬼も両手にうけた大豆をあざやかな手さばきでズボンのポケットに運ぶ。牛車引きは居眠りでもしているように手綱をゆるめて歩きつづけ、ときどき牛を真似て首をふる。そうして五十メートルもいかぬうちに、頭陀袋とポケットはそれぞれいっぱいになる。製飴工場の澱粉のにおいが鼻をつくころだ。南京袋の位置をずらして大豆がこぼれないようにするのは、ふたりの共同作業。それからコジマはんと卓二は、坂道を下っていく牛車を敬虔な気持で見送る。

篠原病院のまえまで引きかえすと、コジマはんは玄関の石段に腰をおろして、かならずゴールデン・バットを一服吸い、ひと仕事終えたあとの満足感を馬の眼のようにやさしい表情に浮かべ、卓二もまた、タバコの煙のゆくえとコジマはんの眼とを交互に眺めながら胸の内がわからふくらんでくるような気持になる。コジマはんがゴールデン・バットを吸いおわって立ち上がり、顎の髭をしごきながら「卓二くん、またあした会いましょう。ダンケ、ダンケ」と言うのが、卓二が、あしたもきっと心に叫んで駆けだす合図だった。

　卓二は、ポケットいっぱいの大豆を母親が差しだす笊に入れるときの、心の羽が空を飛んでいくような気分を一刻も早く味わいたくて、ズボンのポケットをしっかりと押さえて駆けるのだ。母親の目をぬすんで持ちだしたふかし芋の償いが、これでついたとかれはおもう。

「みんなが帰ってから仲よう分けて食べるんだでなん」卓二から大豆をうけとるときの母親の口癖である。焜炉の火で豆を煎《い》りながら、傍に立っている卓二にむかって母親はそれを言う。豆の入ったあみをあわただしく動かす母親の手が織機《はた》でも織っているように、卓二の眼には映る。

　海辺の町の夕暮れは、灰色がかった靄とともに丘のほうからやってきて、海へ下りていく。「海が燃えるがん」と漁師たちが叫ぶとき、海はいちめんに夕陽で赤くそまり、その一瞬の変貌のあと、もう夜の気配をただよわせる。その時間が卓二にはむしょうに待ち遠しかった。

　家のまえの道端に立って、肉眼で見えるほどの速さで濃くなっていく夕やみのむこう、坂のうえに視線をこらしながら伐材人夫の仕事からもどってくる父親を待っていると、〈父ちゃんはもう家へ帰らんかもしれん〉そんな怯えがかれの軀を掠めた。坂のうえに自転車の影があらわれるたびに、いっしょに父親の帰りを待つ妹が、「あっ、来たんな」と小さな声をあげた。ところが、自転車の影はきまって、ふたりのところへ来るまえに坂道をそれ、消えてしまう。空腹をじっと堪えている卓二の脳裏に、焜炉のうえで跳ねまわる大豆が嫌がらせみたいに浮かんでくる。しかしそれも夢のなかの宝もののようにどこかへさらわれていってしまう。。そして父親の乗った自転車がほんとうにあらわれたときには、かれはもう、何を待っていたのかを忘れかけている。

家族七人が顔を合わせると四〇ワットの裸電球の下の夕食で、さつま芋の蔓と人参を入れた雑炊を卓二が茶碗二はい胃ぶくろにかきこんだころには、もう鍋は底をつく。卓二の飢えがよれよれの外套みたいに、四〇ワットの薄暗い電灯の下をさまようのだ。

父親がその電球の光をつくづく見あげて嘆息したことがある。

「やっぱり、人間にゃ光が一番だ」

燈火管制が解けて間もないころだった。卓二の町の住民にとって、空襲は遠い町の出来事だった。夜になるとボーッと薄赤くそまる北の空を眺めて、「今夜もよう燃えとるがん。あれは△△のへんかなん」「いや、あの方向は〇〇のほうだ」と、人びとは言いあった。町の人間たちはただ、飢餓の経験によって日本が戦争をしていることを軀に感じとっていたにすぎなかった。

「コジマはんのうちには電気がねえげななん」夕食のあとで卓二の上の兄が言いだした、「まっくら闇のなかでもドイツ語の本を読んどるげな。コジマはんは鳥みたいだなん」

すると下の兄が「コジマはんはきちげだでなん。電気はいらんのかもしれん」と真顔で言い、妹も「きちげは人間じゃないのかん?」と、横から口を挟んだ。

〈父ちゃんはなんと答えるだろう〉卓二は不思議な胸のふるえを覚えながら、父親の答えを待った。ことばのどんな切れはしも聞きもらすまいと耳をひらいて。父親は子どもたちの質問に答えなかった。コジマはんの家にはなぜ電気がないのかも説明しなかった。ただし、ひとことだけ険しい口調でこう言った、「町の連中の噂を信じてはいかん」

町はずれの笹藪にかこまれた避病院の裏に〈ゆうれい屋敷〉と呼ばれる一軒の空家があった。以前には避病院で死んだ伝染病患者の死体安置所だったという噂だが、長いあいだ生きた人間の出入りも死人の出入りもなかった。コジマはんがそこに住みついたのは戦争がはじまるころだったが、かれがどこの生まれの者でどこから来たのかは知られていなかった。正確な名前や年齢を知るものもいなかった。

「コジマはんは帝大出だげな。きちげになったのはむずかしい本を読みすぎたからだ」山高帽子をかむって一日じゅう町のなかを歩きまわり、ステッキで塵芥《ごみ》箱をあさったり、ときには大声でドイツ語の詩を朗詠したりするコジマはんのことを、町の人たちはそんなふうに言った。

そのコジマはんがほんとうにきちげだろうか、と卓二は疑いはじめていた。食用蛙を獲りにいった日の帰り、コジマはんと会ったときもそうおもった。

学校から帰ると、大好物の食用蛙を獲るために釣竿をかついで隣り村との境界にある滝木林のなかの池へ出かけるのが、卓二には日課のようになっていた。三つ叉鉤《はり》に芋の葉や雨蛙を囮につけて糸をたらし、水草のあいだから剽軽《ひょうきん》な顔を出した牛蛙の目のまえに囮を小突いて誘惑する。そんな簡単な方法で、蛙は外套を脱がされるように皮を剥がれて炭火で焼肉にされるためにひっかかってくる。卓二は、時間が移っていくものだという事実さえ忘れて蛙獲りに熱中する。湿った風の気配があたりにただよいはじめているのに気づいて、かれはようやく滝木林を出るのだ。

淹木林のむこうの鉄道線路が曲がって見えなくなる丘のうえには、もう夕陽の最後の名残りが闇の影を曳きはじめていた。卓二は、線路沿いの土手に坐りこんでいま獲ってきたばかりのバケツのなかの蛙を数えはじめた。すると、なぜともしれず身動きとれない気持がかれを縛りつけてきた。これに似た経験を卓二はまえにも味わったことがある。夏の海へひとりで泳ぎにいって時のたつのも忘れてしまい、気がついたときには湾にもやった漁舟のうえに闇が影を落していた。海から上がっても家へ帰ることに不思議な恐怖が軀じゅうを縛りつけてきて、沖合に漁火《いざりび》が見えるころになっても海岸の神社の境内であそんでいて、漁網をかついだ漁師に見つけられたのだ。

家へ帰ることをなぜ恐れるのか、卓二自身にもわからない。ただ、むしょうに恨めしい気持ちになり、空腹のせいだと自分に言いきかせ、一匹の蛙の足を宙づりに持って拳骨で白い腹を殴りつづけた。蛙の腹はみるみるふくらんで、張り裂けそうになる。それでも卓二は、蛙の腹を殴りつづけた。

そのとき線路のうえを人影が近づいてきて、卓二の背後で立ちどまった。山高帽子をかぶりステッキを手にした黒い影は、コジマはんだった。コジマはんが髭づらのなかから笑いかけているのが、卓二には暗がりのなかでもわかった。

「卓二君は蛙獲りかね。わたしは散歩に出たのが、つい遠出をしてしまった。蛙にも魂宿る。殺生はよくないね。わたしは死んだ鼠は食べるが、生きた鼠は殺さん。しかし、みんな飢えとるからねえ。骨肉相喰むだ」コジマはんは先に立って線路を歩きだしながら、そんなことを喋った。

卓二にはコジマはんの言うことの三分の一も理解できなかったが、それでもなんとなく対等に扱ってもらっているようでうれしく、だんだん歩調を早めてコジマはんと並んで歩いた。コジマはんは、駅の灯が見えるまで自分で合槌を打つようにして、戦争で死んだ兵隊や馬の話を喋りつづけ、それは卓二の耳に遠い国の童話のようにひびいた。

坂道のうえで別れるとき、卓二ははじめて「さよなら」と口をきき、コジマはんはステッキを洒落た仕種でふって合図をし、真っ暗な竹藪へつづく道を風に吹かれるような足どりで去っていった。卓二はコジマはんと別れると、蛙の入ったバケツをぶらさげて一目散に坂道を駆けだし、その途中で唐突な発見でもしたようにおもったのだ、〈コジマはんは、ほんとうはきちげじゃねぇかもしれん……〉卓二は、その考えを自分だけの秘密にしておきたかったので、だれにも話さなかった。

コジマはんは、夏でも一張羅の背広を脱いだことがない。はげしい日照りの下を風のようにあるくその姿にはいつも長い影がのびていて、背後に海が光っている。白っぽく変色した漁港がある。

コジマはんが岸壁のうえをあるきながらタクトのようにステッキをふり、女性的な細い声でドイツ語の歌を口ずさんでいるときは、きっと機嫌のよいときだろうと卓二はおもう。卓二をふくむ七、八人の子どもたちが駆け足でコジマはんのあとに従っていく。コジマはんの歩調は、歌に合わせて軽やかになる。

岸壁の突端までいくとコジマはんは背広のポケットからハンケチをとりだし、ていねいにひろげてコンクリートのうえに敷き、腰をおろす。それから眩しそうに眼を細めて沖合を眺め、羽を休めたままの恰好で海面すれすれに飛び交う鷗の群れをやさしい眼差しで追いながら、ドイツ語で「かもめの水兵さん」を唄う。

子どもたちはコジマはんの背後にそっと近づき、コジマはんの仕種を真似て岸壁に坐りこむと鷗の群れを眺める。そうしてかれらは、コジマはんの歌を聞きに集まった聴衆のような気分になる。しかしコジマはんは「かもめの水兵さん」を唄いおわると、そんな子どもたちの気分を裏切るように怖い声で、こう言った、「みんな何か持ってきたかな。一円玉でもよろしい、食べものでもよろしい。ただでわたしの歌をきいてはいけないよ」

子どもたちはたちまち、口々にコジマはんを罵りながら逃げだした。卓二だけがその場に残って、新聞紙につつんだ芋切り干しをコジマはんに差しだす。コジマはんはそれを受けとると満足そうに頷き、「よろしい、卓二君はきっと立派なおとなになる。そのときまでこれはわたしの借りにしとこう」と言って、新聞紙の包みを肩からかけた頭陀袋にさっさとしまう。それからは、海が夕焼けにそまり、飛び交う鷗と岸壁のふたりに影の衣裳が着せかけられるまで、コジマはんは存分にドイツ語の歌をきかせてくれた。

秋が近づくと、太鼓と笛の音《ね》がどこからかきこえてきて、町の祭りだった。何頭もの馬が、在郷百姓家から海辺の神社へ集まってくる。豊作豊漁祈願の紙の花を鞍に飾って馬の行列がやってくるのに誘われるように、町じゅうの人間が神社の境内に集まる。卓二も、かれらにまざって馬の尻にくっついていく。人間のものとはちがう、動物のなまあったかい体臭が、ボーッとかれの軀をつつむ。このなかには製油工場へ大豆を運ぶ、あの力持ちの馬もいるだろうか、と卓二はおもう。

神社の境内にはおとなの背丈より高い木の柵がはりめぐらされ、観衆はその柵によじのぼって鈴なりになる。卓二もおとなたちの股をくぐって柵によじのぼった。馬が一頭ずつあらわれ、柵の内がわを観衆の輪に沿って鈴を鳴らしながら駆けめぐりはじめると、野卑などよめきが起る。町の若衆が馬の首に軀ごと摑まって、駆ける。というより、若衆たちの両足は地面から浮いて、疾駆する馬にぶらさがっているといった按配だ。太い朝鮮竹を手にした見物人たちが、目のまえを駆けぬける馬の尻に狙いすまして打ちおろすたび、鈍く、血なまぐさい音がひびく。馬はいっそう荒びて駆け、どよめきがはじける。――戦争のあいだ中断していた馬駆けの祭りに、戦争に敗けると異常な興奮で人びとは熱中しはじめた。

祭りの日には、神社に面した道すじに露店が並び、大道芸人も立つ。馬たちの登場がひとわたり終って、境内に砂ぼこりの余燼だけが立ちこめる幕間の時間、卓二は露店をひとまわりするうち、薬の大道売りのまえに立っていた。はなはだ元気のない蛇に二の腕を噛ませるまえの、その蛇とはうってかわって粗野で滑稽で挑発的な薬売りの口上を聞くのが、卓二は好きだ。町で一軒だけの靴屋の職人が手なれた糸捌《さば》きで靴を仕上げていく、あの仕種を時の経つのも忘れて見とれていたときに似た恍惚感を、男の口上はかれに与えてくれる。

ところが境内のほうで馬駆けの興奮に酔うどよめきとは異質の、猥雑な哄笑が起ったとき、卓二は反射的に境内へ走った。そのままの勢いで柵をよじのぼった。馬のかわりに舞台を占領していたのは、コジマはんだった。コジマはんはいつものいでたちで、背広の胸ポケットからハンカチさえのぞかせ、破れかけたとはいえ革靴もはいて、悠々と柵に沿って歩いている。髭づらのなかの顔は尊大でさえある。汚れたボロ布みたいなものを左手に握り、それをちょっと掲げる仕種だ。見物人たちは、その〈ボロ布〉を笑ったり非難したりしているらしかった。

コジマはんは荘重な足どりですすみながら、ときどき手に握った〈ボロ布〉を口へ運ぶ。〈鼠だ、コジマはんは死んだ鼠を食っとる……〉卓二がそうおもったとき、かれは「わたしは死んだ鼠は食うが、生きた鼠は殺さん」と言ったコジマはんのことばを思いだしていた。

コジマはんは、すでに形を失いかけた鼠をむしゃむしゃ食べる仕種をしながら卓二のまえを通りすぎ、歩調も変えずに、馬の登場してくる通路から退場していった。そしてふたたび、境内には一頭の馬が登場し、人馬一体の駆けっこがはじまって、見物人たちは祭りの興奮にのみこまれていった。卓二の眼に、コジマはんの口髭をそめた赤い血の幻影が残った。

〈コジマはんは祭りに花を添えるためにあんな余興を見せたのだろうか〉卓二はすこし気持が落ち着いてきたとき、そうおもった。それから、気づいてはいけないことに自分だけが気づいてしまったように、そっと、コジマはんはきちげの真似をしとるだけだ、と決めてしまった。

卓二は、コジマはんが町からいなくなってからもその決心をたいせつにしていた。戦争が終って二度目の夏がやってきたとき、町を彷徨するコジマはんの姿が見られなくなった。それは、ある日、忽然といってよかった。ふたりが最後に会って、牛車から大豆を失敬する仕事をおえて篠原病院の石段でゴールデン・バットをうまそうに吸うコジマはんの様子に変化はなかった。コジマはんは山高帽子を指先でちょいと持ちあげ、「卓二君、また会いましょう。再見、再見」と言い残して、竹藪のなかの〈ゆうれい屋敷〉へ帰っていった、それきりだった。

「そういえば、このごろコジマはんの姿が見えんなん」コジマはんが貨物置場へ来なくなって二日ほど経った日、母親が言った。

「コジマはんのことなら卓二にきくのが一番」上の兄が言った。

「おれは知らん」卓二はそう応えたきり黙っていた。

「コジマはんは腐った鼠を食べて死んだのかもしれんなん」下の兄が口を挟んだ。

そんなはずはない、コジマはんは死んどやへん……卓二は咄嗟にそう言って兄に抗議したつもりだったが、それは声にはならなかった。

翌日、卓二は学校から帰ると、坂道を息せききって駆けのぼっていった。篠原病院のまえを駆け抜け、駅の横手の崖道を軽いめまいを覚えるほどの力で這いのぼり、陸橋を渡り、避病院の白い建物が見えるところまで来て、かれはピタリと立ちどまった。避病院の裏手に、白昼でも薄暗い欝蒼とした竹藪が、卓二の小さい心を呑みこむように立ちはだかっていた。〈あのなかにコジマはんの家がある〉かれは息をつめて竹藪の方向を透かし見た。

避病院の窓には人影がなく、ひっそりとした廃屋みたいだった。〈避病院の建物は、どうしてあんなにまっ白に塗ってあるのだろう。町の人間がついぼんやりして近づかないように、目立たせとるのかもしれん〉卓二はそんなことを考えながら、五分ほど立ちつくしていた。それからふと、竹藪のなかの家で畳のうえにコジマはんの死体が横たわっている情景を思いうかべ、その空想を打ち消し打ち消ししながら、また五分ほど立っていた。

いまかれの立っている場所が境界で、ここから先は入ってはならないコジマはんの秘密の世界、もしそこへ足を踏みいれて秘密を知ってしまったなら、雷に打たれるように失神してしまうだろう。そんな怖れが卓二の軀をしめつけていた。

〈あの竹藪のなかには、きっと見てはならないもんがある。今度コジマはんと会っても、ここへ来たことは内緒にしとこう〉卓二はそう思いながら、追われるように家へ帰った。

それからは何日たっても、コジマはんが死んだという噂はきかれなかった。コジマはんの姿が消えたことにも、町の人びとはまるで平静で、コジマはんの存在を思いだすことさえほとんどなくなるのに、どれほどの時間もかからなかった。卓二は、コジマはんがこの半島の町を支配している〈怖い人〉にちがいないとおもいこんでいたので、町の人びとのそういう態度がひどく不満だった。

金さえ払えばそれなりの食べものが手に入る状態が、町の生活にもどりかけていた。たぶん、時の消去法なのだろう。卓二の不満もやがて消えた。


矢頭君のノートはここで終っている。わたしは、このままで発表すべきか否か、三日ほど迷いぬいた。一編の小説として発表しようとすれば、このままでもできぬことはあるまい。しかし、とわたしはおもったのだ。これだけではやはり、尻切れトンボの感を否めない。なによりも「追憶ばなし」の域を出ない。かんじんの「今日的視点」が、決定的に欠けている。わたしの迷いはそこにあった。

かねがね、どんなに巧みに描かれていようとも（矢頭君の小説が巧みに描かれているかどうかは別として）、「今日的視点」から切れた過去のエピソードの集積などにどんな意味があろうか、と疑ってきたわたしである。このままでは、現代小説として不具のそしりをまぬがれないではないか。

幸いにして、しめきりまでに時間はある。三日三晩迷いぬいたあげく、わたしはエイッとばかりに決意した。後編をわたしが書こう、つまり、矢頭君とわたしの合作にしよう、と。これまで患者たちの小説を盗用して、原稿用紙のマス目にせっせと引き写してきたわたしである。門前の小僧のひそみにならって、小説のひとつふたつは書けないはずはない……。


あれから三十年か……。

矢頭卓二は、時計の針が逆まわりするような落着かない気持を静めるため、あらためて心で呟いた。記憶の影でしかなくなっていたはずのコジマはんのことが、逆まわしのフィルムのように歳月をさかのぼって甦ってくる。かれを乗せた電車が確実に半島の町へ近づきつつあるのと同じように、右手にステッキをかざし山高帽子をかむったコジマはんも確実な足どりでかれのほうへ帰ってくる。

電車の窓から眺める半島の風景は、表面のところでそれほどの変化は感じられない。たぶん、通り過ぎる者の眼には見えない深部で大きな変貌をすすめているのだろう。金沢から名古屋までの特急しらさぎの車中では、幼稚園のとき以来六年ぶりの父親の故郷への訪問にいくらか興奮していた卓郎も、名古屋から乗換えた二輛連結のローカル電車のなかでは、長旅に疲れたのかコクリコクリと舟をこいでいる。

「約束は守ってくれるわね」時枝は、卓二にはすすめようともせずプラスチックの器に注いだウィスキーを口に運びながら言った。金沢を発つとき駅のホームで買った角瓶の中身は、もう底のほうに一センチほどしか残っていないのに、彼女の表情に酔いの乱れはほとんどあらわれていない。

「入院のことは家にいるあいだだれにも話さないでね」黙っている卓二に不安を感じたのか、彼女は念を押した。

　卓二が頷くと、彼女はそれで安心したのか、野球帽をかむって眠っている卓郎の頭ごしに窓の外を眺め、「あ、鶴が……」と叫んだ。水田のむこうの、海辺に沿って帯状につづいている湿地のうえを白い鳥が四羽、長い脚を折るようにして歩いている。

「あれは鶴じゃないよ。口笛みたいな声で啼く鳥で、昔からこのあたりにいたけど、名前はなんというのかな」

「そうね、鶴じゃないな……すこし酔ったかかな」時枝は卓二のことばをあっさりと認めて、またプラスチックの容器を口に運んだ。

　電車は、駅員のいない土手を改修したような駅にとまり、そして発車した。

「おかあさんが迎えにきてくれてるかもしれないわね。アルコールの臭いをさせてたらまずいかな」

時枝は茶目っ気な言いかたをして、最後の一滴をすするように飲んだ。

　乗客が駅ごとに減ってきて、卓二には面映ゆい土地訛りで話す乗客だけが電車のなかには残った。六年まえに訪ねたとき、海を跨ぐようにして対岸とのあいだに架けられていてかれを驚かせた橋が、風景のなかにあらわれ、このまえにはなかった工場の一群が、埋立てられた水田の跡に見えはじめて、もう一度かれを驚かせたが、まもなく電車はKの駅に着いた。眠りつづけていた卓郎を大急ぎで起し、三人は電車の扉がしまる寸前に荷物をかかえてホームへ飛びおりた。Kの駅は六年まえと、いや三十年まえともそれほど変っていない。魚の干物のはいった竹籠を背おう行商の女のあとから改札口を出ると、母親が三人を出迎えていた。

卓二には母親がそれほど老けこんでいるとも見えなかったが、口のまわりのミミズみたいな小皺は、このまえ会ったときには気づかなかったものだ。時枝は、「おばあちゃん、元気そうね」と如才なく挨拶し、卓郎はとまどったふうに頭をペコリと下げただけだったが、母親はそんな孫を眩しそうに眺め、「大きくなったなん」と言う。

大豆のはいった南京袋を運ぶ牛車のあとをコジマはんとふたりでつけた坂道は舗装され、牛車のかわりに自動車が走りぬけていて、信号機までが立っている。卓二には、それが子どもだましの変化におもえる。篠原病院はとっくに廃業して、西洋館は廃屋みたいに傾いていた。すっかり色褪せた卓二の家の瓦屋根が見え、テレビのアンテナが不似合にそびえている。父親と長兄が営む鶏舎から、鶏糞の異臭が海辺からの風にのって鼻をついてきた。

家に着くと、父親と長兄一家のほかに次兄や妹の家族も顔を並べていて、口々に再会の挨拶をかわす。時枝はウィスキーの角瓶をぺろりと平らげたのが嘘のように、父親に古稀の祝いなどを流暢に述べ、金沢からさげてきた土産物の包みを夫の肉親たちに手際よく分配している。「はい、金沢名物加賀おこし」と、駅の売り子みたいな声を出して包みを手渡す。

それから一族郎党がカラー・テレビのある八畳の茶の間に顔を並べ、それぞれの暮しむきなど愚痴と自負をまじえて話しあっているあいだも、時枝はその場の空気になじむのに如才なかったが、卓二の胸にはなにかひっかかるものがあって落着かなかった。この歯の抜けたような欠如感はなんだろう、とかれはおもう。

「海が見えなくなったなぁ」卓二はだれにともなく言う。駅から坂道を下りてくるあいだ、海の断片は一度も見えなかった。

「坂の下に大きな家がいくつも建ったでなん。海も埋め立てられて減ったし」と、母親が答える。

「海が減った、はよかったな」長兄が横槍を入れる。

「三社《さんしゃ》さんの手まえに五階建てのビルができたでなん。埋立地の工場の社員住宅」父親が説明する、「あれが犯人だ」

「三社は残っとるんだろ」と訊ねる卓二に、「残っとる。ただし、残っとるというだけで昔の面影はない。あすにでも見にいっておいでや。百聞は一見に如かずだ」と、父親が答える。三社さんというのは、馬駆けの祭りのときコジマはんが死んだ鼠を食べて幕間《まくあい》狂言を披露した神社である。

「馬駆けはいまでもつづいとるんだろ」卓二が訊ねたのに、父親は黙って首を横にふった。

ひとしきり話に花が咲き、笑いの潮がひいたところで夕食の時間となった。子どもたちは遠足のようなにぎやかさで煮魚や野菜サラダに箸をのばし、その世話に大わらわの女たちから間断なく叱声が乱れとぶ。

「時枝さんは金沢ことばじゃないなん」長兄が銚子の空きぐあいが早まってきた頃合に、いくらか顔を赤らめて言う。

「卓二も標準語を使うなん」と、父親も口を挟む。

「金沢に住んでまだ二年もたっていませんから」時枝は盃を口に運びながら答える、「日本じゅう渡りあるいているうちに、自然、標準語になるんですね」

時枝は酒に酔うということを知らぬらしい。彼女の顔にも呂律にも、ほとんどアルコールの影響は感じられない。それにひきかえ卓二は、車中でわずかばかり飲んだウィスキーの名残りが残っているところへ酒を流しこんで、胃ぶくろが踊りはじめていた。

「そういえば、卓二の放浪癖には心配したでなん。ぽいとKを出ていったきり音沙汰もなかったとおもうと、東京から手紙が来た。やれやれと胸をなでおろしたら、つぎにきた手紙には函館で漁業協同組合の事務員をしとると書いてくる。それから二年とたたぬうちに日本列島の裏がわから手紙がきて、親不知《おやしらず》の隧道工事で発破係の修業をしとるという」長兄は酔いのせいか饒舌になり、父親と顔を見合せて笑った。

「宍道湖の絵ハガキに松江の旅館で番頭の見習いをしとると書いてきたときには、腹の底、たまげたぞ」父親もそう言って笑った。

「それが結婚して子どもができてからも治まらんのだから、時枝さんも大変だったろうなん」長兄は時枝のほうへ銚子をむけながら言う。

「でも今度は」時枝はあっさりと卓二を弁護する、「金沢に腰を落着けてくれそうですから」

卓二は父親たちのやりとりを聞きながら、酔いのなかでおもった。へおれは好きで放浪してたわけじゃない。むしょうに先を急いでただけだ。あのころはうまく生きられるかどうか、一寸先は闇みたいな世の中だった。そのうえ、飢えの記憶から切れていなかった。きのうまであんなに飢えてたのだから、いまのくらしがそんなに永くつづくはずがない……そうおもって、先ばかりを急いでた。ところが、いつ、どこで、どう跳びこえたのか。気づいたときには、飢えの記憶はぷっつり切れ、一寸先は闇だという時代ではなくなってた。綱渡りは綱渡りでも、地べたのうえに引かれた、落ちっこない綱のうえを歩いてた。切れ目、変り目が自分にもとんとわからないままに。こんなはずはない、きのうまで飢餓と隣合せに生きてたのだから……そうおもいながら、切れ目をこの眼で見るまでは油断ならぬぞと先を急いでいるあいだに、世のなかはどうやら、まぎれもなく落着いていた。時枝のやつ、「今度こそは金沢で落着いてくれそうだ」か。これは、町を離れてから二十年もつづけてきたおれの思い違いに、終止符をうつための合図かもしれんな。それでもおれは、切れ目、変り目をはっきり見るまでは、右から左へ、左から右へというぐあいには、そうは簡単に変れんぞ〉

酔いのせいか、唐突にコジマはんの姿が卓二の瞼に浮かんでくる。三十年まえとそっくりそのままの服装で、髭づらで。〈コジマはんも、いまのおれとよく似た綱渡りをしてたのかもしれん。子どもごころにも、コジマはんはほんもののきちげじゃない、ふりをしとるだけだ、とおれはおもった。コジマはんは戦争中にきちげの真似をはじめた。なにかからのがれるために、その必要があったにちがいない。戦争はおわって、もう追ってくるものはいなくなった。もうきちげの真似をする必要はなくなった。それでもコジマはんは、そんなはずはない、そうは簡単に変るはずがない、油断は禁物……とおもったにちがいない。そのまま引くに引けなくなって、戦争がおわってからもきちげの真似をしとおした。そうにちがいない、おれにはわかる〉

卓二には、酔いのつれづれに浮かぶそんな考えが、しだいに確信めいてくるのが不思議だった。

かれが想像のうちをただよっているあいだに、茶の間の話題は、父親の古稀の祝いをどうするかでもめている。爺《じじ》いあつかいはいやだ、と父親が反撥したからだ。ひとしきりもめたあと、「じゃあ、旅行に行ってもらおう」と長兄が提案し、兄弟でいくらずつの金を出しあうか、どこの温泉がよいかなどと話がはずんで、ケリとなった。

そこで子どもや女たちは寝《やす》み、男たちはさらに飲みつづけた。

翌日は雨だった。卓二は宿酔《ふつかよい》のため、鶏舎の鶏たちが啼きさわぐのにも気づかず眠りつづけ、眼をさましたときには柱時計はすでに正午に近く、鈍痛のする頭に子どもたちのはしゃぎまわる声がひびいてきた。戸外の雨音といっしょに、子どものころになじんだこの町の乳くさい気配が、かれのなかに忍びいってくる。その気配にうながされてのろのろと起きだし、水道と共用している井戸水で顔を洗い、かれは生みたての卵を飯《めし》にぶっかけてワカメの味噌汁でかきこんだ。

卓二が出かけようとすると、「こんな雨のなかをどこへ行くだん」と、母親が訊ねる。「海のほうを散歩してくる」かれはそれだけを目的に帰省したとでもいうふうに答え、下駄をつっかけると番傘をさして家を出た。

家から海へ通じる坂道を下っていくあいだ、雨にけむった前景には海の断面も見えない。舗装道路に下駄を鳴らしながらいくかれの胸に、子どものころの記憶の切れはしが、いっせいに飛び立つ鴉の群れのように掠めるが、漁網工場も石屋も蒲鉾工場も昔の面影をとどめていない。それがモダンな庭つきの二階家になっていたり、温室になったりしている。かつて湾だった跡は、いまは埋め立てられて公園になり、ブランコもジャングルジムもある。公園と高い防潮堤のあいだを、海岸線に沿ってたぶん半島の先端までつづいているのだろう自動車道路が突っ切っていた。卓二は自動車道路をよぎり、コンクリートの階段をのぼって防潮堤のうえに立った。

かれの眼に、はじめて海がひらけた。対岸も見える。だが、これは……と、かれはおもう。〈海だろうか……〉おそらく廃油のせいなのだろう。海は黒光りによどんで、肉眼では潮の流れも感じられない。対岸には、軍艦に似たセメント工場の、巨大な白いタンクが手にとるように見え、そのむこうの丘陵に昔ながらの煉瓦工場が幾棟もへばりつき、煙突からはじつに頼りなげな煙が立ちのぼっている。どうやらこの海は、両岸から挟みうちのように埋め立てられて、痩せ細っていくようだ。一艘の漁舟も見えない。口笛に似た海鳥の啼き声が、ピューピューとひっきりなしに聞えるが、黒い海に鳥の影は見えない。

——漁師の順やんのはなしをきかせるかなん。六年まえに帰省したとき聞いた母親の話を卓二は思いだす。海で漁ができなくなって、町の漁師たちは補償のカネをどっさりもらった。舟一艘につきいくらというふうになん。大きな舟は二千万、小さい舟でも一千万はくだらなんだ。順やんも、補償をもらった漁師の一人でなん。もらったカネで御殿のような家を建て、仕事もせんと朝から酒ばっかり飲んどったがん。それで嫁さと折合いわるくなって、喧嘩がたえんうちに、嫁さは子どもを連れて家出したげな。順やんはますます大酒喰らい、とうとう御殿のような家を灰にして、おまけに自分も灰になったがな。酔っぱらって寝とるあいだに石油ストーブをひっくりかえしてなん。あれぁ、徳さの嫁が死ぬ、ちょっとまえだったなん。徳さの嫁も補償のカネで五本の指に真珠の指輪をはめ、髪を真っ赤にそめて自動車学校へかよっとった。隣に自動車学校の若い男を乗せてドライブしとるげな。そんな噂をきくようになったら、それからまもなくだなん、徳さの嫁が自動車もろとも橋から海へ落ちて、死んだのは。

卓二は、立っているのが不思議なほど大きく傾いた三社さんの鳥居を眺めながら、防潮堤のうえを漁港のほうへ歩きだす。〈おれの心も傾いてきたぞ〉

口笛に似た海鳥の啼き声は、沖合からとも漁港のほうからともなく聞えつづけるが、やはり鳥の影はどこにも見えない。鳥たちが黒い翼をもっているのなら、黒く光る海面がおれの眼からかれらの姿をさえぎる迷彩となっているのか。雨滴に光る海の閃めきが、もしや、鳥たちの笑う顔か……。卓二がそんなことをおもいながら防潮堤を歩いていくと、一本の埠頭を抱きすくめるように湾曲した石垣に囲われて漁港があらわれた。もうとっくに死んでしまった廃港だった。漁師の影も見えず、潮が干いて黒く廃油をにじませた泥土のうえに廃船が四艘、置き忘れられた壊れかけの玩具みたいに腹を仰向けている。干潟の底には、びっしりと死んだ魚か。かれは防潮堤と石垣をつなぐ石段を下りて、泥地に下駄をとられそうになりながら漁港へはいっていった。

一艘の廃船のかげに、合羽を着てゴム長靴をはいた男がしゃがみこんで鉤《かぎ》で黙々となにかを掘っている姿があって、防潮堤のうえからはそれに全然気づかなかったことに卓二は驚く。かれが近づいていく気配にも番傘にあたる雨の音にも、男は気づかないらしい。

コジマはん、なにを掘っとるんですか？　背後に立った卓二が不意に声をかけたのにも、男は吃驚したふうもなく黒いゴム合羽の背をむけたまま答えた。

見ればわかるだろ。

砂蚕《ごかい》を掘っとるんですか。卓二は、男の脇に置かれた餌箱のなかで無数の砂蚕が肢体をくねらせてうごめいているのを見ながら言った。

わかりきったことを聞かんでくれよ。男はやはり後を振りむかずに言う。男のまわりの泥土を雑蟹が何匹も這いまわる。

この砂蚕はなんに使うのですか。

決っとるじゃないか。魚を釣るんだよ。

こんな海でも魚が釣れるんですか。卓二は、煽動するような言いかたになるのが自分でも不思議だった。

こんな海？　馬鹿にせんでくれよ。あんたはどこの人間か知らんが……。男の声が苛立ちから怒りに変わってくるのが、卓二にははっきりとわかった。魚も釣れんのに砂蚕を掘る馬鹿はおらんよ。

なにが釣れるんですか？

なんでも釣れるさ。ぼら、うなぎ、はぜ、ふぐ、ちんた、あじ……棒読みするように魚の名前をあげる男の声に、かえって得体のしれない怒りが感じられる。荒ぶってくる男の声は、若いのか老人のものなのかわからなくなってくる。

ステッキと頭陀袋はどうしたんですか。卓二は話題をかえた。男が頭にかむった、合羽と対になったゴムの頭巾を雨が滴り落ちるのを見ながら。

………。

男は、さきほどあんなに反撥したのが嘘のように口をつぐんでいる。

コジマはんはもうドイツ語の歌をうたわないのですか。ほら、三十年まえにおれたちによくきかせてくれたやつ。

……。

それから卓二がなにを訊ねても、男は殻を閉じた貝のように黙りこくって砂蚕を掘りつづける。そして最後まで、卓二のほうを振りむかなかった。卓二はしかたなく男の傍を離れ、石段をのぼって防潮堤のうえにもどった。

かれは立ちどまってちょっとためらったが、家の方角とは反対方向の橋のほうへ歩きだした。雨がズボンを脛のあたりまで濡らすが、かれは気にしないで歩く。対岸とのあいだに架かった、半円形の輪をいくつも並べたような鉄の橋は、ずっとかれの視界に映っていたが、その袂にたどりつくまでに十分近くもかかった。雨雲がいくらか薄くなったのか、あたりが明るくなったようにも感じられたが、雨はかえって強く降りしきっている。

橋の袂へ出ると、そこから左手の此岸は視野のつづくかぎりといいたくなるほどの広い干拓地だった。防潮堤に沿って干拓地をめぐるように材木置場がつづいている。干拓地のむこうに広がっているはずの水田は見えず、いきなりといった感じで、雑木におおわれた丘陵とそこにへばりつく家並みが卓二の視界にとびこんでくる。水田と丘陵のあいだの鉄道線路を、きのうかれらが乗ってきた電車が走っているはずだ。その電車をかれの眼から遮っているのは、かつて卓二たちが泳ぎにきた湾のうえに立ち並ぶ工場の行列である。このまえかれが帰省したときには、湾はまだあった。あれからわずか六年のあいだに干拓地ができ、工場の建物が降ってわいたようにあらわれたというわけ。工場群のあいだを碁盤の目のように水路がはしり、貯水池では雨合羽を着た小さな人影が、一面に浮かぶ丸太のうえで動いている。煙突の煙はまっすぐに、だがどことなく底意地の悪げにゆうゆうと雨空に立ちのぼっている。

卓二は橋を渡らず、さらに防潮堤を先へと、工場地帯に沿って歩いていく。なんとなく意地っ張りな気持がかれのなかに頭を擡《もた》げていて、どこまでも歩いていってやろうという気になっていた。百メートルほど先に水門が見える。そういえば、口笛にそっくりな声で啼く海鳥の啼き声が聞えなくなったな、いつからか？　この干拓地の工場が見えたときからのような気がする……卓二がそうおもいついたとき、背後から、ポンポンポンポンと湿った空気をはじくような発動機の音が聞えてきた。振りむいてみると、ラワン筏を何艘も珠数つなぎにして引っぱる引行船が近づき、あっというまに防潮堤を歩くかれと並び、白い航跡を残して追いこしていく。一艘、二艘、三艘……とかれがラワン筏を数えるうち、引行船の舵をにぎる運転手の後姿も、鳶口柄を杖がわりにして筏のうえに仁王立ちしている合羽姿の労働者の影も、たちまち前方へ遠のいていった。それは卓二が散歩に出て海を眺めてから初めて眼にした、浮かぶ舟だった。

水門は、海上から筏を運んできた引行船がそれをくぐって工場のなかの水路を通り、貯水池へ入るためのものだった。卓二が水門のところへ来たとき、さきほどかれを追いぬいていった引行船がエンジンを止め、海面に大きな抛物線を描きながら一回転して方向を変え、ふたたびポンポンポンポンと発動機の音を立てて水門をくぐるところだった。水門の梁に二羽の異常に痩せた鳩が離ればなれにとまっていたが、、その下を発動機の音がけたたましく通りすぎるときも、彼女たちは躰をちぢめたまま身じろぎひとつしなかった。海鳥のかわりに鳩か……。卓二は自分を揶揄するように呟き、水門の通路を渡り、防潮堤から道路へ下りると、それから工場地帯を横断する舗装路へ出た。

舗装路を抜けると、なんの境界らしい目じるしもなく、道はいきなり、ぬかるんだ畦道へ出た。それは水田のなかを通って鉄道線路と交叉する地点で行きどまりだった。卓二は下駄を脱いで右手にぶらさげると、ぬかるんだ畦道を跣《はだし》で抜け、線路にぶつかったところで左に折れて線路沿いの道を駅の方角へ向かった。やがて四角い煙突のある煉瓦工場と急峻な崖のあいだの坂道をのぼり、見覚えのある道筋をいく曲がりかして、駅の裏手の鉄橋へ出た。かれは橋のうえから、子どものころしたように、一直線につづいて途中で勾配のためにプッンと消えている鉄路を眺め、いままさに電車が下を通りすぎたつもりで橋の反対側にうつり、欄干から身をのりだして下を覗きこんだ。それから橋を渡り、いまは舗装されている道をのぼっていくと、左手にくっきりと白く浮きでている三階建ての明るい建物は、もとの避病院、いまは町立総合病院である。

もう先は見えた。おれはなんのためにこの道をのぼっていくのか……。卓二は見えない木槌で胸をたたきながら、それでも念のため、と自分に言いきかせて、舗装された道路をゆっくりとのぼった。白い病院の裏手、かれが少年のころ昼でも欝蒼として暗かった竹藪は、さっぱりと伐採され、そこにも総合病院の別棟と中庭が隣合わせて建っていた。〈おれはなにを期待してきたのか〉コジマはんが住んでいた〈ゆうれい屋敷〉は、名残りもとどめていない。三十年まえ、コジマはんが町から姿を消したあと、初めて竹藪のなかの〈ゆうれい屋敷〉を見にきたとき、ここから先は触れてはならない秘密の場所だとおもいこみ、もし一歩でも足を踏みいれたなら雷に打たれたように失神してしまうだろうと本気で怯えた。あの不思議な体験がまるで夢かつくりごとのように、白い三階建ての病棟を眺める卓二にはおもえた。

卓二は、これから旅に出ようとするのにボストン・バッグに入れる中身はなにもない、そんな気持で駅から海へ通じる坂道を下りていった。そこではじめて、まだ跣のままだったことに気づいた。やっぱり時間はどこかでブツリと切れてるんだな。だが、いったい切れ目はどこなのか……。かれはすこし霞んでくる頭で自分に呟きかえした。

家に着いたときは、番傘をさしていたのにズボンだけではなく背広の肩からずぶ濡れになっている。井戸端で足を洗い、着替えをしていると、母親が声をかける、「卓二、どこへ行ってきただん？　そんな濡れねずみになって……。風邪でもひいたらどうするだん」

卓二はあやうく、漁港で砂蚕《ごかい》を掘っているコジマはんに会ったと言いだしそうになるのを抑えて、「コジマはんの住んどったゆうれい屋敷もなくなったなん」と言った。かれは急に四肢がだるくなってくるのを覚え、縁側に坐りこんで雨を見ながらタバコに火をつけた。

「そうそう、卓二は子どものころ妙にコジマはんとウマが合ったなん」このごろの母親は昔のことを憶いだすと声がはずむらしい。急に若やいだ声を出す、「竹藪を壊して総合病院を建てるとき、コジマはんはN市の施設へ入れられたげな。死んだのはその施設で、もう四年はたつかなん」

「四年？……じゃあ、このまえおれが帰ったときにはまだ生きとったのかん」卓二は驚いたふうに声をたかめた。

「あの家を壊されるまで住んどったがな。卓二がこのまえ帰ったときには新しい病院はできとらなんだはず」

「おれがこの町を出るときにはコジマはんはいなかったはずだが、あれからまたもどってきたのかん？」

「そうだなん。あれは山田製油工場の大爆発があって人がたくさん死んだ年だったで、もう十五年もまえになるかなん。姿を消しとったコジマはんが火事のちょっとまえにひょっこり町へもどってきて、あの事故はコジマはんが帰ってきたせいかもしれん、コジマはんはタタリ持ちだ、と言って、町の者《もん》が騒いだのをおぼえとる。丸太ん棒をふりあげて、ゆうれい屋敷へ押しかけた者もおったげな。コジマはんは怖がってしばらく外へ出てこなかったなん。うちの父ちゃんは、バカな噂をながすやつもおるもんだと言って、コジマはんに同情しとったけどなん」

　母親の口は饒舌に回転したが、卓二はそれを断ちきるように訊ねた、「コジマはんは町へもどってきてからも、やっぱりきちげのままだったのかな」

　母親は一瞬、なにを聞くのかという表情でかれを見つめたが、あっさりと言いきった、「そりゃ、コジマはんはきちげだでなん」

　結局、コジマはんは死ぬまできちげの真似をつづけたのか……。卓二は、いっこうに小降りになりそうもない雨あしを眺めながら、心に呟いた。

　その夕方、卓二は頭のなかだけを激しい発熱におそわれた。発熱には、鉄の輪で頭蓋をしめつけられるような疼痛をともない、畳のうえに腹ばいになって、自分の呻き声を意識の片隅できいた。

「雨にあたったのが悪かったのかなん。医者を呼んだほうがええかもしれん」

「このひとは、ときどきこんなふうになるんです。いつもは、五、六分でケロッと治まるから、心配はないとおもいますよ」

「いつごろからかなん？　こういう発作は」

「去年の秋ごろからです。月に一回くらいずつ」

父親と時枝が話している声を卓二は聞く。たぶん心配そうに覗きこんでいる皆の顔が並んでいるのだろうが、眼を開こうとしても視界は濃淡のない墨絵のように真っ暗。そのうち、父親と時枝の声もぷっつり聞えなくなって、真っ暗な視界の奥のほうから沸きだすように白い斑《まだら》があらわれ、それがこちらへ近づいてくるにしたがってふくらみ、人間の顔らしきかたちになる。あっ、コジマはん……。顔は鳥のように尖ってはいるが、コジマはんの顔だった。口髭もある。山高帽子をかむっている。コジマはんは怖い眼をして卓二をじっと見つめている。かれがなにか言おうとして口もきけずに睨めっこしているうち、コジマはんは不意に舌を出し、あかんべぇをして、そのままの顔で真っ暗な視界の奥へ消えてしまった。

それからあとのことは？　卓二は気がついたときおもいだそうとするが、なにもおもいだせない。眼をひらくと、父親の顔も、母親の顔も、時枝の顔も、卓郎の顔も、長兄の顔も、みな並んでいた。

「やっとお、熱にうなされてたなん」と、母親が心配げに言うが、卓二は、ほんの数秒あらわれたコジマはんのあかんべぇの顔と怖い眼しか覚えていない。そして意識がもどったあとは嘘のように熱は下がり、頭蓋をしめつけていた疼痛も治まって、かれは猛烈な空腹を感じた。

発作が治まったあとの卓二は、体内にたまった疲労やがらくたや澱の一切合切を吐きだしてしまったように爽快になり、食事も驚くほどにすすんで、発作のことはもう家人たちの話題にものぼらないほどだった。

翌日は雨も上がって、卓二は悪い夢からさめたように明るい表情で父親や長兄といっしょに鶏舎に入り、鶏たちの世話を手伝った。コジマはんのことが胸を離れるほど、かれはすがすがしい心にかえっていた。そんなときだったから、鶏舎からもどってテレビを見ながら一服しているかれに、母親が突然、発作のことを切りだしたのに面くらった。

「心配はいらんよ。病気じゃないんだから。ただの過労が原因さ。一週間も仕事を休んで海でも見てたら、発作はあっさり消えるさ」

　卓二は冗談にまぎらせて言う。

「やっぱり車には乗るのかん？」

「そりゃ、仕事だからな。セールスというのは歩いてたんじゃ商売にならんよ」

「気をつけな、いかんな。車を運転しとるときあんなふうになったら命とりだでなん」母親は、卓二が子どものころ海へ行こうとすると、「気をつけな、いかんな。胸より沖へ行ったらいかんでな」と注意した、あのときと少しも変らぬ口調で言う。

「だいじょうぶ。発作がくるときは前ぶれでわかるんだよ。眉間がカーッと熱くなってきて、来るな、とおもうと五、六秒おいて気が遠くなっていくんだ。そのあいだにブレーキは踏めるさ」たしかにかれは、意識を失うまえにブレーキを踏む自信はあった。

　母親はかれの説明で納得したかどうか、しばらく考えこんでいたが、やがてぽつりと言った、「とにかく医者に診てもらわにゃいかんなん」

　卓二はそれには答えなかった。もし医者に診てもらったことを言えば、診断の結果も、そして金沢へ帰ってからかれを待ちうけている入院についても話さなければならない。母親には嘘をつきたくはなかった。

母親は、かれの沈黙をささくれた両手でつつむように、それ以上は言わなかった。そして夕方、五時四十分の電車で卓二たちが町を発つまで、彼女だけでなく父親も長兄も、かれの発作についてはひとこともふれず、「これからは金沢に落着いて、時枝さんや卓郎のためを考えてやらないかんぞ」「もっとたびたびKへ帰ってこい。おやじはもう長くはないでなん」などと言った。

そして生みたての鶏卵やら魚の干物やら串アサリやらを、時枝ひとりでは持ちきれないほど土産に渡した。三人を駅まで送ってきた母親は、改札まぎわになって卓郎の手に千円札をにぎらせ、卓二には「金沢に落着かないかんなん。それがからだのためだでなん」と、もう一度念を押した。時枝が、「おばあちゃん、元気で」と卓郎に言わせている。

卓二たちが電車に乗ってからも、母親は改札口のところに立っていた。ディーゼル電車が動きだし、母親の姿が見えなくなると、卓二はなにか自分の胸に隙間があるのを感じていた。コジマはんとのつながりになぜともなく切羽つまった期待をよせていたのが、町のひとめぐりであっさり何も残らなくなってしまったという気持が、偽りがたくあった。肩すかしをくったような感じ。やっぱり、どこかで時間は切れてる……。

電車が半島の首ねっこのほうにむけて、死んだ漁港の町から遠去かっていくにつれ、その思いはしだいに強くなった。時代は切れてるのだ……。卓二は、窓の外に映りすぎる、風景を失った海岸線を眺めながらおもう。へコジマはんが死ぬまできちげあそびをつづけても、おれが放浪癖から足を洗えなくても、いまどきはもう、飢えや食用蛙獲《と》りは流行《はや》らない。おれが……〉と、かれは心のなかで声を荒げる。〈いくら、こんなはずじゃなかったぞ、だれの仕業だ、いつどこで変っちまったんだ、と恨みごとをくりかえしても、そんなくりごとさえが宙に舞うばかりだ〉

「よく我慢してくれたわね。入院の話を最後まで内緒にしてくれてほんとうに助かったわ」電車があと二つの駅を過ぎれば乗換えの名古屋へ着くというころ、時枝が目をうるませて言いだした。

「男の約束だからな」

「男の約束って？」卓郎がふりむいて口を挟む。かれは、来るときには旅の疲れで眠っていて見落した窓のそとの景色をこんどはしっかりと頭のなかに焼きつけようとでもいうふうに眺めていたので、卓二たちの話は耳にはいっていないとおもったのに、ちゃんと聞いていたらしい。

「男の約束というのはな、どんなに守るのがむずかしいときがきても破ってはいかんということだ。卓郎も友だちと約束したことは絶対に破ってはいかんぞ。その友だちと喧嘩別れしてからでも、どんなに古い約束でも、きっと守りとおさなきゃいかん」

「女の約束なら破ってもいいの？」卓郎は言いかえすと、ぷいと窓の外に眼をやった。

「おかあさんはずいぶん心配してたからね。入院の話でももちだしたら腰をぬかしたかもしれないわ。だいじょうぶよ、入院すればすぐ治る。こんどKへもどったときには笑い話になってるわ」時枝はつとめて楽観的な言いかたをするが、同じ話題を喋れば喋るほど、心のうちで気にかけている証拠があらわれてしまう。

「退院したら仕事を変えたほうがいいかもしれないわね。セールスはあんたにむかないのよ」

「おれの発作は仕事のせいじゃないよ」卓二は苛立った声で言う。じゃあ、なんのせいなの、と時枝に詰問されたらなんと答えればいいのか……。苛立ちはその自問からきているようだった。

時枝は反問せず、しばらく黙ったあと、別のことを言った。

「竹田さんみたいにお客を刺しちゃったら、もとも子もなくなるわ」時枝は、入院すればすぐ治る、こんどKへもどるときには笑い話になってるなどと言ったのとは矛盾することを言いだした。

妻と二人の子どもをもった竹田は、長い付き合いの顧客を包丁で刺し殺したあと、自分も自宅の浴場で朝みなが寝しずまっているころガス自殺をした。客が親切心から、「あんたも四十をすぎていつまでもこんな仕事をしてたんじゃ浮かばれんねぇ」と口をすべらしたのが原因だった、と警察が発表し、新聞はそれをそのまま載せた。

〈竹田のことまで持ちだして、時枝はおれの発作からなにを空想しているのか。おれが竹田のように客を刺して、ガス自殺するとでもおもっとるのだろうか……〉卓二は、電車が名古屋駅に近づいたことを告げる車内アナウンスの声をはるか遠いもののように聞きながら、おもった。

「名古屋だよ。早く荷物を下ろさんと」卓郎が驚くほどの声をあげた。

わたしがここまで書いたときである、看護人のS君が部屋へとびこんできた。

「小島先生、そのノートをすぐ矢頭さんに返してあげてください。矢頭さんは先生にノートをだまし取られたといって、だれかれなくふれあるいているんです」

S君は困りはてた表情でわたしに告げた。

最後の電話

カーテンを開くために一度のぞいたきり、女の姿は三階の窓にあらわれなかった。カーテンの布地の色に照りかえって桃色にそまった女の顔が見えたとき、金本明は反射的に電話ボックスの中にうずくまった。むこうは三階の窓から見おろす角度だから見えるはずがない、見えたとしてもおれのことを女は知らない。そのことに気づいて彼が立ちあがったときにはもう窓際に女の姿はなかった。それからは部屋の中を動く影の気配もない。女が部屋の中のどこにいて、どんな姿態をとって何をしているか想像もつかないまま、金本明はかえらぬブーメランの先端に鋭利な鉄錐を嵌めて三階の窓へやみくもに投げいれたら、と空想していた。電話ボックスの中から翔び立った空想のブーメランは昼下りの光の空間を切り裂いて三階の窓へとびこみ、部屋の中を旋回する。鈍い音を立て、受話器を握ってうずくまった女の背中にそれは突ったつ。女はどこへ電話をかけようとしたのか。

三階の別の部屋の窓際にあらわれた黒いセーターの女が、ふくらみかかった彼の空想を破った。女は花模様の派手な蒲団にはたきをかけはじめる。電話ボックスから三十米ほど離れた芝生の前のベンチに三人の女が並んで腰掛け話しこんでいる。右端の一番年上にみえる女はドッジボールを入れたようなまるい腹部を妊婦服の上からさすっていて、他の二人は喋っているあいだも編物の手をせっせと動かしつづけている。ベンチの横に新しい乳母車が置いてあって、金本明の眼には眩しいほどに白い布がもりあがって見えるだけだが、その中には赤児が寝かせてあるらしく、端の髪の赤い女がときどき乳母車の中を頬笑みながらのぞきこんでいる。そういえば他の二人の女も変化のない印刷したような微笑を顔にはりつけている。まんなかに掛けている女が編物の手をとめて振りむき、小犬がじゃれる恰好でブランコの鎖にまつわりついて遊んでいる童女のほうに何か呼びかけると、女の子は鎖にのぼろうとしていたらしく女の声を合図のようにずるずると鎖からすり落ちて尻餅をついた。女の子はちょっと気取った仕ぐさでパンタロンの砂をはらってから、母親らしい女の所へ駆けよっていった。娘のほうに両手をさしだし頬ずりしそうな姿態で待ちかまえている女の、めくれた下唇のわきに電話器のボチほどのホクロがあるのに金本明ははじめて気づいた。

子供用の鉄棒が大小の順番に三つ並んでいる脇のベンチを見るために電話ボックスの扉から側面の窓へ向きをうつしながら、まだいる、と金本明は思った。ベンチに掛けた四十恰好の男は膝の上に革カバンをのせ、その上に手帳を開いて何かペンで書きこんでいる。男は金本明といっしょに団地へ来たとき、仕事がありますからわたしはここでと言って、ネクタイをなおすふりをしてから建物の中へ入っていった。金本明は団地の中の森田賢二の部屋をさがしあるいてそれがC棟三階の八号室であることをたしかめてから部屋の窓を監視できる電話ボックスの中に入ったのだが、それから五分とたたぬうちに男は公園のベンチにあらわれた。男は電話ボックスの中の金本明に気づいていないのかこちらをうかがう素ぶりはみせないが、あいつ、なんとなく尾けてるみたいな……。

一時間ほど前、河口に架った橋の手前の〈下乃猫島《しものねこしま》〉という停留所でバスを降りた金本明は、橋の上に立って河口からながれてくる廃油の臭いが混じった潮風に吹かれながら湾あとの干拓地を眺めたが、海を背にかすんでみえる工場地帯にはくろぐろとした黒煙が濁った空に立ちのぼっているばかりで団地らしき建物は見えなかった。彼がもっと河の上流に団地はあるのだろうと思い堤防を歩いていったとき、土手の中腹あたりで疎《まばら》にしか生えていない青草に腰をおろしてタバコを吹かしている男に出遭ったのだ。「猫島団地を知りませんか」と訊ねる彼に、土手の上を振りむいた男は、「ああ、猫島団地ね」と言いながら立ちあがった。「あれですよ」と高圧線がはしっている水田の向うの、さらに木々に囲まれた集落が点在する町の向うを指さした。見ると、幾棟もの白いコンクリートの建物が灰色の情景の中に突然のように浮かんでいた。男が土手の下から彼に手招きしていた。男はここへ坐れとでもいうように横に置いてあった革カバンを取りあげて尻の位置をずらした。「わたしもこれから猫島団地へ行くところです」と、男はタバコの灰を足もとに落として灰の落ちた場所に視線をやりながら言った。それから腰をおろした彼に、「あれを見なさい」と土手の下を示して頤をしゃくった。堤防の土手に沿って黒い地肌の湿地に赤錆色の枯れた水草が疎林のように生えており、光る廃油が泥の面に浮かんでいた。その湿地帯と水田のあいだを黄濁色の水をたたえた水路が流れ、男が彼に頤で示したのは、畦道にうずくまって水路に釣糸をたれている老女の背姿だった。野良着姿の老女のわきにプラスチック製の玩具のバケツが置かれているのが泥地に疎林のように生えた水草のあいだから見えた。「あのばあさん、鉤《はり》に餌もつけないで投げいれている。ムスコかヨメにたいする腹いせであんなことをしているのですかねぇ」と、男は言った。工場の廃液が流れこむまえはこの水路でぼらやふながら面白いほど釣れた、と懐かしむような口吻で言ったあと、「魚も棲まなくなった川で釣りをしてるのは、きっとばあさんの遺恨晴らしみたいなものですよ」と、彼には唐突とおもえることを男は口にした。

金本明は魚の棲まない水路に釣糸をたれている老女の野良着姿を眺めながら、工場を馘首されたあと五年ぶりで田舎の祭礼に帰ったことを憶いだしていた。老いた両親を村に残して都会へ出てしまった、彼の六人のきょうだいのうちそのとき帰郷したのは三人だった。祭礼の酒に酔った父親がなんのはずみからだったか二人の息子と一人の娘を前に首つりの話をはじめて、首をくくるときには喉にかけた綱の両方がちょうど両耳のうしろにぴったりはまるようにしなければだめだなどとやりだしたとき、母親が急に怒声をあげて部屋から走り出ていった。母親が跣《はだし》のまま土間から外へ飛びだすのを彼は見ていたが、父親はそのあいだも酔いに血走った眼で首つりの講釈をつづけた。母親がなかなかもどってこないのを心配して見に行った姉が変な表情をしてかえってきて、母親が便所の横の鍬など農具の蔵ってある物置き小屋の中で古い乳母車に入って動こうともしないと言った。そんなことがあったからではないが、帰郷の列車の中でこのまま田舎で暮すことにしてもいいと考えていた彼は祭礼が終るとすぐ街へもどってきてしまった。物置き小屋の中で乳母車に入って出てこなかった母親も遺恨晴らしのつもりであんなことをしたのか。「わたしは相場関係のセールスですが、あなたは？」と言って、男はGパンにズック靴をはいた金本明の身なりを上から下まで見まわしながら立ちあがり、「じゃあ猫島団地へ行きましょうか」と彼の返事もきかずに土手をのぼりはじめた。

金本明は電話ボックスの中からもう一度三階の窓を眺めたが、外出した様子はないのだから部屋にいるはずの女の影も見えない。三階の八号室。部屋の呼鈴を押すと、少し間をおいて鎖でつながれた扉の半開きの隙間から女が顔をのぞかせる。森田課長の家ですね、奥さんですか、とおれが訊ねる。どなた？　Y工業の者です。ああ、何のご用？　ちょっと課長に頼まれて荷物を搬《はこ》びこむように。女は警戒しながら扉の鎖をはずす。その瞬間、おれは檻を開けられたシェパード犬のように部屋の中に飛びこみ、森田、ざまあみろと叫んで……。

金本明は、おれがここへ来る気になったのは溜池と会えなくなったからかもしれないと思った。夜行列車で田舎から帰った日、彼はそのあしで溜池幹夫がいるはずの百貨店の地下食品売り場へ行ったのだが、そこで溜池が店を辞めたことを知らされた。開店まもない朝の食品売り場には客は疎で、ガラス・ケースの上に並ぶ燻製の鮭や烏賊の向うから寝ぼけ顔を出した女店員は、「ああ、あんた」と声をあげたあとで、「溜池くんは自分からやめると言いだしたんだけど、ほんとうはマネージャーからやめさせられたようなものなのよ。ほら、手があれでしょ。ここは食品売り場だからお客さんに失礼だっていや味を言われたの。いまごろそんなこと言いだすくらいなら最初から雇わなきゃいいのよね」と、告げ口するような口吻で言った。それで溜池はいまどこにいるのかと訊ねる彼に、女店員は気の毒げに首を横にふった。

溜池幹夫は金本明と同郷で、田舎から出てきて去年の夏までY工業で一緒に働いていた。製品仕上機のベルト・サンダーに右手を挟まれて手の甲と五本の指を潰してしまい、一カ月ほど入院したあと整形手術をくりかえしながら構内の便所掃除や火器点検の係をやらされていたが、そのうち急に内向的な性格に沈んでいったかとおもうと自分から工場を辞めてしまった。百貨店の地下食品売り場へ転職してからも整形手術はつづけていたが、野球のキャッチャー・ミットのようにくっついていた指がそれぞれ形をととのえた程度でいまだに五本の指は硬直したままだった。白い繃帯につつまれた右手を金本明の眼のまえにつきだしながら、「これで十三回目だよ」と溜池は言ったことがある。便所掃除や火器点検係をやらされていたとき事務所へあらわれた溜池が森田課長や職員の眼のまえでいきなり作業ズボンのベルトをはずして太ももを露出させ、手指の整形手術のために肉を移植したあとの潰滅部を見せつけたという噂を金本明は耳にしたことがある。

金本明は食事中の同僚たちの眼にふれないよう右手をテーブルの下に隠して不なれな左手で食堂のうどんを食べていた溜池の姿を思いうかべながら、電話ボックスの中でポケットの十円硬貨をまさぐった。三階の窓をふりかえってから受話器を取りあげ、十円硬貨を投入口へ入れ、「最後の電話だな」と呟いてダイヤルを廻した。呼びだし音が鳴るか鳴らないうちに受話器の向うから澄んだ電話交換手の声がきこえてき、「森田課長をおねがいします」という言葉に、「森田課長。ああ、森田部長ですね。どちらさまですか」と訊ねる声がかえってきた。森田は部長に昇格したのかと思いながら、「溜池幹夫です。まえに仕上係にいた」と金本明は答えた。電話交換手は、ちょっと待ってと口調を変えて言い、受話器の中は静まりかえった。芝生の前のベンチに並んでかけていた女たちがひきあげるところらしく、妊婦服の女と、乳母車を押す髪の赤い女と、童女の手を引いた下唇のわきにホクロのある女が、連れだって団地の建物のほうへ歩いていくのを金本明は受話器を耳にあてたまま眺めた。革カバンを持った男もいつのまにか鉄棒のわきのベンチから消えていて、公園の中にはひと気がなくなっていた。やっぱりただのセールスマンだったのか、と金本明は思った。

「はい。わたし、森田」

「……」

「もしもし、人事部の森田です」

「おれ、溜池幹夫。まえに仕上係にいた。また百貨店の食品売り場をやめちゃってね。おれの右手のことで店のほうが客に失礼だからって言うんだよ。しかたないからいまぶらぶらしてるけどね、もういちど工場で雇ってくれないかなぁ」

「きみは金本君だな」

「手術はもう十三回も受けたけどね、だめだ。こんな手じゃどこも使ってくれないから首でもつるしかないな。あんたのところで働かせてくれればぶらさがらずにすむけど。Y工業はおれを雇う義理があるよな」

「その声はやっぱり金本君だ。こんどは溜池幹夫の名前をかたったりしてきみはどんなつもりでわたしの所へ電話をかけてくるのだ。逆《さか》うらみをしてはいかん。あの事件はもうわたしの手をはなれてる。警察のかたになにもかもまかせてあるんだ。盗難のロッカーから関係のないはずのきみの指紋が出てきたのだから、どうしようもないじゃないか」

「いまこうやって電話をかけててもね、ずきずき痛んでしょうがないな。手のほうじゃない。おれのからだで壊れちゃったのは手だけとおもったら大まちがい。ほら、いつか見せたとおもうけど手術の移植に使った太ももの肉、あそこが焼けどみたいにぐにゃぐにゃになってすごく痛む。手術をやりなおすたんびにその部分がひろがってきてね、みにくくって人前で裸をみせられないよ。そのうちからだじゅうがメタンガスの吹きだしたあとみたいになっちまうんじゃないかな。だれか身代りになっておれを救ってくれるひとはいないかな。女のひとじゃ気の毒だから、ねぇ森田さん、そのうちあんたのところへ相談に行くから」

「なにを考えているんだ、金本君。相談にはのるから変ないやがらせはよしなさい。溜池君の不幸をダシに使ったりして恥かしくないのか」

「おれはなにも考えてないよ。ただ報告をしてるだけ。あんたの工場でこんな目にあわせてもらったんだから報告する義務があるからな。じゃあ、おれ、これから行かなきゃならない所があるから切るよ。これで最後にする、電話はね」

どこへ行くんだと訊ねる相手の声が終らぬうちに金本は受話器を置いた。

流民伝

「彼」は、痩せこけた猿のように小さな顔を格子のあいだに挟みこんで、家のなかを覗いていた。目垢のたまった眼が鈍く光って、家のなかのおとな達の動作を凝視している。おとな達から気づかれないよう息を潜め、そうしている。首までずるずると引きずりこまれていくようだ。格子に首を挟まれてこのまま抜けなくなるのではないか。なんだか気色悪い。格子をつかんでいる二つの手は、小さな桃色の鼠の掌に似ている。死んだ赤児の首筋に爪を立ててしがみついていた鼠の掌。

鍬や鎌や鉈、斧が壁にかかった家のなかで、車座になった人影のあいだをおとな達の手が激しく振りおろされた。そのたびに畳がぴち、ぴちと音を立てる。畳の上にたたきつけられて音を立てるのは、おとな達のめんこだ。ときどき、おとな達は悲鳴をあげたり、大声で笑う。すると金を渡したり受けとったりしている。節くれだった手がまためんこをめくりはじめる。急におとな達は黙りこくってひっそりしたりする。格子から射しこむ日差しがおとな達の顔に凍てついている。とうちゃんだけがどうしていちども笑わないのか。怒ったような顔をしている。みつるの家のおやじはあんなによく笑うのに。

「十二時だ、ラジオつけろや」と誰かが言った。

めんこのかわりにラジオが車座のまんなかに置かれて、雑音といっしょに喋っている人間の声が聞こえてきた。おとな達はながいあいだ黙って聞いていた。人間の声が聞こえなくなり、雑音だけがラジオから流れつづけた。

「終ったのか」と誰かが言うと、またーめんこが始まった。ラジオからの声の話は誰もしなかった。

坊主！　誰かがどなった。

みつかった。「彼」は逃げだそうと格子から頭を抜こうとしたが、動かない。逃げるためにもがくのも無駄な気がした。目垢の眼をいっそう凝らして家のなかを覗いていた。おとな達は何ごともなかったようにめんこをつづけている。大声でどなった男も「彼」のほうを見向きもしない。おとな達の計略だろうか。そう思ったときにはもう格子は「彼」の四方に張りめぐらされて、おとな達が自由な外の世界にいて「彼」は狭く頑丈な鉄の格子に閉じこめられていた。

二つの手は格子に貼りついたようになっていた。鼠が光子の家の赤児を噛み殺したとき、死んだ赤児の首にとまった鼠はまだ生きていたが動こうともしなかった。桃色の小さな掌で赤児の首にしがみついていた。腹が蛙でも呑みこんだようにふくらんでいたというから動けなかったのかもしれない。鼠の食うものも家にはなかったから赤児を噛み殺したのだとかあちゃんは言ってた。光子は学校で二年生の友達にそんなことを言いふらしていた。とうちゃんがまだ生きてる鼠の頭を斧で叩きつぶして殺したとき、赤ん坊の躰がすこし飛びあがったのでまだ生きてたのかと思った。でもとうちゃんは赤児にしがみついたままの鼠を斧で撲り殺したのだから年男はやっぱりそのとき死んでいたのにちがいない。かあちゃんも死んだ年男のことを可哀想ともなんとも言わずに鼠の死骸を捨てに行った。光子はそんなことを言いふらしていた。

　あたりが薄暗くなるまで「彼」は格子のあいだからその家のなかを覗いていた。おとな達は電灯も点さずにめんこをつづけていた。

　その夜、「彼」は自分で茹でたじゃがいもで腹ごしらえをすると寝てしまったが、夜なかに鈍い物音で眼をさました。からだを柱かどこかへ打ちつけるひびきと荒い息遣いが闇のなかから聞える。眼を凝らすと、二つの黒い影がからまりあっているのが映る。はじめ父ちゃんと母ちゃんがつるんでいるのかと思ったが、そうではない。「彼」の隣で眼をさました姉の富美も闇に眼を凝らしている「彼」を叱らない。罵りあう声と悲鳴を聞いて父ちゃんと母ちゃんが争っているのだとわかった。そのうち急に静かになって、家の前の道を跳でぴたぴたと遠ざかっていく足音が聞えた。

　翌朝、「彼」が学校へ行くまえに顔の半分を紫色に腫らした母親がどこからか戻ってきた。二、三日たって、母ちゃんは魚を入れた籠を天秤棒で担いで行商に行くようになった。めんこをやっていたおとな達の一人が来て荷車を持っていってしまったからだ。同じころ、みつるが新らしいカバンを持って学校へ通うようになったのを見た。学校の帰りに「彼」がいつものように食用蛙をとりに行こうと誘うと、みつるは「彼」を侮るような眼つきで断った。「蛙なんか食えんよ。とうちゃんが牛の肉を買ってきてくれるからな」と言った。「彼」はひもじくてならなかった。学校の帰りに田んぼの溜池で食用蛙をとってきて焼いて食べるのが何よりの楽しみだ。茹でたじゃがいもを食べずにすむ。蛙の腹をまんなかから裂いて皮を剝いで焼いて食う。釣針に囮の雨蛙をつけなくても中学生がするように針だけで食用蛙をひっかけられるようになった。

溜池のあちらでもこちらでも食用蛙が牛のような声で啼いていた。その日、「彼」は一人で食用蛙を獲った。すこし惨めな気持ちだった。みつるのやつ、お坊っちゃんみたいなことを言やがって。「彼」は捕えた蛙の腹を拇指と人差指を使って弾いた。なんども弾いた。牛の肉なんか食べたくないぞ。蛙の腹はみるみるふくらんでくる。蛙は口から泡を吹き、滑稽な恰好になってくる。怒れ、怒れ。蛙の肉を食ってどこが悪い。腹が裂けた。「彼」はなれた手つきで皮を剝ぐと蛙の両足を摑んで池へ投げこんだ。赤むけの蛙は勢いよく泳ぎ、あっというまに水底へ潜ってしまった。蛙の肉を食ったら人間じゃないのか。「彼」は飢えをこらえて畦道を駆けた。

父親が家からいなくなったのはその日からだった。

母は真夏も、雪の日も、魚の行商に出ていた。小心で鈍重な彼女だが、それなりに慾はもっていたらしく狡い取引もし、だまされ、罵られもした。あるとき、洗いたての白いシャツを着た男がやってきて納屋にかくれていた彼女を外へひきずりだし、背を屈めて蹲まる彼女を三十メートルも離れた井戸のところまでひきずっていった。ひきずられる彼女の顔が醜く歪んでいるのを「彼」は見た。洗いたてのシャツを着た男が警察の名前を出して威すようなことを言うと、彼女ははだけた着物のあいだから紙幣を出して一枚一枚数えながら男に渡した。そのときの母親の顔は「彼」がいくつになっても思いだしたくないものだった。「彼」は白いシャツの男より母親の醜くおびえた顔を憎んだ。

アメリカの兵隊が村へ来た日も彼女はおびえて家から一歩も外へ出なかった。子供たちがチョコレートやチューインガムをねだって若いアメリカ兵の尻について歩きまわっていたとき、彼女は家の雨戸をすこし開けて猫のように用心深く窺っていた。子供たちは白い砂埃の立つ道を鉄道線路のところまでアメリカ兵についてぞろぞろ歩いていった。その鉄道線路は、母親が行商に出て暗くなるまで帰らないとき「彼」が腹を空かせて遊びまぎれていた唯一の場所だった。汽車が通りすぎたあと腹這いになって線路に耳をあてるといつまでもごおッという響きが耳のなかに聞えている。森と丘陵の向こうに列車の影が見えなくなってからも微かな余韻が脳裏に残った。この響きのいきつく果てまでいつかは行ってみたい。不思議な夢想のここちよさが「彼」の胸をしめつけるのだった。そんなとき「彼」は鉄道線路の向こうへは足を踏みいれなかった。そこからは未知の、得体のしれないおそれを抱かせる世界が始まるのだという気がしていた。鉄道線路を越えてあの工場のような住宅の立ち並ぶ町へ入っていくときは自分が想像もつかない大きな力に変ったときだと「彼」は信じていたからだ。線路はいまの「彼」が別の「彼」に変るための境界だった。

魚の行商いがいに生きる手だてを知らなかった母親は、とにかく一年もすると荷車を手に入れて天秤棒と籠をかなぐりすてた。父親はどこへ行ったのか。母親は何も話さなかったし、姉の富美も「彼」も父ちゃんの行方について一度も訊ねなかった。

四年生の春、溶けかかった雪のぬかるみを「彼」とみつるはどぶ鼠のように転げまわった。みつるは「彼」の喉にしがみついた手をいつまでも放そうとしなかった。「彼」は攻撃の方途もわからぬまますがりつくようにみつるの躰につかまっていた。二人は泥まみれになって眼が廻るほど転げまわった。痛みはなかったが、なまあたたかい恐怖が「彼」の意識にまつわりついていた。このまま終りがこないのかもしれない。躰の中から自分が離れて遠くへ去っていき、呼んでも叫んでもどんどん逃げていってしまうと思った。死ぬまでこうして雪のぬかるみを転げまわっているのだろうか。躰の中から自分が離れて遠くへ逃げていってしまう感じは、きょうの二時間目の終りに担任の教師が父兄会費のことを話して、「彼」だけには持ってこなくていいと言ったときから起っていた。みんなの視線がいっせいに「彼」を振りむいたときから。その帰りにみつるが執拗に訊ねたのだ、「どうしておまえだけふけいかいひをもってこなくてもいいのか」「知らん、先生が勝手にそう言ったのだからおれは知らん」それでもみつるは執拗に訊ねる。どうして？　どうして？　みつるは腹のなかで笑ってる。おれのことを嘲ってわざとくりかえすのだ。そう思ったとき「彼」は不意に飛びかかっていったのだ。

その日、「彼」はあたりが暗くなってからも鉄道線路の土手を一人で上ったり下りたりしながら時間のたつのを待っていた。服を乾かして泥を落としてからでなければ家へは帰れない。母ちゃんがまた険しい顔で金のことを言いだす。しかしそうして日が暮れてしまうと、いっそう家へは帰りづらくなって家出を夢想したりするのだ。

翌日から「彼」は家を出ても学校へは行かず、食用蛙の棲む池よりもっと遠い山裾の森の中で一日をすごし日の暮れるのを待った。木によじのぼり、同じ道をなんども往ったり来たり這いつくばり、祠をみつけ、虫を捕ってはなぶり殺し、ひもじくなると栗を拾ったり、畑のじゃがいもを嚙ったりした。孤独で不安にみちた秘密の日々だった。しかし不思議とその陰微な自分自身との密会の日々が「彼」には身に合っていると思えた。だがそのうち森の中で顔見知りのおとなに出会ったので家に知らされると思い、次の日からは鉄道線路を遠くのほうまで歩いていくことにした。

鉄道線路は前方でゆるやかな曲線を描いて切れている。切れ目をめざして歩いていくと、行けども

行けども線路はつづいている。そんな鼬ごっこをくりかえしていると魔術にでもかけられているようだ。自分の心が自分のものでなくなって二本の足が陽炎のように飛んでいく。しだいに隠された丘と地平の向こうにも線路はつづいているのだということが躰で感じとれるようになってくる。涯もなく遠くつづいている二本の線路が「彼」の眼にはっきりと見えてくる。その鉄路をたどって行きつく果てまで歩いていってしまいたい。どんどん歩いていくと、もう帰る家も住みつく土地も失なわれてしまったのだと思えてくる。つぎからつぎへと巣をかえる鳥たちのように流れていくのだ。追われているような、捨てていくような、暗い解放感が「彼」を襲ってくる。

いつのまにか「彼」の村も蛙の棲む池の森も見えなくなってしまった。見知らぬ部落を通り、田んぼのなかの発電所の高い鉄塔も通りすぎた。このまま線路の上で飢えて死んでしまえば家へも村へも帰らないですむ。

「彼」は鉄橋の手前で汽車の来るのを待ち伏せた。雪どけの水が土の色をして橋の下を流れていた。遠い響きとともに汽車の影が地平の底から浮かびあがってくるのを見たとき、「彼」は橋脚を伝って橋の下にもぐりこみ橋桁に両手でつかまって宙吊りにぶらさがった。列車の姿は見えない。音だけが近づいてくるのを犯罪めいた期待を覚えて待った。「彼」にいつも親しさを感じさせてくれる孤独を抱いて待った。まだ来ない、まだ来ないと思っているあいだに列車は凄まじい轟音をひびかせて頭上を疾駆し去った。瞬間のめまいと忘我のひらめきを「彼」のなかにつらぬいて轟音は駆け去った。

線路の上に這いもどると「彼」はしばらくぼんやりしていた。かすかな耳鳴りと腕の痺れだけが残っていた。「彼」はながいあいだ雪の山並みと野のつらなりを眺めていた。日が沈んであたりに闇がかすかな光をただよわせはじめたとき、「彼」のなかに突然、血なまぐさい憎悪がよみがえってきた。皮を剝がれた蛙が糞甕の底からよじのぼろうとしてもがいていた。「彼」は石ころを線路の上に積みあげた。土手の草むらに身をひそめて待った。うすぎたない欲望が少年の躰には背負いきれない重さでのしかかる。

赤い灯が近づいてきた。列車は軋むような音を立て鈍い響きとともに止った。脱線はしなかったが、ひきつった形相の機関士の顔がライトのなかに現われ、「彼」のほうへ駆けてきた。「逃げるな」と機関士は悲鳴のような声でどなった。「彼」は草むらへもぐりこみ、闇へ、闇へと向って逃げた。黒い影はなんども立ちどまっては物音をたよりに追ってくる。「彼」は土手の上へは登らずに夜陰の死角に躰をまぎれこませて駆けた。闇へ、闇へ。だが「彼」の村とは反対の方向へ、家から一歩でも遠く離れようと計算しながら逃げた。村からも家からも遠く逃げなければ……。「彼」の四肢のなかで恐怖が凍結してくる。夢のなかで牛に追われたときのように「彼」は逃げる。斧をふりあげた父ちゃんが大声でおらびながら追ってくる。酔っぱらってるのだ。逃げる。逃げる。機関士はもう追ってきていないかもしれない。列車はもう走りだしているかもしれない。それでも「彼」は夜の野を野良犬のように汚れて駆ける。村からも家からも逃げる。玉蜀黍の畑を荒して鎌を振りかざした百姓に追われたときのように。逃亡の意識が「彼」の腹わたをわしづかみにしてくる。欲望のなかの逃亡を駆ける。「彼」の小さな四肢のなかに逃亡の歴史が形をつくりはじめるのだ。

その夜が「彼」にとって野宿の体験の初めだった。

「彼」は父ちゃんの顔を思いだしもしなかった。すっかり忘れていると思いこんでいた。村の男たちが父ちゃんのことを口に出して母親を冷やかすと、母親がなにか卑猥な言葉で応酬するのを聞くことはあった。「母ちゃんも精が出るなあ。女盛りでひとり枕じゃ夜も寝られんだろう。引かれていく荷車もぎいぎいと悲しい声で夜泣きしとるぞ。父ちゃん恋しい伜恋しいとむせび泣きしとるぞ」「なに、心配ご無用。わたしの恋しいのは伜は伜でもカバンさげて小学校へ通う伜だからね。いくら荷車がぎいぎい夜泣きするかしらんが、あんたらに夜泣きとめてくれとは頼まんから」

そんなとき「彼」は格子のある家で村のおとな達とめんこをしてた父親の顔をふと思いだした。その怒ったような暗い顔が「彼」は嫌いだった。いつも片隅でとり残されたように陰欝な様子をしていた父ちゃんが嫌いだった。どじで煮えきらないそのくせ、突然、凶暴な素行に走ったりした。殴り殺してやるなどと家族の者に怒鳴りちらすのが口癖だった。蛙の皮を剝いで生きたまま池へ投げすてた日の明くる朝、父親がいなくなったとき、「彼」は父ちゃんさえいなければと日頃から抱いてきた願いがようやく叶ったとしか感じなかった。

夕闇が幽かな音を立てて山並みから野良へと忍びよってくるころ、「彼」はよく家の前の道にぼんやり立っていた。虫や家禽の死を予感させる闇の忍びよりが、甘美な終末的な気分を味わわせてくれる。野良から「彼」の家の前までまっすぐつづいてきている道が、製飴工場の所から急に見えなくなって海のほうへと下っていく。影が夜の気配を深めていくばかりで人の通らない道をぼんやり眺めているのが好きだった。遠く黒い森が頭から袋をかむった巨大なお化けのようにぐらぐら揺れている。その道をときどき自転車が通る。森の蔭から現われた自転車は「彼」の家の前は通らずに途中で野良の道を折れて部落の家並みへ消えていってしまう。そのうち「彼」は自転車の男が毎日のようにそうして現われ、野良の道を右に折れ、部落の家並みに消えていくことに気づいた。つぎの日、「彼」は道の折れている場所へ行って待っていた。自転車はいつものように森の蔭から現われ、ぎいぎいと錆びついた音を立てて近づいてきた。自転車は「彼」の眼の前に来ても野良の道を折れずまっすぐ走りすぎた。「彼」は駆けた。ぎいぎいと錆びついた音のあとを追って必死に走った。しかし自転車の男はどんどん遠ざかっていき、「彼」の家の前でも速度を落そうとはせず、たちまち製飴工場の前を海のほうへ下って姿を消してしまった。よく似てはいたが、自転車の男は「彼」の父親とは全然別の人間だった。

そのころ「彼」は一人で道傍にぼんやり立っているときなど不意に駆けだすことがよくあった。薄闇の立ちこめた野良の道を歩いていく男の影を追って跣で走った。男の後姿に追いつくと急に駆けている自分に気づいて引きかえしてきた。惨めな、それでいて照れくさい感情に打たれて戻ってくるのだった。「彼」が生きものをなぶり殺すことに異常な興味を覚えはじめたのもそのころだった。畑で蜥蜴やかまきりを捕えては手足を一本一本もぎとり、ながい時間かけてなぶり殺した。蛙が腹わたや分秘物をたれながしながらも砂の上を這いまわるようにしかけてなぶり殺した。鼠はたいてい水にもぐらせて溺死させた。川で捕えてきた鮒の背にナイフで傷つけて放してやると用水甕のなかを赤い血を一筋ひいて狂ったように泳ぎまわるのをうっとりと眺めつづけていた。用水甕の水が淡い朱色に変るころ、鮒は白い腹を上に向けて水面へ浮かんできた。あるとき鼠捕りにかかった鼠に重油をぶっかけ火をつけると、火だるまになった鼠が必死に暴れたため鼠捕りの口がひらき飛びだした。鼠は火の玉のように跳ねて家の縁の下へ入りこんでしまった。「彼」も縁の下へもぐりこんで探したがとうとう鼠はみつからなかった。その夜、「彼」は神経が高ぶって夜明け方まで眠られなかった。鼠が一目散に逃げていくとき火だるまの躰から生えていた肢が五徳の四本脚のようだった。桃色の四つの手足を仰向けにひらいて空をもがいている鼠の姿が、夢と現実のはざまを往き来して、いくども浮かんでは消えた。

「彼」は生きものが殺される光景を見物することにも異常な興味を抱いた。ある時期、毎日のように岬の部落にある屠場へ通った。牛が神妙に楔を打ち込まれ、豚が悲鳴をあげて撲殺される瞬間を凝視していた。その瞬間のために「彼」は、格子のある家でおとな達のめんこを覗いていたときのように柵の蔭にしゃがみこんで待った。青草の饐えたような血の臭いが屠場に漂っていた。ほほほほッと唄うような掛声をかけて家畜を殺す男たちの仕種に驚嘆を覚えながら日が沈むまで見物していた。悶絶した牛の首を鋸で切り落すとき赤い血があふれでて男たちの長靴や前掛けを汚した。豚足があたりに投げだされているのを見て「彼」がくすねようとしたとき、男たちが凄い険相で怒鳴った。「彼」は飢えた野良犬のように翌朝、薄暗いうちから屠場へ行ってみたが、豚足はきれいに片づけられていた。「彼」は岬の屠場へ行くことを母親にも姉にも話さなかった。家へ帰ってからもさめない秘密の興奮を一人で抑えていた。

ながい冬が終って雪解けを迎えたのはついこのあいだのことだったのに、もう雪の季節が「彼」の村にめぐってきていた。北の海から山並みを越えて吹きつけてくる風が、凍《しば》れる野に立つ。雪の音が雪よりさきに野を渡ってくる。「彼」の村から鉄道に沿って雪原を北へ十キロ行くと、もう村でも町でもないその土地に高いコンクリート塀に囲まれた灰色の建物が立っている。夜の列車が見も知らぬ遠い町から無言の客をその建物へ運んでくる。貨物列車に一輌だけ場違いな感じで客車をつないでいるようなときにはきまって灰色の建物への客が乗っている。「彼」の村のおとな達はその客を、番外地のひと、とていねいに呼びならわしていた。冬のあいだにそこでは何人もの人間が凍え死ぬという。凍死者のなかには海の向こうの温暖の地から送られてきた者が多いというが、ときには土地の者も死ぬ。昔は死者を焼かずに鶏を入れる籠のような竹で編んだ棺に入れて凍てついた土の底へ埋めたが、死体を焼くようになってからはその臭いが風にのって三日もたってから十キロも十五キロも離れた土地へ流れつくという。冬のあいだ「彼」の村に漂っている異臭はコンクリートのなかの灰色の建物で焼く死体の臭いだと村のおとな達は言い交した。数えきれない人間の焦げる臭いが村には染みついている。なかには親子二代そして遠い父祖にわたって死に焼かれた者もいるという。飢え凍え死んだ遠い父祖たちの怨念が「彼」の村の異臭に立ちこめているとおとな達は言い交した。

その日も荒びた雪の音が夜じゅう闇のなかに鳴っていた。山から下りてくる地鳴りの響きと海からのぼってくる海鳴りの鳴咽が「彼」の家の屋根の高みで渦を巻いて鳴っていた。底知れぬ不安の穴をのぞきこんで眠れなかった「彼」の耳に、屋根の高みで渦巻く風の音にまぎれて赤児の泣き声を聞いたように思った。最初、猫の悲鳴と聞きあやまった赤児の泣き声は「彼」の耳を弄ぶように間をおいて聞えた。あ、赤児の泣き声が、と思ったときにはもう消えていた。耳をそば立てて待っているともうそれは死んでしまったように聞えてこない。鼠に嚙み殺された赤児の悲鳴の幻聴だったのか。鼠に嚙み殺されたとき赤児は泣き声も立てなかったと光子は言いふらしていたが、あれは嘘だ。やっぱり赤児は泣いたのではないか。光子は家の者からそう言いふらしてこいと言われて嘘をついたのだ。赤児がなんども悲鳴をあげたのに見殺しにしたことを隠そうとして家じゅうの者が嘘をついてるのだ。

底知れぬ不安の穴はいつまで眼を凝らしていても暗黒の虚空しか「彼」に見せなかった。こんな雪の夜中に家の外から赤児の泣き声が聞えるはずはない。待ちくたびれた「彼」が夢と現《うつつ》のはざまへ落ちこもうとしたとき、赤児の声はやっぱり聞こえたのだ。しかもそれは家の中で聞こえたのだ。ふたび耳をそば立てるともう声は消えている。そんなまどろっこしい反復のなかで夜は白みはじめた。褞袍《おむつ》にくるまった猿のように皺だらけの赤児を見たとき「彼」は激しい羞恥に襲われた。しかしそのときはまだその赤児が母ちゃんの生んだものだとは知らなかった。姉の富美は怒ったような堅い表情で「彼」を見たが、それきり視線が合うのをおそれるように黙りこくっていた。その朝も母親は、いつもより少し土色の顔をしていたが荷車を引いて魚の行商に出ていった。「彼」のなかの羞恥が母親への怨恨に変っていったのは、赤児を生んだのが彼女だと知ってからだった。

母親は魚の行商から戻ると疲れきって呆けたような様子をしていた。赤児がぴいぴいと泣きやまないときだけ乳房をくわえさせたが、ほかのときは抱きあげもしなかった。学校を休みがちだった姉の富美が子守りのためにいっそう登校できなくなった。彼女は老婆のように感情を失なった表情で一日じゅう赤児を背負っていた。母親から命令されたわけではないが、一歩も家から外へは出なかった。「彼」も赤児が生まれたことは友達に隠していた。則二の家では父ちゃんもいないのに赤児が生まれたぞ、不思議だ、不思議だ、てて なし児が生まれたぞ。「彼」の脳裏にみつる達の囃し立てる声が渦まく。いつその声が「彼」のまわりで爆発するか。友達と顔を合わせるのも怖かった。

「この赤児は母ちゃんが生んだのか」

母親は売れ残った鱈の干物を爪に垢のたまった手で数えながら黙っている。「彼」の声が聞えていないはずはない。俯いた横顔が怒ったように醜く歪んでいる。ときどき、ひび割れたあかぎれの指にわざとらしく息を吹きかける。井戸が雪で埋まってしまったなどとよそごとを言う。「こいつは母ちゃんが生んだ赤児だろう」

「彼」はなんども詰るように訊ねる。トラホームの眼に涙がにじんでくるとちくちく痛い。母親は狡猾に辛そうな表情をしてみせる。土色に乾いた首筋の膚に電灯の黄色い光が当ってトタンの上の露のように力なく跳ねている。

土平の嫁はまた亭主に逃げられた。これで三回目だぞ。それでも子供を先につくっておいてそのたんびに新らしい男をくわえこんでくるのだから器用なものだ。「彼」は父ちゃんがいなくなってまもなくみつるの家の納屋で盗み聞きした話を思いだす。その声がまだ耳の底にまつわりついているうちに急に「彼」は妙な想像に捉えられる。いままでの父ちゃんは俺の父ちゃんではなかったのか？　俺と姉ちゃんの父親は別の男なのか？　これまで想像もしなかった疑惑が妙にしつこく「彼」の胸倉をつかんで離れなかった。先に子供をつくって？　新らしい男をくわえこんでくる？　器用なものだ？　「彼」は黙りこくっている母親の横顔が黄色い光のなかで輪郭を失なってぼやけていくのを見た。母親はわざとらしくいつまでも売れ残った鱈の干物を数えつづける。赤児を背負った姉の富美が突きさすような眼つきで「彼」を見た。

雪の夜、

雪女が来て、

夜泣き後家の家に悪さをする。

父親のいない家にそっと内緒で赤児を捨てていく。

町の女郎屋へ売られていった娘が客に孕まされた赤児を遺恨晴らしに村へ捨てにきたことがあって、そんな歌ができたという。

見知らぬ男が突然、家へ入りこんできたのは母親が赤児を生んでまもなくだった。母親は珍らしく魚の行商へ行かず、「彼」と姉の富美を追い立てるように学校へ行かせた。「彼」が学校から帰ると、先に帰っていた姉の富美は納屋の蔭でしゃがみこんで寒さにふるえていた。「彼」の姿を見るなり彼女は、来い、というふうに手招きした。そして慌てて、家には入るな、と合図した。彼女が赤児を背負っていないのが不思議だった。家の中に何があるのか。「彼」が訊ねると、姉の富美は表情を強張らせたまま黙っていた。二人は納屋の藁屑のあいだに身を埋めるようにしてながいあいだ待っていた。寒さと空腹が「彼」のなかに動物の感覚をひろげていく。姉の富美の黄ばんできた顔にも苦痛の影がひきつっている。彼女はなんども家の中を伺いに走った。そのたびに彼女の表情をおおう苦痛の影は濃くなっていった。「彼」が家の様子を覗きにいこうとするのを彼女は険しい表情でとめるのだ。納屋の内部がすっかり闇に閉ざされて戸外から差してくる雪明りでようやくたがいの姿が認められるようになるまで、二人は不安のなかに坐りつづけていた。

その夜遅く、男が母親に風呂を沸かさせて裸になったとき「彼」は背なかの入墨を見た。風呂から上ると「彼」と姉の富美を部屋の隅へ追いちらし酒の臭いをぷんぷんさせながら大の字に横になると、そのまま男は「彼」の家の住人になった。

母親は翌日からまた魚の行商に出たが、男は働きにも行かず一日じゅう赤児の守りをしていた。

ようになった。男が家に来てから母親は妙に赤児の世話をするようになった。「彼」はときどき蛙や鼠をなぶり殺すときのように赤児をなぶり殺してやれたらと夢想する。

新らしい父親はなぜか、昼まから家の中に閉じこもってばかりいた。母親が魚の行商から戻ると、「彼」や姉の富美の眼の前で、いきなり母親の乳房にしゃぶりついて赤児のように吸ったりした。

ある日、学校の帰りに一人で雪の道を歩いてくると、佐々木の家のおやじが「則二、則二、ちょっと来いや」と家の中から「彼」を呼んだ。「則二の家にはまた新らしい父ちゃんが来たそうだな。毎晩、母ちゃんはその男と何しとる」と、いつものにやにや笑いを浮かべながら訊ねる。佐々木のおやじは子供ばかり捕まえてはからかう。「彼」が黙っていると、「おまえたちは新らしい父ちゃんを何といって呼ぶのか」と執拗に訊ねる。「なんとも呼んでおらん」と「彼」はぶっきらぼうに答える。「それはそうだ。血もつながっておらん者を父ちゃんと呼ぶわけにはいかんからな」佐々木のおやじは妙に承知したふうになんども頷いてみせる。

「彼」は足もとの雪にペッと唾を吐きすてて、突然、走りだした。佐々木のおやじはなぜわかりきったことを言うのか。間抜け！「彼」は雪の道を家とは反対の森の方向へしゃにむに走った。佐々木のおやじの言葉が「彼」のなかの外気にふれない柔弱な部分に瘡蓋のように貼りついた。四度目の父親。とすると、最初の二人は「彼」の記憶のうちに影もとどめていないのだ。いままで父ちゃんと呼んできたあのめんこをしていた男は誰だったのか。誰が本当の父ちゃんなのか。母ちゃんの売女め！〈血もつながっておらん者を父ちゃんと呼ぶわけにはいかん〉

「彼」と姉の富美は追われるように家を出た。「彼」は生まれてはじめて学校へ行くのを心待ちにする

佐々木の家のおやじの言葉が「彼」自身の声に変って瘡蓋をめくるように這いのぼってきた。「彼」は屈辱に撃たれ、蛇の卵を懐に入れて暖めたときのようにその屈辱を抱いて雪の野を走った。白く光る世界が行けども行けども出られない悪意に充ちた沙漠のように「彼」には感じられてきた。

夜のあいだ村を襲いつづけていた吹雪が朝にはやんで、その日は鋭い陽差しが灰色の空をつきぬけて家々の屋根に落ちてきた。その陽差しにきらきらと照り映える雪の野を一つの人影が跳ねるような恰好で歩いてくる。何かを待つように遠い野良の向こうの山並みを眺めていた「彼」は、一人の少年が自分の家へ向って来ることに気づいていた。

少年は異常に突起した丸刈りの頭蓋をもち、垢に汚れた顔の裏で肌が白く透き通っていた。薄暗い土間で「彼」と顔を会わせたとき、にッと笑ってみせたが、その表情には意外におとなびた感じがあった。少年の姿をみとめた父親が赤児を背負ったまま飛びだしてくると跣で土間へ下りていきなり少年の胸倉をつかんだ。「帰れ、帰れ」と父親が鬼のような顔で叫ぶのを少年は赤く充血した眼でぼんやりとみつめていた。恐怖も感じないふうで父親の腕力に締めあげられるがままに任せていた。

その夜、魚の行商から帰った母親は新らしい父親が来てからはじめて男に立てついた。少年を追いだしてくれと喚くのだ。それまで新らしい父親の機嫌をそこねないよう猫のように振舞ってきた彼女からは想像もつかない狂いようだった。母親は「野良犬は納屋で飼え」と叫んでいた。「彼」と姉の富美は黙々と夜具を納屋へ運んだ。異常に頭蓋の突起した少年はその日から「彼」の家の納屋に飼われることになったのだ。

朝夕、少年のために納屋へ餌を運ぶのは「彼」の仕事だった。母親が行商で売り残して悪臭を放ちはじめる鱈の干物や家族の残飯をアルミ製の椀に盛って納屋へ運ぶのだ。残飯が残らなければ少年が餌にありつけないことはわかっていながら、「彼」は空腹のあまり椀の底の最後のひとかけらまで貪り食ってしまう。盗みに似た暗湿な後めたさを味わいながら貪り食ってしまう。そうして納屋の少年が日に日に痩せ衰えてきたことも「彼」は知っていた。少年のなかのひもじさが「彼」の躰へしのびこんでくる夜も知っていた。

「彼」が餌を運んでいくと、少年は眼ばかりをきらきら光らせながら、おおおおと奇声をしぼりあげる。アルミ製の椀にすがりついて手づかみで餌を貪り食う。その姿は拝跪しているような恰好になる。椀を空にしたとき少年の眼は悲しみの影を自分のなかに閉じこめようとしている。

その少年の表情を知っていたのは「彼」だけだった。母親は、用便のとき以外、少年が納屋から出ることを偏執的に赦さなかったし、納屋に閉じこめられた息子からは逃れることも禁じていたからだ。父親は一日じゅう赤児を背負って、納屋に閉じこめられた息子からは逃れるようにしていた。少年も彼のまわりに檻を夢想していたようだ。はじめから解放の意志を放棄しているようにみえた。ただ、野良の向こうを走りすぎる列車の汽笛が鳴るときだけ、納屋の戸を半開きにしておそるおそる光の世界を覗くのだったが、そこからは踏みこえようとしなかった。

「彼」は納屋の少年が飢餓のためにひとにぎりほどに縮小して藁屑の中に首まで埋まっている場面をいくどか夢に見た。奇妙なことに、夢のなかではまだ虫の息で生きていたはずの少年が、「彼」が夢から醒めた瞬間にはもう死んでしまっている錯覚に見舞われた。それでも「彼」は少年のための残飯をくすねる誘惑からのがれられなかった。

少年が闇の世界と光の世界の境界を踏みこえて鎖を断ち切るように納屋から飛びだしたのは、もう雪の季節も終ろうとしている時だった。そのとき「彼」は、雪の季節が終ってふたたび使えるようになった井戸から水を汲みあげていた。母親は魚の行商に出ており、父親はそのころから外泊する日が多くなっており、その日も家をあけて数日目だった。姉の富美は中学を卒業してから働く約束になっているT市の工場へ一週間ほど見習いに出ていていなかった。「彼」は赤児を背負って釣瓶で井戸水を汲んでいた。

少年が雪解けのぬかるみをはね散らしながら跣で野良の道を歩いていくのを、「彼」はそっとつけていった。少年は鉄道線路のほうへ歩いていく。少年が納屋をぬけだしたのは脱出のためにちがいないと「彼」は早合点していた。「彼」がまだ越えたこともない鉄道線路を越えて少年はあの工場の屋並みのような家々のつづく未知の町のほうへ行ってしまうのではないか。そのときは自分も少年のあとをつけてその町まで行ってしまうにちがいないと思い、不安だった。

少年は鉄道線路を越えてはいかなかった。列車が響きを立てて近づいてきたのだ。少年のなかで何かが騒《ざわ》めいていた。列車は野良のむこうの鉄道線路を、汽笛を鳴らし、たちまち響きとともに遠ざかろうとする。そのとき少年は片腕をぐるぐる廻し、踊るように叫んでいた。「とうちゃん、ぽっぽ」

おおおという呻きでしか言葉を語れなかった彼が、列車に向って叫んでいた。「とうちゃん、ぽっぽ。とうちゃん、ぽっぽ」

「彼」は見ていた。列車が走り去ったあとの響きの虚空で、雲間からもれる汚れた日差しのなかに少年の躰がぎっこばったん踊っているのを。明晰な、貝殻のように固い一つの言葉が「彼」のなかで叫んでいた。

その日から「彼」いがいに誰も家にいない日、少年の同じ行為はくりかえされた。少年のなかの飢えに陥没した部分を埋めていたのは、汽笛と響きだったのかもしれない。飢餓のかわりに、汽笛と響きが少年を救っていたのかもしれない。

少年が彼のなかの飢えの陥没部を汽笛と響きと、そして奇蹟のように叫ぶことのできた唯一つの言葉とで満たして、眼に見えない鎖で「彼」の家に飼われていたある日、T市の警察から私服の老刑事がやってきて母親が魚の行商から戻るまで家の縁側に坐りこんで待っていた。はじめ「彼」が刑事とは気づかなかったその男は、昼すこし前に来て暗くなるまで物も言わずに待っていた。途中、風呂敷包みから食パンを取りだして食べていたときも、食べ終ってから井戸水を汲んで桶のまま水をがぶがぶ呑んだときも無言だった。

母親が行商から戻ると、刑事は「彼」と姉の富美を遠ざけて家の縁側に腰を下したまま半時間ほども母親に何か話していた。「彼」は道を距てた垣根のあいだから、畏まって何度も何度も低頭している母規の姿を見ていた。姉の富美は赤児を絆纏で背負って野良の道を闇の中へ消え入るように歩いていった。刑事が帰るとき、母親は行商で売れ残った魚の干物を古新聞に包んで手渡していた。

翌朝、母親は初めて見るほどの金額を姉の富美に与えると、逃げるように魚の行商に出ていった。その日の昼前、姉の富美は赤児を背負い、「彼」を連れてT市行きの汽車に乗った。「彼」には、もう一カ月近くも家に帰らない父親に会いに行くのだと言ったきり何も聞かせなかった。三時間ほどの汽車の中でも姉の富美は固く揃えた膝の上に小さな風呂敷包みを乗せて、怒ったように窓の外を睨んでいるばかりで口をきかなかった。Ｔ市の駅を降りると、姉の富美は駅前の果物屋でいままで見たこともない大きなすべすべのリンゴを六つも買い、そのほかにもクリーム入りのパンや新らしい下着まで買った。それから「彼」を賑やかな通りの食堂へ連れていくと、好きなものを注文していいと言った。好きなものと言われても頭の中がぼおッとしてきて訳がわからなくなったので中華そばを注文した。こんなことは初めてだった。二度と食べられないものを注文してみたいと神経ばかりが高ぶったが、見知らない食べものを注文するのはそれ以上に不安だった。

姉の富美は何も注文せず、父ちゃんに会ってくるからここで待っているように、いくら遅くなっても動いてはいけない、と言い残して赤児を負ぶったまま食堂を出ていった。父ちゃんに会いにきてどうして一人で行くのか。どうして俺を置いていくのか。姉ちゃんは変なことをする。しかし「彼」はそれを口に出しては言わなかった。姉の富美が自分を連れて父親に会いに行かない理由が「彼」にはおぼろげにわかっていたからだ。刑事が帰ったあとも母親の表情のなかに消えずに残っていた恐怖の記憶が、暗い分別の翳りに重なりあっていた。

姉の富美は「彼」の視線を気にして何度も盗み見るように振りむいてはバスの停車場のほうへ歩いていった。「彼」はその薄汚ない食堂で姉の帰りを待っていた。

姉の富美は意外に早く戻ってきた。しかし彼女の表情は汽車の中で見たときよりいっそう強ばって悪意さえ潜めていた。彼女も中華そばを注文し、「彼」にももう一つ取りよせてやり、二人は食べた。そのあいだ姉弟は父親のことを話しも訊ねもしなかった。その日、「彼」は生まれて初めて飢えから脱出のいっときを体験した。

父親が三人の仲間と組んで農協の倉庫から米を盗み、売り歩いていたことを「彼」が知ったのは、はるかに後になってからのことだ。

T市を訪れたこの時が姉の富美と「彼」とのあいだの最後の記憶になった。まもなく姉の富美は中学を卒業して東京へ集団就職で行ったからだ。彼女は中学の卒業式を迎える前に青森の紡績工場へ働らきに行く約束だったのが、その紡績工場が倒産してしまったために卒業式に出席することもでき、集団就職の仲間に入って東京のコカコーラやビールの壜を作る工場へ就職していったのだ。

「彼」の家の納屋に飼われていた少年がいなくなったのは、姉の富美が東京へ行った直後だった。その日、「彼」が学校から帰ると納屋はもう空っぽだった。綿のはみだしたぼろぼろの蒲団とアルミ製の椀が藁屑のあいだに残骸のように転がっているだけだった。飢えと凍えの形骸のようにそれらは転がっていた。いつまでも片づけられないままに「彼」のなかに転がっていた。

少年が自分から逃げたしたものか、それとも母親がどこかへ連れていったものか、「彼」にはわからなかった。少年は飢えのかわりに食べていたあの明晰な一個の言葉を叫びながら、列車のあとを追って鉄道線路をどこまでも駆けて行ってしまったのだろうか？

いずれにしてもこの頃のことは父親が服役中の出来事だった。

野良の向こうの鉄道線路で列車への投身自殺があったのも、父親が服役を終えて村へ戻ってくるすこし前のことだった。ちょうど秋の修学旅行のときだった。六年生のうち病弱だったり家が貧しかったりで行けなかった数名の中の一人として「彼」は村に残っていた。珍らしく日照りの強い、蒸し暑い日だった。アルバイト先の製飴工場の昼休みで、「彼」は弁当を食べる職工たちから離れて水道の水で裸かの上半身を拭いていた。飴を煮る釜の前では「彼」はおとなの職工たちと同じように一日じゅう裸かで働いた。

野良の向こうの鉄道線路で列車が軋みながら急停車する音が聞え、何かの合図のように警笛が何度も鳴りひびき、しばらくしてから職工たちが騒ぎだした。「人が汽車に轢かれた」と誰かが言ったので、騒ぎだしたのだ。職工たちが工場を飛びだした。「彼」は半裸のままおとな達のあとを追った。もうかなりの村人たちが鉄道線路のあたりに集まっているのが、野良に漂う黄色っぽい陽炎を透して見えた。ぼんやり佇んでいる村人たちの間を二、三の人影がせわしげに走りまわっていた。貨物列車は人集りの場所から数十メートルも離れてまだ停っており、ときどき合図のような警笛を鳴らした。「彼」がかけつけたときには、軌道と草むらのあいだの土の上に横たわった轢死体にはすでに莚がかむせてあったが、人間の軀にしてはその莚のふくらみが小さすぎる気がした。おとな達はあまり口もきかず何かを待っているふうに立っていて、「彼」にはぼやけた事件の輪郭が映るだけだった。「死んだのは若い娘だ」という声が耳に入ったほかには何もわからなかった。すこし遅れて警察が来たが、やはり事件の輪郭はぼやけていてよくわからなかった。貨物列車の機関士も運転席に乗ったままで首だけ覗かせて人集りのほうを見ていた。人集りの間を歩き廻ろうとしたとき、「彼」は柔らかくふにゃッとする何かを踏みつけた。生暖かい感触が足指のあいだに滲んできた。見ると、血のかたまりのような肉片だった。一つ、二つではない。気がついてみると、軌道にも枕木にも砂利石にも、そして草むらのほうにまで、魚の腸《はらわた》のように血筋をひいた赤褐色の肉片がへばりついている。強い日照りに焼きつけられてそれらの肉片が乾きはじめ、幽かな白い粉を吹いてくる光景を「彼」は幻想した。かさかさの新聞紙のような物に変質してくる幻想が、その生々しい肉片を凝視《みつ》めている「彼」をとらえた。肉片ばかりではない。白い腐敗した牛乳のような粘着物も軌道と枕木のあいだに垂れている。おとな達の指がそれを差して口々に何か言っている。「これが脳みそだ」と大声で言うおとなの声が響き渡った。白い腐敗した牛乳のような物質が脳みそだということに「彼」は新鮮な驚きを覚えた。人間の脳みそは褐色がかった色をしてるとばかり思っていたのに。

一時のサイレンが鳴って工場へ戻ってきたとき、職工たちは、轢死したのは「彼」の村から鉄道に沿って雪原を北へ十キロ行った土地のコンクリート塀に囲まれた灰色の建物から脱走してきた者だと話していた。しかし後になってからのことだが「彼」は、そのとき投身自殺をしたのは町で強盗を働らいて逃亡する途中の若い男だったという話も聞いた。そんな「彼」が何年も後になってふとそのときの記憶を甦えらせたとき、轢死したのは「彼」の家の納屋に半年ほど飼われていて不意にいなくなってしまった少年だったような錯覚にとらえられたのはなぜだったのか。「彼」にも理由のわからないことだったが、轢死者をめぐる奇異な錯覚は時間を経るにつれて確信との境界を見分けがたくしてきてしまったのだ。

父親が服役を終えて家へ戻ってきたのは、「彼」の村をかこむ野峁みが北の涯ての方から肉眼で見ることができるように日に日に凍てつき変色してきて、もう新たな雪の季節が響きを立てはじめた頃だった。母親は黙々と魚の行商をつづけていた。彼女はそれ以外に生きる道を拒絶しているかのように見えた。姉の富美はその頃まではよく手紙を書いて送ってきた。東京はでっかくて顔のない化物みたいだ。人間の吹きだまりのようだ、と。しかし父親のことには一字も触れなかった。「彼」の級友たちも父親の醜聞には口を閉ざしていた。

ただ「彼」のなかで黒く膿んだ言葉が繁殖しつづけていた。「米泥棒の息子だ。米泥棒の息子だよ」言葉は腫瘍のように「彼」のなかで増殖し、転移し、駆けめぐった。その言葉がいつか誰かの口から発せられる時に怯えて、「彼」は卑屈になっていった。世間から早く逃れて未知の土地で働きたいと望むようになっていった。何よりも「彼」のなかで腫瘍が口をあけて膿をしたたらせ、いまにもその言葉を吹き出そうとしていることが怖かった。汽車でどこまでも遠去かっていき、工場のいくつも立ち並ぶ町で汽車を降りたかった。

父親が家へ戻ってからの記憶は暗く荒んだ色合いで塗りこめられていた。

「彼」は野良を逃げた。獣のように叫びくるう父親の声を背に、草むらから草むらへ、畦から畦へと豹のように駆けた。恐怖と憎悪が血なまぐさい臭いを立てて「彼」のなかに蓄積した。

昼まから酒を飲んでいた父親が怒鳴ったのだ、「なぜ俺の顔をそんな眼で見る。おまえは豚を見る眼で俺を見た」「俺はそんな眼で父ちゃんの顔を見ていないよ」「おまえは俺が豚箱から出てきたからそんな眼で見るのだ」沈黙している「彼」に父親は殴りかかった。父親はいっそう猛り狂って土間の手斧を振りあげて家の外まで追ってきたのだ。

追ってくる父親の姿が背にへばりつく。「彼」は野良を跣で走りまわった。父親の叫び声が遠のきながらも執拗に追ってくる。足裏の皮が破れたのか、指のあいだに滲む血の生暖かい感触が熱っぽく這いのぼってくる。地蔵堂の横を抜け、生け垣のある家を廻って、ふたたび広い野良を山並みの方角へ逃げた。小学生のとき鉄道線路に石を積んで機関士に追われ闇の中を死にものぐるいで逃げたときの記憶が「彼」の脳裏を往き来した。「彼」の村がぐらぐら揺れながら喚き声を上げて嘲笑っているように思えた。

「彼」は、昔よく食用蛙を獲りにきた池へ出た。捕えた蛙の皮を剝いで池へ投げ入れると赤剝けの蛙は勢いよく水中を泳いでいったが、あのときの蛙のように「彼」は足の裏から血を曳きながら逃げてきたのだ。父親はもう追ってはこないのか。父親の怒声はいつか「彼」のなかで「彼」自身の叫び声に変っていて、恐怖は消えた。恐怖は狂おしい憎悪にねじ曲げられていき、暗く名づけようのない亀裂が「彼」の内部から外の世界へ向って開いてくるのだった。

「彼」は蛇の卵を懐に入れて暖めていたときのように憎悪を抱いて、山の道を逃れ、森を抜け、祠に身を潜めた。

「彼」は祠に身を潜め、眠りに落ちてしまった。闇が下りてくると寒気があたりに立ちこめはじめ、雪になった。一時間ほどもすると闇は帳《とばり》をめくるように白んできて、「彼」の世界は白夜のように明るくなった。

雪の野並みは眼も眩むほど遠くまで続いている。「彼」はまだ逃げつづけていたのだ。来る日も、来る日も、飢えと凍えのなかを蛇の卵を懐に入れて暖めたときのように憎悪を抱いて逃げつづけた。自分の顔が人殺しの表情に変るのを感じると、死にものぐるいで父親の斧を奪い、呻き声と蹲まる人影を後にして、また逃げつづけた。何かを求めて追うように、それでもやっぱり逃げつづけていたのだ。

こうして「彼」は七年の歳月をひたすらに逃げつづけた。雪野を逃げつづけたあの暗黒の記憶を始源に、果てしもなく駆けつづけてきて、いま「彼」は逃亡の歴史と化した時間の最後の仕上げに差しかかっていると感じていた。

疲れきった「彼」の躰を襲っている飢餓の感覚も凍えの痛みも、雪の野を逃げていたあのときの記憶とそっくりそのままだ。変っているのは雪の野ではなく都会の高架道路の上を「彼」が歩いていることだった。陽のあるうちは人気のない埠頭の突端に坐って海を眺め、湾を出入りする貨物船を追い、工場地帯に立ち並ぶ煙突を数え、無人の野球場のスタンドの通路に身を潜めて眠り、夜が来ると歩きつづける、そんなくりかえしがもう何週間もつづく。

「彼」の横をひっきりなしに自動車がライトを閃めかせながら走りぬける。風を引き裂く音。大型トラックの重く鈍い響き。高架道路の街路灯が闇の中をどこまでもつづいて紫色に浮かんでいる。逃亡の生と化した軌跡のようにそれは眼の前に迫り、迫ってはさらに遠くつづいている。ぬりこめられた時間の闇を「彼」はこの街路灯を追いかけるように駆け、逃れつづけてきた。そしてもう最後のゴールに差しかかっている自分を感じていた。そんな感じとは裏腹に「彼」は、破れかかったズック靴をなんとか取りかえなくては、それからこの飢えだ、この飢えをどこかで満たさなくては、と呟き呟き凍えたコンクリートの舗道を歩きつづけていた。

最後のゴールを予感しながらまだ逃れようとしている自分。宿業のように逃走を重ねることでしか死にきれない自分。この飢えを満たして、なんとか逃げきらねば。

金を手に入れること。ズック靴を新らしいのに取りかえること。高架道路を一刻も早く抜け出すこと。のたれ死ぬまえに空腹を満たすこと。当面、「彼」はそれだけのことを考えながら行けども行けども抜け出せない夜の高架道路を歩いていった。闇の中に舞台のエプロン・ステージのように照明を受けて浮きだしているこの高架から飛び下りることは不可能だ。高架道路の終る地点まで歩きつづけるより方法はない。ところがエプロン・ステージは眼のまえに拡がる闇の深淵にのみこまれていて、高架道路が終る地点あたりで暗黒の空に赤い焔を吹きあげている夜間工場の排煙塔は「彼」が進めば遠のき、さきほどから同じ距離のままだ。ズック靴の底はもう半分ほども口を開いている。デモの学生と間違われて私服に追いかけられたときまだ白く石灰を塗ったように新らしかったズック靴も、あれから何百キロと歩きつづけてきたのだから、父親に追われたとき指のあいだに生暖かい血を滲ませてきた足の膚のように破れるのも無理はない。いっそ、脱ぎ棄てて跣で歩こうか。この凍てついたコンクリートの上を疲れて熱っぽくなった足で歩くにはそのほうが快いかもしれない。それより難題はこの空腹だ。けさ早暁、ブロック塀のある家の投入箱から牛乳を一本万引して飲んだきり、水いがいには何も口に入れていない。このままでは夜になってますます凍てついてきたコンクリートの舗道の上で行き倒れてしまうかもしれない。たとえ夜を乗りきったとしてもその先どうして食糧を手に入れるか。飢えながら雪の野を追われていた自分。なぜ逃亡にはこんなふうにいつも飢えが寄りそってくるのか。金だ、空腹を満たすためにはまず金を手に入れねば。

「彼」は立ちどまった。何台も自動車をやりすごした。ヘッドライトを閃めかせながら黒い兇器が視界を突っ走る。長距離輸送のトラックばかりだ。タクシーはなかなか通らない。「彼」は獲物を狙う飢えた動物の眼つきで前方の深い闇を覗きこんでいた。

そういえば、母親を残して集団就職の仲間たちと上京したのも、「彼」が母親を棄てたのではなく村と飢えの記憶からの遁走だった。斧をふりあげて追ってくる父親の像によって暗色に塗りこめられた時間からの、村と男から離れることができず魚の行商のほかに生きる術を知らない母親からの、それは遁走だった。南へ走る鉄道線路を列車に乗っていけば、目立ちもしないが飢えと寒さからは解放してくれる町があり、そこで「彼」を降してくれるはずだった。立ち並ぶ工場と労働が、新らしい世界のふっくらと優しい感触で「彼」を生き返らせ、悪い記憶の一切を追放してくれるはずだった。ところが「彼」はあまりにも遠くへ来すぎた。「彼」を待っていたのは優しい指先の感触でも工場の立ち並ぶ目立たない町でもなく、巨大な化物じみた人間と汚穢の吹きだまりだった。「彼」の村のそれとは別の見知らぬ貧困だった。想像もつかない拒絶と悪意だった。

雪と貧困いがいには語るべきもののない北国の村から上京して、「彼」が集団就職の仲間たちと一緒に投げ込まれたベニヤ工場の寮は鳥籠とも監房ともつかぬもので、最初の六カ月、「彼」はそこで囚人だった。嘴を立てることも知らぬ小鳥だった。冬でも寒風が吹きぬけるバラック建てのベニヤ工場の前をガスと油の浮かぶ黒い川が澱むでも流れるでもなくながれていて、その川にはいつでも死んだ猫や鼠の一匹、二匹は浮かんでいて腐臭を立てていた。雨の日などその腐臭と切削機で原木を剝くときの生臭い臭いとが混りあって頭痛を覚えるほどだった。躰にしみついたその臭気は休みの日にも「彼」につきまとった。

悪臭と機械の騒音のなかで眉毛の先までおが屑でまっ白にして働らいて寮の二階へ帰ってくると、

その部屋はまさしく陰気な雑居房だった。六月の蒸し暑い夜も窓を開けられない。窓の下から腐乱した動物たちの屍臭が立ちのぼってくるからだ。それでも「彼」は初めのうちはその檻と工場のあいだを往復する小鳥だった。だが六カ月ほどもすると「彼」は自分がその生活に憎悪を覚えはじめていることに気づき、新らしい世界の優しい指先の感触など幻想にすぎなかったことを予感した。集団就職の仲間がベニヤの切断機で人差指をつけ根から切り落したとき、「彼」はその仲間の苦痛が自分の人差指にも伝わってくるのを感じた。そして予感したときには、もう「彼」はその生活からの逃亡を企てていた。

音にならないほどの呆気ない音がして、その仲間は無事なほうの手で四本しか指のないもう片方の手を押えていた。仲間はすこし顔を顰めていたが押えた手から血は流れていず、意外に平静なぼんやりした表情をしていた。「彼」と組んで切断機から流れてくるベニヤを受けていた初老の男が、「あ、指が落ちとる」と叫んだ。足もとのおが屑にまみれて肉色の人差指が、いまにも動きだしそうな感じで転がっていた。その声を聞いて初めて仲間は恐怖にうたれたように顔から血の気を失なっていったのだ。

指を落した仲間は「彼」に向って口癖のように、「東京へ出てきたからには金を貯めるんだ」と言っていた。「彼」はその言葉を聞くたびに彼を嫌悪しつづけた。その仲間が事故の翌日にはもう自分からすすんで働かせてくださいと工場長に申し出たという話を聞いて、「彼」の嫌悪は蔑みの感情に変った。

いつものように眉毛の先までおが屑でまっ白にして雑居房へ帰ってくると、顔を会わせた仲間はにッと笑いを浮かべて言った、「労災の金が八万は入るそうだ。指一本、八万円。損にはならん」そういえば事故のあったとき、昼の休み時間に接着班の年輩の工員が、昔は金に困るとわざと指を一本ずつ落しては保険金で生活したものだと話していた。その老工員の言葉が「彼」の脳裏で仲間の言葉に交錯して、いまにもぴくぴくと動きだしそうな感じでおが屑のなかに転がっていた肉色の指と、四本の指のあいだに歯が抜けたような感じで血も滲ませずに白く透き通った切断面を見せていた手の印象が、生臭い臭いを放って甦ってきた。その生臭い感覚は「彼」の暗い記憶の底にも澱んでいた。村の屠場で杭のあいだからじっと覗いていたとき「彼」の周囲に漂っていたあの草の饐えるような臭い。「彼」が生きものをなぶり殺す秘事に熱中して蜥蜴の尾を尖った石で切り落したときのあの生臭い興奮。

廃水場の底の泥土のような苛立ちが来た。仲間にたいする蔑みの感情よりも、このベニヤ工場での生活によっても村の惨めさから一歩も脱けきれていないことに気づかせられて「彼」は苛立った。仲間の裸かの胸に血痕が飛びちっているのを見たとき、「彼」ははじめて自分が何をしているかに気づいた。どぶ川から立ちのぼってくる悪臭が「彼」の苛立ちを煽った。窓を閉めようとしたとき仲間が、「暑いじゃないか」ととがめたのだ。それでも「彼」は窓を閉めた。仲間はもう黙っていた。そのとき「彼」は古い憎悪の傷口を思いだしたように突然、仲間に襲いかかったのだ。不意をつかれた仲間は壁に躰を打ちつけ、さらに影に怯えるような恰好で顔を壁に打ちつけ、驚ろくほど多量の鼻血を吹きだした。鼻血が胸に飛び散って血痕になって乾きはじめたとき「彼」はようやく我に返ったのだ。

その暴行の一件は「事件」にはならなかった。仲間は工場長に訴えたけれども、工場長があっさり揉み消してしまったのだ。この人手不足の時節に工員の一人でも警察へ呼ばれてはかなわないからなのか。だが「彼」はもうそのベニヤ工場で働きつづける気持ちを失なっていた。この悪臭の充満する雑居房に家畜のように閉じこめられていたのではいつまでも惨めったらしい村の記憶から逃れられないと思えたからだ。夜、仲間のいない部屋を出ると、事務所には顔を出さず、猫や鼠の死骸が浮かぶ川に沿って舗装してない道路を暗い橋の方向へ歩いていった。

小学校の校庭で馬乗り遊びをしていたとき馬の役をしていた「彼」は、敵側の級友の向う脛で後頭部を強打されて意識を失なったことがある。現実と虚構の境界をゆっくり漂うようなあのときの幻覚に似た意識の底で、「彼」は指を落した仲間に暴行を振るったのだった。たしかに何かが「彼」の後頭部を強打した。だが、そのとき「彼」を打ったものはいったい何だったのか？

ベニヤ工場を飛びだした「彼」は、噴水塔と舞台のある、外国の絵ハガキに出てくるような公園の一隅で二、三日野宿した。それから従業員のいない小さな理髪店に住込み、そこを逃げだすと自動車の部品を作っている下請け工場の工員にもなった。

理髪店の場合。ある大会社の社内理髪店に勤めていて最近住居の一部を改造して独立したというその店は、路地裏の長屋のような家並みの一角にあった。中年の夫婦が共働らきで従業員は一人もいなくて椅子も二セットしかない。顎のまわりに髭のかわりに面皰《にきび》のような無数の吹出物をいつも膿ませていた店主は客のないときなど、いまに都心に土地を買ってビルを建て近代的な理髪企業を経営するのだと夢のような話をくりかえしていた。夢物語の種がつきると、そのときはおまえを店の支配人にしてやるからと、しきりに「彼」の機嫌を伺うのだった。しかし、店は最近開店したようには新らしくも見えず、客も途絶えがちでやたら子供の客が多すぎ、店主自身、自分の夢物語を信じてはいないように見えることもあった。

店主夫婦と「彼」とが寝起きする六畳一間きりの部屋と店とのあいだには扉もなく、ちらかっている下着や家具や天井の低い薄暗い勝手場が客から見通しだった。その勝手場でひとりぼそぼそと食事をとるのはなんとも惨めな気持ちで、茹でた馬鈴薯を醬油もつけず黙々と食べていた村での記憶を「彼」に思いださせた。六畳の部屋は天井から吊したカーテンで仕切られていてその薄い一枚の布を挾んで「彼」と夫婦とは寝ていたのだ。深夜、異様な呻き声を耳にして眼醒めると帳の向うの闇の中であの若くもない女房が交尾期の猫のような悲鳴をあげてうめいているのだ。「彼」は息を潜め、胯間を固くし、四肢をほてらせながら、低く闇を這う欲情の呻きを聞いていた。それは堪えがたく長い禁忌の時間のように感じられた。ふたたび周囲が寝静まってからも「彼」は黒い情念と嫌悪の淵で固い胯間を堪えなければならなかった。遠い記憶の底で失踪した父親と母親が闇をへだてて獣のように荒い息遣いでもつれあっていた姿が「彼」の胸をしめつけた。明るい昼下りの野良で尻を露出してつるんでいる父親と母親の性交を盗み見ているような羞恥にひしがれながら幼い「彼」はそれを凝視していたのだ。このカーテンにさえぎられた部屋でも隣りに寝ていた姉がもっこりと起きあがってきて、遠い村の記憶と同じように手真似で「彼」を叱っているように思えた。いまにもカーテンを蹴って絡みあった夫婦の躰へ飛びかかっていきそうな自分を予感して恐かった。

「彼」は、失踪した父親と母親のもつれあった情欲の記憶から逃れるように、その理髪店もやめてしまったのだ。

手ごろなタクシーはなかなか通らない。貨物を満載した夜間輸送の大型トラックばかりが何台もつづいて響きを立てて疾走する。背後から照らしては凍えた空間を突っ切っていくヘッドライトの光が、熱《ほて》った「彼」の躰を水沫を浴びせるような快さで包んでは逃げていく。運転席の顔も光っている。顔の中の眼も光っている。「彼」はときどきジャンパーの胸ポケットを押えて鈍く重いその金属物の生命感を確かめる。その瞬間、タクシーが通りすぎる。だが決って客が乗っている。空車でなければまずい。客が乗っていても不可能ではない。いや、そのほうが収穫は大きいだろうが、収穫の大きい分、失敗の危険率も大きい。確実に逃げのびるためには確実な手段が必要だ。こんな調子で夜が明けきらぬうちにめぼしいタクシーを捕えられるだろうか。ほかに方法は？　いや、やっぱりタクシーのほかに適当な方法はない。それにこの方法はすでに体験済みであることが心強い。

風がどんよりと動かなくなった。雨にならなければいいが、それでも雪になるよりはまだいい。この破れかかったズック靴で雪の道を歩くのは苦役だ。雪のために飢えと凍えの村の記憶を甦らせるのはそれ以上に「彼」にとっては苦役だった。眼下の視界にネオンの灯が虹の川のように輝いている。しかしそれは高架道路の底に横たわる深い闇のずっと向うのほうだ。闇の底には運河か河口でもあるのか。ガスとも靄とも見分けられない灰白色の気配が流れている。列車のものとも汽船のものともつかない警笛がときどき犬の遠吠えのように鳴っている。柔かく青い匂いが幽かな風に乗って立ちこめてくる。

待っていても獲物はやって来ない。「彼」は逃れる者という自分を忘れて、狩人のように眼を血走らせてふたたび歩きだした。長い逃亡の歩みがそのまま同じ軌跡の上で追跡の時間に逆転して廻りはじめたかのように。逃げのびるためにはまず何ものかを追跡しなければならなかったのかもしれない。「彼」が犯した三つの行為はその逆転劇の主要な身振りだったのかもしれない。

「彼」は上京してから二度、姉の富美を訪ねた。最初はまだベニヤ工場の職工で働らいていたときだったが、そのとき姉の富美には会えなかった。馴れない都会の地図を探しあるいてようやく「彼」が働くベニヤ工場と同じ区内にある清涼飲料やビール瓶を製造する会社を訪ねあてたときには、もう姉の富美はその瓶工場では働いていなかった。係のひとから訊ねた内容から察すると、彼女が「彼」の村へ便りをよこさなくなった頃に瓶工場をやめたものらしかった。姉が集団就職で入ったその工場をやめてどこへ代ったのか係のひとは知らなかったが、寮で同じ部屋にいた娘が知っているだろうとのことだった。ところが仲間の娘はその日病院へ行ってるとのことで会うことができなかった。「彼」はそのまま帰る決心がつかず瓶工場の近くの埋立て工事の現場をなんども歩きまわってはまた瓶工場を訪ねてみたのだった。とうとうその日一日そんなことをくりかえして過ごしたが、夜になっても仲間の娘は病院から戻らなかった。あたりがすっかり暗くなって最後に「彼」が訪ねたとき瓶工場の係のひとは仲間の娘がきょうは戻らないかもしれないと言ったのだ。諦らめきれない気持ちと疲労とで打ちひしがれて「彼」がベニヤ工場の寮へ帰りついたときには部屋の時計はもう十一時を廻っていた。

「彼」がもういちど瓶工場を訪ねたのは、ベニヤ工場をやめ、理髪店を皮切りにいくつもの職場を転々とした後、たしか青山の墓地の近くのバーでボーイに住み込む直前だった。あのとき瓶工場の係の男は嘘を言っていたのかもしれない、姉のことを知ってる仲間の娘が病院へ行ってると言ったのも嘘だったかもしれない、そうでなければ最後になってきょうは娘は帰らないなどと言いだすはずがない、姉は「彼」に話せないような何かの事情があって瓶工場をやめたのかもしれない。そんな半信半疑の気持ちで、それでももう定住する職場もなくなった心細さから「彼」は訪ねてみる気になったのだ。ところが姉の行き先を知っているという娘は確かにいたのだ。「富美さんはここをやめて新宿の映画館へ勤めた」と娘は教えてくれた。「でも、いまもあの映画館にいるかどうかわからんよね」唇の異様に血色の悪いその娘は気の毒そうにつけ加えた。

意外にも姉の富美はその映画館に勤めつづけていた。「彼」が用件を告げると、入口でもぎりをやっていた青い制服の娘のうちの一人が、「土平富美さんね、ちょっと待って」と言って扉の向うへ消えた。「彼」は切符売場の横に並んだ映画のスチール写真をぼんやり眺めていた。それは髷物で着物の襟をはだけた男女が体をからませあっている図だったが、情事の絡みあいなのか、男が女を絞殺しようと襲いかかっている修羅場なのか、よくわからなかった。白い喉もとをのけぞらせて眼を閉じている女の悲痛な表情だけが「彼」をとらえていた。そのとき「彼」の横に、厚い口紅と濃いアイシャドウで死んだ表情の女が懐中電灯を手にして立っていた。姉の富美は村で赤児を背負って井戸水を汲みあげていた数年前とは別人のように変貌していた。彼女がすこしひきつった表情で、「則二」と呼んだとき初めて「彼」はその厚化粧の女が姉の富美だと気づいたほどだった。一瞬、彼女は声をつまらせ、嗚咽をもらしたようだった。

姉の富美と「彼」は映画館の地下にある喫茶店で向いあってまじまじとたがいの顔を凝視めあった。たがいにもうあの北国の飢えた村の姉弟ではなくなっていたが、それでもそうして向いあうといっきょに遠い記憶の底から村の姉と弟の土くれにまみれた顔と方言と垢の臭いが甦えってくるようだった。

「則二、いつ東京へ出てきたの」という姉の富美の言葉をきっかけに二人は村を離れてからその日までの転々の生活を語りあった。東京での生活についてはたがいに細やかな虚飾と美化を施しつつ語ったが、姉は村や母親の消息については訊ねようともせず「彼」もそれについては語ろうとしなかった。「彼」と同じように姉の富美も暗い記憶の一切から逃れたがっているようにみえた。どうやら彼女が瓶工場をやめたのも「彼」がベニヤ工場をやめたのと似たようないきさつかららしかった。「彼」はいまの自分が職も定住の場所も失なって宿なしのくらしをしていることだけは最後まで話さなかった。東京駅の近くで小ぢんまりした鮨屋の店員に住み込んでいると嘘をついた。それなのに姉の富美は予防線でも張るように言ったのだ、

「姉ちゃんはいまアパートに住んでるの。だけど、男のひとといっしょだから……」

　だから俺を泊めるわけにはいかないと姉ちゃんは言おうとしているのだろうか。「彼」は訊ねた、

「姉ちゃん、結婚したのか？」

　一瞬、姉の表情が翳った。彼女は弟の問いをすりぬけるように別のことを言った、

「その男のひとはＭ電機に勤めてるの。姉ちゃんより八つも年上だけど高校も卒業してるし、毎日、ネクタイを締めて会社へ通ってるの」

　姉の富美が男といっしょにアパートに住んでいるというのは本当かもしれないが、その男がＭ電機の社員だというのは嘘のような気がする。姉ちゃんの様子はどこか不自然で白々しい。「彼」は、厚い化粧の下で姉の血色の悪い表情が妙に疲れているのを感じながらそう思った。「いつかそのひとに

会わせるからね」という姉の富美の言葉は虚しく響く。

姉の富美は喫茶店のテーブルの下でずっと握りしめていた千円札を一枚、別れぎわに「彼」の手に押しこんだ。そのとき赤いマニキュアを塗った彼女の爪が鮮やかな色彩に憎悪をこめて「彼」の手に喰いこんだ。

「彼」はそれきり姉の富美には会いに行かなかった。

姉の富美に会うために新宿の映画館を訪ねあてていったのは、「彼」が八カ月ほどのあいだにガソリン・スタンド、印刷工場、品川のパチンコ店の住み込み店員と転々と渡り歩いた後の、追いつめられた気持ちのどん底にあったときだった。

村での暗い記憶が「彼」のなかで微妙に変化しはじめたのもその頃だった。それは逃れたい憎しみの記憶ではなく、温みのこもった棲み家の感触を「彼」のなかに形づくりはじめていた。「彼」は村と貧困への回帰を自分のなかに予感しはじめていた。ある根強い血縁のなつかしみと怨恨の感覚をともなって。

それからまもなく「彼」は青山でバーのボーイに住み込んだのだ。ボーイとして働らいているあいだ、高校を卒業してM電機に勤めているという同棲中の男の話をしたとき少しも輝いていなかった姉の顔が脈絡もなく「彼」の脳裏に浮かんだりした。そんなある夜、学生らしい二人連れの客と口論になり、いったん店を出た学生たちに一時間ほどのちふたたび外へ呼び出され、七、八人に増えていたかれらの一団からバー街の裏にある薄暗い路地で袋叩きの目にあったのだ。カウンターに靠《もた》れるようにして大学や自動車や女の話を執拗に店のバーテンにくりかえしていた学生の一人が何かのはずみに大声をあげて笑ったとき、「彼」が不意に横あいからその男にコップの水を浴びせたのが事の始まりだった。男の笑い声が自分に向けられたものと感じたかどうかは「彼」にも思いだせなかった。

数日後、「彼」は電車に乗ったり線路伝いに道を歩いたりしながら横須賀の町まで来ていた。ときどきジープや乗用車が疾走する広い舗装道路の向うにまるで地平線を覆いつくすようにつづく高い鉄条網の柵が立ちはだかっていた。柵の周辺を囲む灰土色の荒蕪地はすでに立ち入り禁止区域らしかった。「彼」はその立ち入り禁止区域を歩いてしばらく基地周辺を徘徊した。鉄条網の向う側には暗銀色の巨体を横たえてジェット戦闘機が何機も尾翼を並べていたが、人影は疎らに点々としているだけだった。草色の帽子に作業服を着たその人影がどれも日本人らしいのに「彼」は奇異な感じを覚えた。正面ゲートにも日本人の守衛が三、四人、銃も持たず手持ち無沙汰にぼんやり立っていた。きょうは基地の休日なのか、と思ったとたん、米軍兵士を満載した大型トラックが基地の正面ゲートから飛びだしてきて、激しい地響きを立てみるみるうちに広い舗装道路を南へ消えていった。迷彩を施したヘルメットをかむり戦闘服を着け銃身の長い銃を持った兵士たちのなかには黒人兵のあいだに白人の顔は疎らにしか見えなかった。黒人兵を満載した同じようなトラックは立てつづけに数台、基地の正面ゲートから飛びだし、南へ疾走していった。狂ったような轟音が消えたあと、静まりかえった「彼」の脳裏の立ち入り禁止区域にはヘルメットの下で堅く緊張にうなだれていた黒い沈黙の顔たちがいつまでも消えずに浮かんでいた。

「彼」は、村の屠場で杭のあいだからじっと牛たちの撲殺される光景を覗いていたときのように、鉄条網の向うにひろがるだだっ広い原色の基地の場景を覗きこんでいた。巨大な爆撃機の姿が「彼」のなかでプラモデルの模型飛行機のように見えたり、屠場で死の予感に怯えていた牡牛の姿に変貌したりした。基地のまわりを漂う化学油と死体を焙る臭気が、屠場での草の饐えるような生臭い匂いと混濁して「彼」の躰をつつんだ。

「彼」は自分が働き口をみつけるために基地の町へ来たのか、基地へ盗みに入るためにこうして窺っているのか、気持ちの整理がつかなくなっていた。そうして基地を半周した所で「彼」は身の丈ほどの雑草の生い繁った空地が鉄条網の柵に切れ目をつくっているのをみつけた。そこから内部へ入っていくと、飯場のような建物が人の気配もなく並び、さらに行くと水色の塀にＨＯＵＳＥと横文字で白く書かれた事務所のような建物があった。「彼」はそのときすでに確かな目的をいだいてその建物の中へ侵入した。物色するまでもなく部屋の壁に数梃の短銃が掛っているのが眼に入った。「彼」はそのうちの一挺と、長テーブルの上に落ちていた星条旗の模様入りのハンカチとジャックナイフを盗んでＨＯＵＳＥと呼ばれるその建物を飛びだしたのだ。あとはただ基地から遠く逃れることのほか脳裏にはなかった。

その夜、東京へ立ちもどった「彼」は、金は持っていたが旅館へ泊ろうともせず、勤め先のバーへ戻る気にもならず、野宿する場所を探しあるいているうちに新宿東口近くのホテル街まで来てしまった。バッティングセンターの裏路地を入っていくと立ち並んだ倉庫の一つの扉が開いていて、一夜の宿は決まった。深夜、靴音で眼を醒ますと、懐中電灯の光が両眼を射ぬき、黒い死角の向うで警備員が、「どろぼう！」と叫んだので、その叫び声を米泥棒の息子と聞き、持っていた拳銃を二発撃って逃げた。

夜の明けきらぬうちに「彼」は横浜まで逃れ、白夜のようにネオンの燦めくその町で、外国ならどこでもいい、とにかく海外へ逃亡しようと心を決めた。暗い海面に砂の道のようにつづいている埠頭を歩いていって、碇泊中の貨物船にしのびこんだ。船底の暗黒に閉ざされた倉庫の床にじっと息をひそめて蹲まっていると「彼」には見も知らぬ寂寥が身内から湧いてくるようだった。海の向こうのどこかの国に「彼」の知り合いが待っていてくれるような錯覚を覚えたりした。職を転々とするたびに外国航路の船にしのびこんで海を渡り日本の外で生きたいと想像してみたことは二度、三度ではなかった。村での記憶や東京での時間が「彼」のなかで急に明るく輝いて甦っては、また暗色の画面にもどったりした。魚の行商に行く母親の後から飢えながら荷車を押していく「彼」の姿が、存在もしない弟の記憶のように思えたりした。「彼」と母親が荷車を引いていく野良の道もどこか見知らぬ村の風景のように明るかったり、たちまち暗くなったりした。

その貨物船が港を離れてまもなく、まだ海の闇も白けきらぬうちに「彼」は発見された。船底で「彼」をみつけたランニングシャツ姿の船員は意外に優しく、身体検査もされず、いくらかの金まで与えて最初の寄港地神戸で「彼」を下船させてくれた。

神戸から西宮、大阪を通って京都へ入ったときにはもう夜だった。京都の町をあてもなく歩き廻っているうちに確か通ったはずの神社へまた来てしまい、空腹と疲労でそれ以上は歩くこともできない状態だった。神社の境内には深夜まで提灯がともっていて明るすぎるとは思ったが神社の脇の暗がりを選んで野宿することに決めた。疲労のせいで悪夢ばかり見てなかなか寝つかれず、星空を眺めていると急に眼の前が明るく照らされた。嗄がれた声が、「出ていきなさい」と言った。その声のおかげで「彼」はふたたび逃亡とあらたな犯行の旅に旅立たなければならなかった。眼の前に立ちはだかって懐中電灯を向けている警備員の制服の老人に「彼」は拳銃を四発撃った。

高架道路の闇はいよいよ重く深く、前方の視界に陥没していた。陥没の底に「彼」の歩く道がつづいているのだろうか、不安になるほどの暗さだった。それでも暗黒の空間に断ちきられた遠い涯で赤く焔を巻きあげている夜間工場の排煙塔がいくらかは近づいてきたように思える。

その闇のなかに黒く光る雨粒がさきほどから降りはじめた。みるみる舗道が鋭い光を撥ねかえして輝いてくる。いったん晴れた霧が、こんどは降雨になったのだ。風は澱んでいるのにあたりに凍えた空気が流れはじめて「彼」の飢えをいっそう辛いものにする。運河か河口のある下の方から聞えていた警笛とエンジンの音が、雨が降りだすと同時にぴたりと止んでしまったが、また思いだしたように遠吠えする。音のない世界でそれは何かの救済を告げてくれるようだった。雨とともに高架道路を走る自動車の影も一時途絶えた。「彼」は村の鉄道線路で軌道に耳をあてて響きの予兆を待っていたときのように闇の向うに耳をすまして待つ。舗道を滑る車の音が初め錯覚のように聞え、それから現実の響きとなり、トラックが数台つづけて走りすぎていく。ヘッドライトの光のなかで脱穀機に弾《はじ》かれる籾殻のように雨滴が踊る。「彼」のなかの夢のようにそれは白く光りながら撥ねかえる。それからふたたび破れ目のない網のような静寂が「彼」の躰に覆いかむさってくる。

高架道路が沙漠のように遠い。もう何日、何週間、孤独のなかを歩いているのか。飢え、渇き、沙漠のまんなかを歩きながら、「彼」はとうちゃんぽっぽと叫ぶ少年のことを考えている。少年が叫ぶ言葉のことを考えている。少年の餌をくすねて食べた「彼」の我執を思いだしている。飢えた少年の胃につまっていた奇蹟のことを思いだしている。すると「彼」のなかに悔恨に充ちた想像の世界がひろがり、突然、少年が「彼」を追ってくる。「彼」が必死に逃げても少年はぴったりと寄りそってくる。少年の重い躰がものも言わずのしかかってくる。とうとう捕えられた。「彼」は少年に絞殺される自分の悲鳴を聞いた。高架道路の闇に響きわたり遠い涯の工場地帯のほうへのみこまれていく「彼」の悲鳴を聞いた。その悲鳴は少年が鉄道線路に向って投げつけたあの叫びに重なり、トラックの荷台にひしめきあって首を垂れていた黒人兵たちの死の悲鳴に重層する。ナパーム弾が炸裂する。高架道路が闇のなかでまっ赤な焔をあげて燃えあがっている。女たちが叫び声もあげず逃げまどう。「彼」が破れたズック靴を脱ぎすてて逃げつづける。私服たちが「彼」を挟みうちにする隊形で追ってくる。裸かの子供たちが逃げまどう。もえあがる焔のなかを突っ切って夜間輸送のトラックが走りぬける。何台も何台もつづくトラックにはヘルメットと戦闘服に身をかため、投石よけの楯と銃を手にした機動隊員たちが乗っている。ベニヤ工場の工員たちが逃げまどう。黒人兵たちが死んだ。燃えさかる高架道路の上でジャングルの中でのように血も吐かずに死んだ。

「彼」は逃げつづけた。雨のなかをジャンパーの袖に手を通したまま頭にかむり、飢えと凍えを抱きつづけて都会のジャングルを歩いた。夜間工場の排煙塔の火が近づき、巨大な工場地帯の無数の明りと火の手が視界にくっきりと映しだされてきた。重く澱んだ高架道路の闇がその光にひき裂かれて無残な残骸をさらす。「彼」をのみこんでいた深い恐怖の淵もあっけない正体を明るみにさらけだした。しかし「彼」には金を手に入れ、この飢えをのりきるための新らしい仕事がまだ待ちうけている。

京都で老警備員を射殺した「彼」は北へ、北へと逃げた。長距離ランナーのように、よく弾むフットワークと強靱な心臓と確実なペース運びとを駆使して走りつづけた。警察の捜査網は全国に張りめぐらされていることが予想された。「彼」はできるかぎり交通機関の利用を避け、自前の脚力と知慧で駆けつづけた。これまでの足どりからは死角に入っている日本海側を行くのが賢明な逃走径路だった。信州から越後へ抜けるとき飯山線の貨物列車に飛び乗り、発見されそうになったので十日町の駅の手前で脱出した。山中を流れる川に沿って北上して隧道工事の飯場に辿りつくまでのあいだ人っ子ひとり出会わなかった。その八箇孕石《はっかはらみいし》という部落の山腹にある工事現場で二日ほど働いたが、三日目になって土工たちが殺人事件の噂をしはじめたので飯場の売店から食糧と金を盗んで逃げだした。孤独な流亡の民は祠をみつけて野宿し、朽ちかかった山小屋で夜露をしのぎ、海岸線に出ると砂丘を一目散に駆けぬけた。新潟からはずっと海岸沿いに北上した。八郎潟の干拓地では広大な土と虚空の世界にのっぺらぼうの塔だけが立っている場景を「彼」は魅せられたように眺めた。

ある夜は小学校の校舎の軒下で、ある夜は海辺の漁船の蔭で、またある夜は電話ボックスや公衆便所の中で野宿と仮眠の時間をくりかえし、太陽の昇ってるあいだは脚が棒になるまで歩きつづけて、「彼」は逃亡の日々を重ねた。胃袋の中の空白は八箇孕石の飯場から盗みだした食糧と金で満たすことができたが、物質の力では満たすことのできない何かが始終、「彼」にはつきまとっていた。満たそうとして満たせぬ飢えの感覚が逃亡のあいだ影のように「彼」の躰に寄りそっていた。語りかけるものとて暗黒の闇と追手の無音の足音いがいに何もない野宿の夜、小さな駅の枕木置場の蔭に躰を横たえて星空の涯を仰いでいるとき、満たされぬ飢えの感覚は「彼」の懐のなかで凍えたヒヨコのように慄えているのだった。「彼」は辛棒強く長い時間をかけて懐のヒヨコを両手で暖ためてやろうとする。もう凍え死んで生き返らないかもしれぬヒヨコを。

北へ。北へ。果てのない逃亡はつづいた。あまりに長い逃亡はふと「彼」のなかに解放の前触れを錯覚させるほどだった。能代から青森へは汽車に乗り、明け方一番の青函連絡船で函館へ渡った。北へ。北へ。なぜ「彼」は北へ向って逃げたのか？　迷わず北へ進路をとったのはなぜか。

連絡船の甲板に立って白みはじめた波頭の向こうに靄をかむった函館の港が姿を現わすのを見たとき、「彼」は初めて北へ逃れてきた理由を考えた。帰ってきたのだと「彼」のなかの声が呟いた。何かが「彼」を待っている。そこで「彼」が流亡の旅に終止符を打つ、「彼」を地下茎のように根づかせてくれる、その何かが待ってるはずだと思えた。しかし、それはいったい何なのか。「彼」にはそれは希望のようにぼんやりと闇に閉ざされていて捉えられないのだった。ただ、「彼」の村でも、母親でも、貧困の記憶でもない、何かであることだけが解っていた。

「彼」は函館の市街でタクシーを拾い、さらに北へ逃亡の進路を取った。

「彼」のなかには、あるなつかしみと怨恨の錯綜する感覚をともなって、息づく胎児のように形あるものが生まれていた。それは、雪の季節の終りに「彼」の村の野良の土くれから這い出してくる虫たちの棲み家のような温もりで孤独を慰めた。「彼」はこのまま陸地の果てる土地まで行ってしまいたいと願う。その土地には海があって、「彼」の逃亡に終りのあることを教えてくれる。重い力が「彼」を北の辺境へ招きよせる。重い力は、永い時間の地底から祖父や祖母たちが掘りつづけた土のいっぱいに詰った背嚢のように「彼」の背に重くのしかかってくる。「彼」を地下茎のように根づかせてくれるものはこの重い力だったのだろうか。都会の生活は幻影だった。貧困の村で暗色にぬりこめられた記憶の画面もみな虚像だった。犯行も夢想にすぎなかった。そのことを「彼」は降って湧いた福音のように何度も反芻した。ただひとつ「彼」にとっての実像は、逃亡そのものだった。逃亡そのものが「彼」の故郷だった。

「彼」は祖母の姿を思いだしていた。その祖母の話は伝説のように土平の家で語り伝えられていた。大雨の夜、そのとき十六の娘だった祖母は小さな風呂敷包みひとつを手に、ずぶぬれになって土平の家の戸口に立っていた。彼女は逃げた男のあとを追って村から村へ、野から野へ歩きつづけてきた。すでに祖父の子を孕んでいた祖母。家を追われ、村を追われ、子を孕ませた男の家の戸口で雨にぬれて立ちつくしていた祖母。その祖母とはいったい誰だったのか。

空想のなかの祖母の姿は、雪の夜、「彼」が寝ざめてみると褞袍にくるまって泣いていた赤児の姿に重層する。あの赤児もいつか成長して、祖母のように追われ、「彼」のように追われるのだろうか。だが、いまはまだ「彼」がその系譜を負わねばならない。所持金ももうなくなっている。逃げのびるために「彼」は金を奪わなければならなかった。そのために「彼」はK郡○番町の路上でタクシーの運転手の胸に拳銃二発を撃った。

それから「彼」は、暁方の人気のない町を新聞配達の少年のように家並みから家並みへと走り抜け、陽が東の空に高く昇るころには家影も見えない原野のなかの舗装道路を歩いていた。黄色に燦めく視界の涯には地肌を剥きだした険しい山並みが累々と連なっていて、逃亡の果てしなさを物語っていた。「彼」はときには舗装道路をそれて玉蜀黍畑に分け入り、その実を捥ぎとっては嚙った。舗装道路を走りぬける自動車から身を隠していくども荒蕪地を抜け、野良で働らく百姓たちの眼を忍んで地面に身を潜めた。そうしてようやく原野を抜けて田舎町に辿りつくとそこからは汽車に乗った。「彼」が四年前、集団就職の仲間たちと東京へ行くために乗っていたその汽車は、いまあのときとは反対の方向へ走っている。汽車は一面土色に枯れた野並みのあいだを走りつづける。「彼」は疲れきってなんども睡魔に襲われるがそのたびに空腹と興奮で眼を覚ます。眼を覚ましたとき汽車はまだ荒寥とした野並みのなかを走っている。北へ。北へ。あの重い力が「彼」を乗せた汽車ごと引いて走っていく。

このまま北へ何十キロも行くと「彼」の村がある。さらに北へ十キロ、野並みのあいだを走り、火山灰地を抜け、灰土色の原野を涯へと行くと、あの灰色の高いコンクリートの塀に囲われた建物がある。「彼」の村の者たちが番外地と呼ぶその土地は、もう鉄道線路も通わず家影もなく、ときどき灰土の野を囚われびと達を乗せた護送トラックが走りぬけるだけだった。

「彼」はいま、その北辺の地から南へ十キロの村へ回帰しようとしている。村への回帰が「彼」のなかであの灰色の高いコンクリート塀に囲われた暗い建物への回帰に重層してくる。

遠い記憶の涯の色彩も形象もない、暗色にさえ塗りこめられていないほとんど空白の画面から、ひとつの想念が画面をつき破るようにもりあがってくる。それは幼い頃の現実の記憶とも夢の断片とも見分けがたい遠い涯から「彼」のほうへ近づいてくる。その記憶には、「彼」の本籍地があの灰色のコンクリート塀の建物のある土地と同じだという事実が重なりあって近づいてくる。近づいてきて「彼」のなかでひとつの言葉となる。〈俺はあの建物のなかで生まれたのかもしれない〉

列車で北へ北へと向う逃亡のあいだにその幻想とも確証ともつかない想念はなんども「彼」のなか

に襲ってきては消え去る。そして佐々木の家のおやじが言った、「おまえの母ちゃんはたいしたものだ。なんど男に逃げられてもそのたびに新らしい男を家へひきずりこんでくる」という言葉が、「彼」のなかで叫び声のようにこだまする。なんどでもかえられた母親の男。なんどでもかえられた俺の父親。誰だったのか、俺の本当の父親は。小学生の頃、村の野良で、鉄道線路の土手で、食用蛙の棲む沼の端で、森の中で、なんども「彼」の脳裏を響きのようによぎった疑惑がまた生き返ってくる。「彼」は列車の窓の外にひろがる灰色の野並みを眺めながら、空白の画面から幻想の部分がしだいに消え、現実の記憶の確証だけが生き残るのを感じていた。錯乱する父親への疑惑と飢えとのなかで「彼」は思う、〈俺はあの建物へ帰ろうとしてる〉

姉の富美はまだ新宿の映画館で働らいているだろうか。彼女の手に握りしめられて湿っぽく皺くちゃになっていた一枚の千円札。M電機に勤めているという三十歳の男。本当の父でないことは確かな最後の父親をT市の警察の未決監へ訪ねていったとき、「彼」は駅前の大衆食堂でラーメンを貪りながら待っていた。姉の富美だけが面会に行ったのだ。待っている「彼」を警戒するように振りかえり振りかえりバスの停留所のほうへ歩いていったのだ。あの父親はたしかに「彼」の父ではなかったのか。十数年の歳月を経てふたたび父親が「彼」の家に立ち返ったということは考えられないのだろうか。もしそうだとしても、あの男は姉の富美の父親で「彼」の父親ではなかったと誰かが言い張るかもしれない。あの男が酒乱になって斧を振りあげ「彼」を追いはじめたのは、農協の倉庫から米を盗んで捕えられ、刑務所から帰ってからのことだったのだ。

列車が村へ近づくにつれて「彼」は、自分の犯した行為とはいったい何だったのだろうという自問に捉えられていた。〈三つの犯行は俺が故郷へ帰るための行為だったのだろうか？〉あの行為によってすすんで追われる者になり、棲み家へ立ちもどることができたのだという気がした。〈俺が銃殺したのは何だったのか？　俺自身のなかの都会と暗い貧困の記憶とを串刺しにして俺は銃殺したのだ〉「彼」は犯行によって都会の幻影を断ちきり、ふたたび辺境の棲み家へ回帰してきたのかもしれない。いま「彼」のなかには未知の、これまでに体験したこともない激しい変質の感覚が揺れ動いていた。追われつづけていた「彼」が無言で振りむき、逆攻に転じて追う者に変貌する。そのめくるめくような内部の激動を「彼」は全身で感じ、怺えようとしていた。そのつきぬける光芒に似た変貌の瞬間があの「彼」のなかの犯行だったのかもしれない。〈犯行は俺のなかの変貌する故郷だったのだろうか？　犯行のとき「彼」が恐怖を覚えなかったのはそのせいだったのか〉「彼」は呻き声のように軋んで転回する舵の音を自分のなかに聞いていた。

村へ辿りついた「彼」は村人たちの眼を恐れて斥候のように家へ近づいた。四年ぶりに立ち戻ったその家はすこしも変っていず、納屋も井戸も以前のままだった。ところが家の中には父親も母親もいないらしくひっそりして戸口に二人の男が立ち話している姿が見えたので「彼」はそこを立ち去り、蛙の棲む沼へ行き、さらに昔よく訪れた森の祠で夜の来るのを待った。そこは生活保護を受けているといって「彼」を詰った級友と喧嘩して何日も学校を休んだときも、斧を振りあげた父親に追われたときも身を隠していた場所だ。夜になってひきかえしてみたが、家の中には電灯だけ点って母親らしい人影はなく、戸口の所に昼まの男たちがまだ外のほうを窺うように立っていたので「彼」はあきらめて村を離れることにした。もともと「彼」には村を訪れる理由などなかった。待っている者などなかったのだ。

「彼」は闇のなかにつづく鉄道線路を北へ逃げた。ときどき畑地へ分け入っては南瓜を囓り、四時間ほども歩いただろうか。闇に吸いこまれるように鉄道線路は消えていて、疎らな人家の灯が蛍火のように点滅する野道へ出た。その灯もたちまち見えなくなってしまった。虚空の闇とひとつなぎになった奈落のような、凍てついた原野が遠くつづいている。突然、野犬の遠吠えのような虚ろな響きが聞こえたりしたが、それもたちまち重く不安な静けさにのみこまれてしまう。世界の涯に来てしまったようで、姉の富美の顔も母親の顔も思いだせないほどに「彼」は空白だった。失なうものはもう何もない解放感。「彼」は灰土の地面に横たわって「彼」のなかにひろがる空白をあの懐のなかで死んだヒヨコや蛇の卵のように抱きしめていた。遠くで凍りついたまま瞬きもしない星空を仰いだ。空白がそのまま充実の空間に感じられるようだった。そうして「彼」はどれほどの時間、眠っただろうか。眼覚めたとき、星はまだ遠い涯で凍りついたままだった。そして「彼」は暗黒の原野を北へ逃げつづけた。突然、消えかかった野火のような小さな灯が闇のなかに浮かびあがった。「彼」はその灯を狙撃する弾丸となって走った。灯はみるみる大きくふくらんでくる。

そうして「彼」は、灰色の高いコンクリート塀に囲われた建物を発見したのだ。厚い壁の向うでは生きものの気配さえ感じられぬ無言の建物が巨大な背を屈めている。黒い。死んでいる。「彼」は憎悪の眼でその建物を凝視しつづけた。

北の涯まで逃げのびた「彼」にとってそこにも終着駅はなかった。そしてふたたび飢えと逃亡の旅は始まったのだ。方向舵を逆転させた「彼」は、駅々に町々に張りめぐらされた捜査網をかいくぐって南へ南へと駆けた。日本列島の闇を縦断して南下しつづけた。陽の高く昇っているあいだは動きを止め、漆黒の夜を駆けぬけるのは、ながい逃走の体験から学んだ知慧だった。敵の意表をついて都市から都市へ雑踏から雑踏へと身を潜めるのも逃亡の歴史から体得した知慧だった。

仙台のあるスーパーマーケットで缶詰を盗み女子店員に発見されたときも通りの雑踏へ紛れこんで逃げることができたのだ。缶詰をジャンパーの内側へ潜ませてマーケットを出ようとしたとき背後で女店員が叫ぶのが聞えた。「あ、どろぼう！」「彼」は疲労と空腹のために手の感覚が麻痺していて缶詰のうちの一つを床へ落したのに気づかなかったのだ。女店員の叫び声が反射的に「彼」を駆けださせていた。いや、スーパーマーケットで缶詰の盗みをみつけられたのは仙台ではなかった。あれは東京へ帰って渋谷の商店街をうろついているときだった。あのとき渋谷駅近くの交番の前を、もう駄目だ、捕まるかもしれないと観念しながら逃げたのだから間違いない。仙台で追われたのはタバコ屋の店先で店番の老婆を脅そうとして勘づかれ、家の者や通行人たちが集まってきたときだったのだ。あのときは通りかかった軽トラックに乗せてもらい、逃げおおせることができた。二十キロほども走って松並木のある道で下してくれるまでのあいだ、トラックの運転手は「彼」に何も聞かなかったのだ。あの運転手があとで警察へ通報した形跡もない。

恐山を越えるときもトラックだった。それから三日ほど歩き、八戸の近くの漁村から仙台へ来るときも長距離輸送のトラックが「彼」を拾ってくれた。「彼」が砂浜に打ち上げられた廃船のなかで寝ていたとき、昼ま通った護岸工事の工事現場のほうから凄まじいエンジンの音を立てて走ってきたそのトラックに気づき、行き先も訊ねずに乗せてもらったのだ。数年前まで夕張の炭鉱で働らいていたというそのトラックの運転手は、海岸線を走る長い道のりのあいだ、炭鉱の近くの若葉という町に置いてきたという女や子供たちのことをくりかえし話しつづけ、ときどき「彼」の身の上話も聞こうとしたが「彼」が口を閉ざしているとまた自分の転々とした身の上を喋りだすのだった。仙台の市街へ入って、このトラックはここまでだ、これから鋼材の会社へ材料を積みに行かねばならないと気の毒そうに言ったあとで運転手は、どうだ、俺のトラックで助手でもやらないかと真剣な顔つきで誘ったりした。

仙台のタバコ店で盗みに入ろうとして果せなかった「彼」は、軽トラックを松戸の近くで下り徒歩で日暮里までやってきたのち二日ほど都内を彷徨した。それからベニヤ工場で働らいていたとき一度行ったことのある房総半島の突端まで行こうとして東京湾の見える町まで来たが、東京の周辺は危ないと思い、豊橋か名古屋へ行くことに決めたのだ。高い塔を想わせる建物と煙突が夕靄のような煤煙のなかに黒々と林立していて、その工場地帯の向こうに蛍火のように光っている東京湾の灯を見ていたとき「彼」は自分のなかに執拗に寄りそってくる影を予感していた。瘤《こぶ》のようにその影は凝結してくる。埋立地の堤に腰掛けて何時間も東京湾の灯を眺めていたとき、「彼」はその予感が横浜から外国へ密航しようとしたあの日、貨物船の船底で手頸の血管をナイフで切る前にも予感した誘惑と同じものであることに気づいた。こんどは舌を嚙みきるつもりだろうか。「彼」は恐怖に追われて東京湾の見えるその町を離れ、西へ西へと逃げた。

「彼」は御前崎の燈台からずっと砂丘を歩いた。風が吹きぬけると、砂の渦が生きもののように「彼」の足もとを駆けっていく。ときどき出会う沼沢地帯には潅木が繁り、白い海鳥の群が棲んでいた。沼の塩辛い水を口に含んでは、起伏の灰白色に燦めく砂丘を重い足をひきずって歩いていった。砂丘があるときは遠い国の沙漠のように、あるときは果てのない雪原のように、あるときは自動車の影も見えない高速道路のように、幻覚の世界で姿を変えた。幻覚ではなく「彼」を襲っていたのは、飢えと渇きの現実だった。砂の上で腹わたを喰いちぎられて干涸びた海鳥の死骸が剝製のように横たわっている。海鳥の腹わたを喰ったのは、野犬か？「彼」は得体のしれない敵の気配に怯えながら眠った。眩い光の下で眼覚めてみると、砂が全身に雪のように積っているのだった。

二日後に辿りついた名古屋の街を彷徨しているうちにあの遊園地に入ったのだ。あの遊園地での異常な体験は何だったのか。

日曜日なのか、遊園地は午前中から華やいだ賑わいを見せていた。猿の檻の前には一様に黄色い帽子を被った小学生の団体が群がっていた。アヒルのいる池の端にも同じような帽子の小学生たちが群がって麵麭屑かなにかをさかんに投げていた。そのあいだを頰の赤い健康そうな若い女教師が注意しながら廻っていた。明るい晩秋の陽光のなかで溢れるような笑い声が間断なく聞えている。大理石模造の噴水塔の所で十人ほどの若者たちがさきほどからジャンケンの仕種をくりかえしてはそのたびに哄笑が起っているのだ。その笑い声は旋回するコーヒーカップのなかで若いアベックや家族連れが立てる嬌声と競いあうように遊園地の喧騒を満たしている。ジェットコースターの乗り場には長い行列ができていて、待ち呆けをくった男の子が父親の腕に摑まってなんども鉄棒の逆上りのような動作をくりかえしている。

「彼」の前を着飾った二人の子供がおとな達に何かをせがみながら歩いている。蝶ネクタイを締めた幼稚園児くらいの男の子が洋服の袖で口を拭くかどうかして手を引いた父親に注意される。父親は女のような口調で執拗く叱言をくりかえす。母親に手を引かれた妹のほうはさきほどからなんども「ママ、ママ」と呼びかけている。母親は夫に喋りかけるのに熱中していて娘に構ってやらない。四歳くらいの女の子はいっそう甘えた声で執拗に母親に呼びかける「ママ、ママ」。「彼」はその家族連れを追いこし、歩いていった。雑踏からいくらか離れた場所へ来た。喧騒からも遠のいた。その場所からは堀を隔てて、石でつくった岩場のプールに白熊の姿が三頭見えた。白熊たちは人間が胡坐をかくような恰好で岩の上に坐っていた。白い毛が煤色に薄汚れている。石でできた懸崖の上をモノレールが走っていく。満員の乗客たちの華やいだ笑い声が砂をひきずるような擦過音に混って「彼」の頭上へ降ってくる。ジェットコースターの方向からも叫び声と笑いが騒めきをぬって聞えてくる。風車に似た展望車も満員だ。空の高みで男の子と並んだ父親がしきりに遠くの山並みや市街を指差している。展望車からも笑い声が「彼」の耳まで届いてくるようだった。遊園地の嬌声と笑い声が「彼」の耳孔で嘲けるように渦巻き、響いた。狂おしい叫びが「彼」のなかの光も届かぬ深みから這いのぼってくる。吠える。俺はいまに吠えだすぞ。「彼」は嘔吐を押えるように必死に両手で口をおおった。

あの風変りな光景を見たのはそのときだった。白熊のプールとは反対側の、杭を張りめぐらしてつくった柵の外の小道をその一団は通りすぎていった。およそ二十人ほどもいただろうか。ドッジボールのように脹れあがった腹をかかえて妊婦服の女たちがぞろぞろと通りかかったのだ。潅木が生い繁ったその小道を登っていくと産科の病院でも建っているのだろうか。妊婦たちは例外なく長い把手のついた空のベビーカーを押して歩いていた。どの顔も無表情で思いつめた感じだった。彼女たちは散歩の途中という感じではなく、苦役を終えた囚人たちの行列のように列をつくって小道を登っていった。

「彼」は妊婦たちの光景を脳裏から追い払えないままにふたたび遊園地の中をぶらぶら歩き、疲労しきって芝生に横になると眠った。落ちていた新聞紙で顔を覆って眠っていると薄暗い視界を憎悪の影が覆ってきた。夢とも現実ともつかぬ暗い時間の淵で、憎悪の記憶が甦ってきた。「彼」は野良の道を森のほうへ逃げた。いつまでも離れない父親の叫び声を聞きながら走った。するといつのまにか「彼」をつつんでいた雪の野良は遊園地に変っていて、「彼」は人気のない遊園地のなかを走っているのだった。叫びながら追ってくるのは父親ではなく、遊園地の警備員なのだ。同じ場所をぐるぐる廻りながら逃げているうちに、あちらこちらで爆音のような響きが起り、遊園地全体がぐらぐら揺れながら崩壊しているのだった。岩でできた白熊のプールの懸崖が地すべりのように崩れ落ち、展望車の支柱も飴のように折れ曲っている。姿の見えない子供や女たちの救いを呼ぶ悲鳴だけが空で舞っている。「彼」はその悲鳴と建物の崩れ落ちる音響とで眼を覚ました。

眼を覚ましてみると、遊園地はさきほどまでと変っていない。明るい晩秋の陽光のなかで笑い声はいっそう華やかに爆けているし、黄色い帽子の小学生の一団も見える。噴水塔の前で笑いさざめいていた若者たちのグループもいまは猿の檻の前でジャンケンの仕種をくりかえしては哄笑の渦をあたり一面にひろげている。ところが「彼」は奇妙なことに気づいた。遊園地のなかにいつのまにか長い壁ばかりの建物が何列も並んでいるのだ。猿の檻だとばかり思っていたのも、いくつも投入口が並ぶ焼却炉なのだ。何本も並んだその煙突からどす黒い煙が吹きあげている。焼却炉からは動物の異臭ではなく人間の焦げ臭い屍臭が臭ってくるのだ。そればかりではない。遊園地のまわりには高い有刺鉄線の鉄条網が張りめぐらされている。その鉄条網に両手でしがみついた子供が、外にいる母親を「ママ、ママ」と呼んでいる。笑いやんだ男たちがぼんやり立ってそれを眺めている。突然、鉄条網に火花が散って、子供の躰は「ママ、ママ」と叫びながら黒焦げになってしまった。

遊園地の場景はあとかたもなく変容していた。澱んだ灰色の建物が鉄条網の内部にながながと横たわっている。ときどき高い壁のあいだから嬌声とも獣の呻き声ともつかぬ叫びが沸きあがる。ジェットコースターの乗り場に並んでいた黄色い帽子の小学生の一団は兵隊たちから身体検査を受けていたのだ。裸かの娘たちが笑い転げながら通路を走ってくる。ひとしきり拳銃が鳴りひびいて、彼女らは地面に伏すように倒れ、もう身動きもしない。果ても見えない灰色の長い壁の前では壁のほうを向いて妊婦たちが横に並んでいる。その背に向って拳銃がいっせいに撃たれる。妊婦たちは無言でドッジボールを両手に抱いて前へ崩れ落ちる。その反対側でも銃声が響き、黄色い帽子の列がはしゃぎながらばたばたと倒れていく。展望車からは死体の頭や手や足が布きれのように垂れ下っている。

収容所のなかでは嬌声と笑い声と銃声が絶えまなく響きつづけていた。

収容所を脱出した「彼」はしばらく歩いたのち野球場の無人のスタンドで疲れきって前後不覚に眠ってしまい、夕暮れの大気のなかで眼覚めるとふたたび逃げつづけた。そうしていま、夜の高架道路を歩いているのだった。雨は間断なく降りしきり、頭からジャンパーを被った「彼」の全身を濡れ鼠にした。二本の脚が感覚を失なった。凍えの感覚だけが躰から浮きあがって妙にはっきりと感じられる。

夜間工場の火焔を吹きあげる排煙塔はもうすぐ眼の前に迫っている。その向こう、雨のなかにぼやけた無数の工場の灯が手の届くほどの距離に見えている。「彼」の背後には高架道路の街路灯が長い逃亡の軌跡のように続いているはずだ。だが、振り向こうとはしなかった。心の中までずぶ濡れになり、凍えきって歩いた。

ようやく「彼」は高架道路を抜けた。とうとうタクシーは捕えられなかった。〈夜が明けるまでに金を奪うことができるだろうか。この飢えを堪えてどこまで逃げきることができるだろうか。さきほどから何の前触れもなく不意に襲っては去っていく錯乱の意識が怖い。だが、ジャンパーの内ポケットに潜ませた拳銃にはまだ四発の弾丸が残っているのだ。この四個の金属片が俺の頼みの綱だ〉

高架道路を抜けると、「彼」は工場の塀伝いにどぶ川沿いの道を潮の香りが流れてくる方向へ歩いていった。汽船の警笛がときどき何かの合図のように聞えてくる。闇に消え入りそうなその響きが、「彼」をいっそう追いつめた。「彼」を追いつめたものは私服の影でも捜査網でもなかった。いつか日本海に沿って北へ北へと逃亡をつづけていた夜、星空を仰ぎながら感じた飢えの感覚。「彼」の心のうち深く、底の底で呻いている飢餓感だった。

工場の長い塀が終った所を右に折れ、塵芥の山を廻ると、製材工場の倉庫の横に材木置場があった。材木が雨をよけられる具合に積みあげられていた。そこからすぐ下方には運河の澱んだ水面が黒く光っており、遠く闇の向こうに船の灯が小さく揺れているのが見えた。「彼」は材木置場の蔭に夜の明けるまで蹲まって、食べても食べても満たされることのないはずの飢えを抱きしめていた。

あとがき

一九七〇年代半ばから、ライフワークのつもりで在日朝鮮人文学論を書いてきた。それらは『始源の光――在日朝鮮人文学論』（創樹社）『〈在日〉文学論』（新幹社）『戦後日本文学のなかの朝鮮韓国』（大和書房）にまとめられている。雑誌に掲載のままのものも多いが、多少はまとまった仕事ができたかな、と思っている。

小説のほうは本書が四冊目である。六〇年安保前後から書きはじめ、七〇年代半ばまでは年に二、三作発表して、その後も年に一作は雑誌に掲載することにしてきた。だから単行本四冊というのはちょっと謙虚。言いかえれば貧相ということになる。

本書には、特に選択基準を設けないまま六篇を収録した。意図したわけではないが、結果として二つの〈史〉が辿られることになった。

一つは、作者の体験と目線がとらえた「戦後史」。戦後の飢えの時代から六〇年代以降の高度経済成長期のゆがみの時代を経て、自衛隊の海外派兵に表象される、またふたたびの戦前ともいうべき現在。作品の掲載順序は不同だが、主題はその経緯を示しているだろう。

いま一つは、作者の創作における変遷。一九七〇年から二〇〇五年までの作品が収められているから、それぞれの小説がそなえる文体、方法、題材の違いに、読者はとまどわれるかもしれない。そのうえで一貫した文学戦略を読みとってもらえれば、ありがたい。

わたしの小説は、おおよそ現実ごとをモティーフ＝動機にして生まれる。そのうえで、わりと気ままにデフォルメを愉しみ、作品ごとの文体と手法に身を任せた。虚構のマジックと想像力に魅せられて〈もうひとつの現実〉をつくりつづけてきた。と言ってしまえば、小説という時空そのものについて常套的に語ったにすぎないけれど。

小説ということば表現が、現代のアクチュアルな状況にいかに対抗できるか？　収録の作品を通して、その問いが読者と共有できればうれしい。

影書房から初めての自著刊行である。かねがね敬意を表してきた出版社であり、編集者であるのみでなく優れた書く人である松本昌次さんの手になったことに感謝。

二〇〇七年八月十五日

著者　記

初出一覧

テハギは旅人《ナグネ》のまま――（「新日本文学」一九九四年十一月号）
弾《たま》のゆくえ（「架橋」二〇〇五年十一月・二十五号）
夢のゆくえ（「新日本文学」一九八〇年二月号～八一年八月号）
きちげあそび（「新日本文学」一九七七年二月号）
最後の電話（「新日本文学」一九七二年七月号）
流民伝（「東海文学」一九七〇年三月・四十号）

磯貝治良（いそがい　じろう）

1937年、愛知県知多半島に生まれる。1977年より在日朝鮮人作家を読む会を主宰、例会など346回をかさねて現在に至る。文芸誌『架橋』を発行。大学非常勤講師、在日コリアンとの協働を主とした社会運動、ボクシング・トレーナーなどサイドワークも多彩に行なう。
著書に評論『始源の光――在日朝鮮人文学論』『戦後日本文学のなかの朝鮮韓国』『〈在日〉文学論』、小説集『イルボネ　チャンビョク――日本の壁』長編小説『在日疾風純情伝』ほか。

夢《ゆめ》のゆくえ
二〇〇七年一〇月二五日　初版第一刷
著　者　磯《いそ》貝《がい》治《じ》良《ろう》
発行所　株式会社　影書房
発行者　松本昌次
〒114-0015　東京都北区中里三―四―五
ヒルサイドハウス一〇一号
電　話　〇三―五九〇七―六七五五
ＦＡＸ　〇三―五九〇七―六七五六
E-mail：kageshobou@md.neweb.ne.jp
http://www.kageshobo.co.jp/
〒振替　〇〇一七〇―四―八五〇七八
本文印刷＝新栄堂
装本印刷＝形成社
製本＝美行製本

定価　二、五〇〇円＋税

ISBN978-4-87714-375-6 C0093

目取真俊　平和通りと名付けられた街を歩いて　¥1800

目取真俊　虹の鳥　¥1800

黄英治　記憶の火葬
——在日を生きる
いまは、かつての〈戦前〉の地で　¥2800

徐京植　半難民の位置から
——戦後責任論争と在日朝鮮人　¥2800

徐京植　過ぎ去らない人々
——難民の世紀の墓碑銘　¥2200

徐京植　秤にかけてはならない
——日朝問題を考える座標軸　¥1800

尹東柱全詩集
伊吹郷訳・解説　空と風と星と詩　¥2300

李正子　鳳仙花のうた　¥2200

張貞任著
金知栄訳　あなた朝鮮の十字架よ
——歴史詩集・従軍慰安婦　¥1700

〔価格は税別〕　影書房　2007.10 現在